曾经那么多朋友
唯在岁月中舍弃真挚
热忱的她

成河

有爱的青春陪伴者

再读来信
Read the letter
成泊
CHENGBO
著
贵州出版集团
贵州人民出版社

图书在版编目（C I P）数据

再读来信 / 成泊著. -- 贵阳 ：贵州人民出版社，2022.11
ISBN 978-7-221-17313-3

Ⅰ. ①再… Ⅱ. ①成… Ⅲ. ①长篇小说－中国－当代 Ⅳ. ①I247.5

中国版本图书馆CIP数据核字(2022)第182060号

再读来信

ZAIDULAIXIN

成泊 / 著

出版统筹：陈继光
选题策划：大鱼文化
责任编辑：潘江云
特约编辑：周丽萍
装帧设计：蔡 璨 孙欣瑞
封面绘制：十 六
出版发行：贵州人民出版社（贵阳市观山湖区会展东路SOHO办公区A座 550081）
印 刷：长沙鸿发印务实业有限公司
开 本：880毫米×1230毫米 1/32
字 数：223千字
印 张：9
版 次：2022年11月第1版
印 次：2022年11月第1次印刷
书 号：ISBN 978-7-221-17313-3
定 价：39.80元

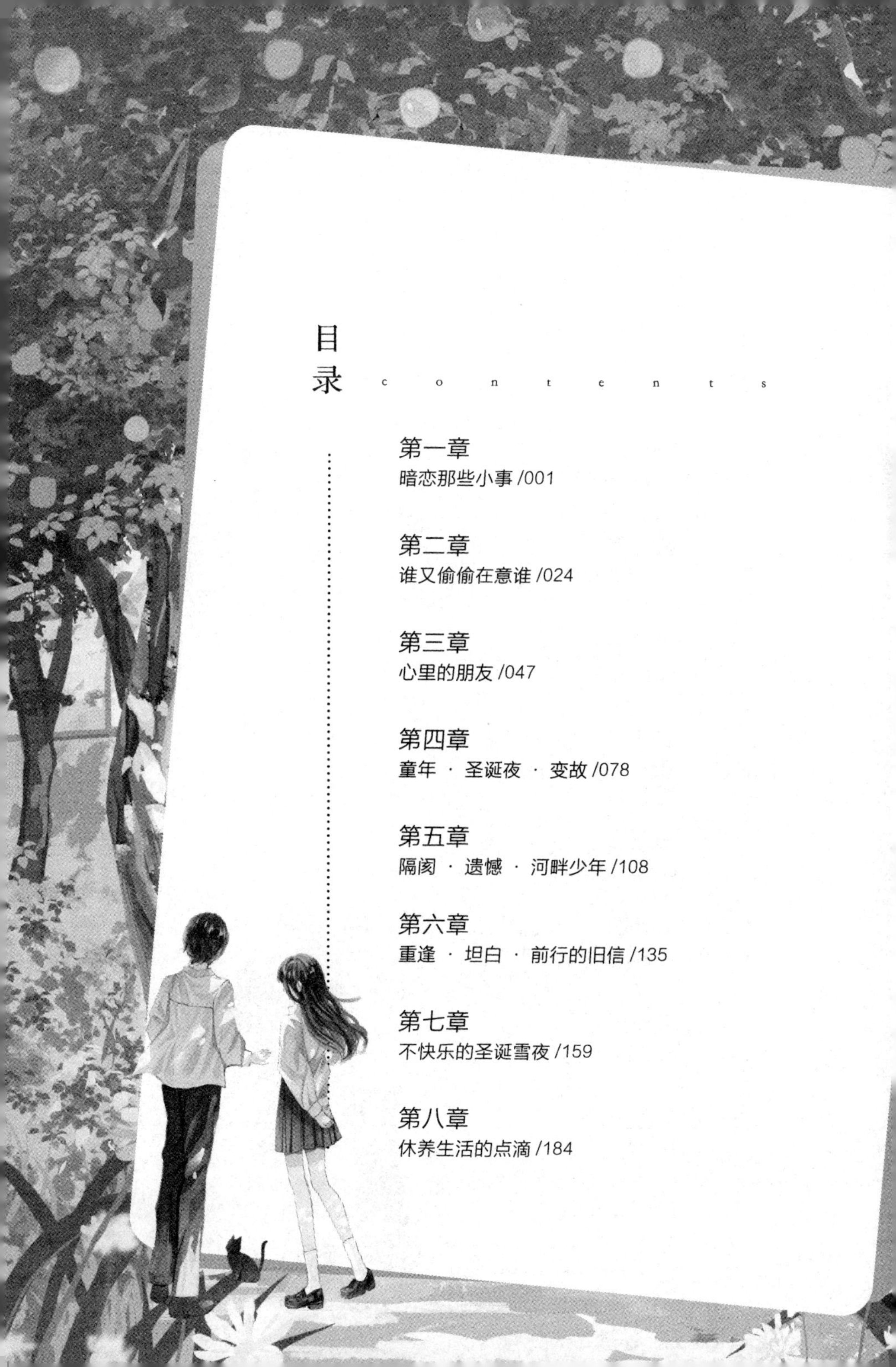

目录

contents

目录 contents

“我刚刚遇到他了，我还主动和他打招呼了。”

周佳月面露惊讶和喜悦，她清楚对于面前这个女孩子来说，这已经是莫大的勇气了。

“今天勇气可嘉啊，怎么样啊你们？”

“其实一直都是我在找话题。”女孩语气有些低落。

“没关系的，去年你俩还像是不认识的，会好起来的。”周佳月认真地看向她，“走，带你去 shopping（买东西）。”

“还有不到五分钟就上课了。”谈青转头看向后墙的钟。

“没事，秦彗来得晚。走，难得我今天大方一回。”

见这难得的好兴致，谈青不再犹豫。两人手挽着手，不疾不徐地走出教室，沿着走廊，说说笑笑地走向小卖部。

那个年纪的她们，迟到几次又何妨。

还有几分钟便是七点了，晨光更浓。

由于最近是特殊时期，平中停宿，晚自习取消，每天下午增加一节正课，周六补课。下午五点过十分，平中的学生陆续走出校门。

谈青被班主任徐老师单独叫进初二年级办公室。她环顾四周，在来之前，第一排的张井云拜托她看看英语老师走没走。

办公室已然没有英语老师的身影。

这时徐老师从桌子底下掏出一套书，谈青定睛一看，那正是上学期书店托学校宣传的语文辅导书。

那时候大家都沉浸在小说漫画里，根本没人关注，谈青的语文本就是强项也没怎么关注。仔细回想起来，老徐刚宣传完书名，她就低下头，在草稿纸上计算数学题目。

徐杨华缓缓开口：“这套书宣传完，人家就一直没要走，我估摸着也不会要了，你拿回去用吧，我看这书还不错。”

谈青接过书，鼻头微微酸涩：“谢谢老师。”

“回去吧，放书包里，别让别的同学看到了。”

“知道啦，老师再见。”谈青把书装进书包，转身走出办公室。

刚踏出办公室，一道熟悉的身影进入视野，谈青心一惊，随即看向站在西边等她的张井云，她连忙奔向他：“阿云！”

余光中，男生依旧和同学搭肩走着，并未回头。

“宋明昊他们在幼儿园旁边的篮球场等咱们。”程东昀对旁边的田一郝说着。

“他就不能换个场子吗？这家伙打球吓人，上次把球打得都飞到人家幼儿园里面了，去拿球的时候，那美女老师差点把球给扣那儿，说差点砸到小孩了。我不去，我可不想再被她骂，影响我的形象。”田一郝越说越气愤。

程东昀无奈：“你啊你，不就是怕影响你在人家美女老师眼中的形象嘛。”

“算了。你……”田一郝话音忽然停下，“欸？后面好像谁在喊你。”

“我不知道。”程东昀并未回头。

阿云，阿昀，还挺像的。

还好，奔跑中的女孩并未听到他们的对话，没有听到这句“我不知道”。

谈青这时也发现，自己的喊声并没有引起注意，不仅是他们，还有周围的学生。

她的喊声仅仅充当了这嘈杂的背景音乐的一小部分。

于是她不再奔跑，停了下来，似做赌注般的举动根本没有回响。

她也习以为常了。

张井云见她突然停了下来，有些不解，缓缓走向她。

“你帮我看了吗？郑老师在办公室吗？”

“啊？”谈青心不在焉。

“我说她在办公室吗？”

“哦，郑老师不在。”谈青头稍微抬了抬，回过神儿来。

“那我中午的英语作业咋办，哎呀。”

“明天我给老师解释，回家吧。”

他们一路走着，余光中的背影渐渐消失在黄昏中。

谈青回到家，和母亲吃饭，与父亲通话，然后复习，写日记，上床睡觉。

重复着简单的生活。

她写日记并不是很频繁。

晚上十点四十六分，台灯下的姑娘提笔写道：

下一次早上再遇到他，一定要对他说，那时候我真的没有说过那些话。

今年的他会信吗？

（二）

五月一到，模拟考便随之而来。

周四的早晨，谈青赖了床。昨晚又囫囵吞枣地复习了一遍地理，从课本到《五三》。地理是她的弱项，初一那年的基础没有打好。

她匆匆忙忙地洗漱吃饭，坐上母亲的电动车来到学校门口。

下车抬眼望向钟楼，已经是六点四十五分。开学后的短短两月，谈青已经把握好适当的到校时间。

六点三十九分被母亲载到校门口的石桥，六点四十分与母亲告别前往北门。六点四十一分到六点四十三分，程东昀大概会骑车来到停车场，两人相遇。

可是把握好却只是把握好，谈青从不刻意踩点。

顺其自然便好。

六点四十五分，已然错过。

看来今天的缘分有些浅薄，她想着。

踏进教室时，离早自习开始还有十分钟。或许是因为今天下午的模拟考，这一周大家都很勤奋，来得很早。

班里的人几乎都到了，除去第一排和最后一排几个“睡神”，其余的都在专注地复习着。

走到座位旁，前桌的好友周佳月还没到。谈青早自习前没有提前读书的好习惯，便自顾自地收拾着桌面的狼藉。

“哎，还没晚吧。”周佳月气喘吁吁的声音传入耳中。

“还有五分钟。”谈青抬头，笑着说。

“我昨天晚上七点寻思着复习一遍《五三》地理，没想到到十点多都没背完，我根本啥啥都不会。

“你说那赵志强这两年当咱老师都教了什么啊！天天上课净跟咱扯题外话。

“就这初中地理，是能考‘关于黄河改道我老家大爷的趣事’还是‘80 年代师范大学地震时上铺同学逃跑不穿鞋’或者是‘某国心里那点小九九’啊！”

谈青边听边笑，瞧，姑娘嘴里的那几颗宝贝大牙都快跳出来了。

邻桌那位，看似正经看《五三》，实则看着里面夹的漫画的同学，都被周佳月这口才震惊地放下了书。

还有后桌趴着睡着的那个，也不再强迫自己入睡，双手比赞，开口道：“咱这一个班地理就没几个好的，不然我也不至于连作弊的机会也没有。”

周佳月无奈地看了看他，一脸“这孩子无药可救了”的表情。不过他说的也是事实，去年的几次考试，地理及格的只有班里前三名。谈青虽然名列第一名，但最开始也只是70多分的成绩，只是后来自己瞎摸索着才突破90分大关。

他们几个人也是纳闷，就问：“你是怎么提高的？”

谈青当时打了个哈欠：“我胡乱找了本地理辅导书，再翻开地理书，逐句逐句地看，然后把书上每一个地图都画了不下三遍，边画边在图上标记着那个地区的知识。”

“这得复习多久啊？”几个人有点惊讶。

“考试前一周，每天晚上晚睡一小时，早上早起一小时。”

谈青也没有办法，没人帮忙指一条明路，只能用这样最耗时间的方法。谁承想，她这样瞎摸索的方法在一、二、九三个被赵老师教的班级里流传开来，也有许多同学开始效仿。

那会儿连程东昀都听说了这种方法，他们碰巧在办公室门口遇见的时候，他还笑着问她：“他们说的学地理的方法，真的是你用的吗？”

她有些不知所措，随意地点了点头，想起自己笨拙的方法，忽然没有了自信。她慌忙地抬头看他，心悬着说道：“这个方法不好，你要是想用的话，还是换一个吧，这个真的不好用，真的。”

唯独对他，她一遍又一遍地去否定自己的学习方法，即使他也不会真的按照这种方法去做。对他，她始终没有自信。

周佳月注意到什么，转过身来托住谈青的脸，左瞧瞧右瞅瞅。

谈青被好友突如其来的举动弄蒙了，一双黑漆漆的眸子里满是疑问，显得呆呆的。

“青青，你的黑眼圈怎么都比我的重了？”周佳月关心道。

“我昨晚复习完又和我爸打了一个多小时电话，你也知道，他晚上老是失眠，能多聊会儿就多聊会儿了。”谈青温声解释。

“英语老师来了！”后面的“睡神”提醒着。

周佳月连忙蹲了下来，一步一挪地回到座位上。

午饭铃声响起，打破午自习的宁静。大家一拥而出，班里只剩下谈青这些雷打不动的不积极分子。

两个姑娘晃晃悠悠地来到食堂。

食堂里到处是三五好友坐一起吃饭的场面，不是嘻嘻闹闹，就是你争我抢。

刚进食堂，谈青走向水池边，边若无其事地张望着。

可巧，今天九班课下得晚，程东昀从食堂北门缓缓走来，手中拿着和谈青同款的蓝色饭盒。

这个款式，平中随处可见，她却依旧会因为这个巧合而暗自欢喜。

谈青收回视线，找了一个偏北边的位置，心不在焉地冲洗着饭盒，期待中又处处流露出紧张。

右侧忽然暗了些，旁边的人遮住了部分的光，他伸手使坏似的关上了谈青面前的水龙头，然后才拧开自己的水龙头。

谈青故作恼怒地看向右边偷笑的程东昀，转过头再次打开面前的水龙头，学着从前他对她的模样，边洗着碗边用手使坏，把水撩到男孩碗中。

见他并没有反击，她很快就停下了动作。她主动开了口，轻声询问："模拟考准备怎么样了？”

“就那样吧。”

谈青忍不住偷偷瞥向旁边，男孩依旧抿嘴笑着，今天似乎心情格外好。午间的光穿过玻璃覆在他的脸上，温柔却又透着少年的明朗。

她也被这笑容感染，偷偷笑了起来。她突然很想开口说出那些提前准备好的话。

但懦弱如潮水淹没了她，她是个胆小鬼。

“下次吧”三个字在脑中占据，像是赢的一方在输的领地插上旗帜。

“下午一定要好好考啊。”谈青转头看向男孩，说出的话最终却变成了这句。

“会的。”程东昀还是笑，答应下来。

程东昀比谈青要大上两岁，据说是户口上错还是什么原因，最后和她同一届上学。

手中的碗早就洗干净了，谈青害怕程东昀发现她的故意停留，便说了再见，匆忙离开。

回到自己班的餐桌时，周佳月都在餐桌上开吃了，抬头看向喜眉笑眼的谈青，开口道：“怪开心的呀。”

“今天碗刷得干净透了。”她笑意更浓。

下午的模拟考，都是在自己班里打乱位置进行的。按照要求，教室里的考生是四十二人，超出的几个学生，则是把桌子拉到走廊上去考试。谈青的考号正巧被排到了后面，在外面的走廊考试。

地理和生物是合在一张试卷上的，总分值不高，内容也不算多，谈青做得快，试卷检查了两遍后，便转着手中的笔托着腮发呆。

五月，天气渐热，教室内的吊扇低速地晃着，扇来些凉气给为题目焦躁的学生降降火，走廊上自然没有风扇，只得打开了一扇扇窗户。

清凉的风吹来，此时的温度最为适宜。谈青往外面看过去，花园里的小树已经长了新叶，高大的教学楼遮住了下午的阳光，没有阳光照拂的树叶更显新嫩，绿意盎然，让人心旷神怡。

谈青不由得想起中午在食堂和程东昀在水池旁说话的场景，嘴角忍不住展开。

不知道他有没有像他答应她的那般，好好考试。她觉得他会的，但再细细去想，似乎也不会。可他答应了的。

谈青心中执着着这件事，以至于之后的几天，一直关注着这次模拟考成绩的事情。

周一下午第一节课，谈青顶着太阳来到三号楼一楼的年级办公室送作业。

路过班主任前面的空置办公桌，谈青小姑娘忍不住好奇，瞧了瞧上面新出炉的导学案。

“谈青！”

短而有力的声音猛然传入耳中，不用猜测，是数学老师刘国庆。

她被吓得往后跳了一步，还没缓过神儿来，国庆老哥又咋咋呼呼地说：“你模考 72 分，正好踩 A 的线！”

喜悦一涌而至，谈青兴奋起来，对上刘国庆一双贼溜溜的眼睛。

“咱两个班就你一个过 70 分的。”刘国庆语气渐渐平缓下来，毕竟他还是二班的班主任，满分 80 分，自己班最高的却只有 65 分。

谈青讪讪。

“谈青，你们下节课是什么课？”旁边的生物老师张了口。

“体育，老师。”

“这都马上六月了，今天外面太阳毒辣，留下来帮老师誊个分数。”

“好。”

一、二、九三个班是同一个生物和地理老师，都是新换的。

谈青趁着老师找纸笔的工夫，浏览着电脑上的分数，鼠标慢慢滑到九班。

程东昀——28 分。

生物老师拿着纸和笔，凑近看了看九班成绩，停在程东昀的那一行，忍不住戏谑：“哟，程东昀 28 分啊。”

意料之中，意料之外。

生物老师喝口水，又开口：“这小子在答题卡后面画了俩王八结婚图，他没想到教育局扫描完答题卡还会再送回来。”

（三）

五月底，彭市已有了几分夏天的气息。这天是周二，放学后程东昀被田一郝拉到宋明昊家打游戏。

几个男孩子窝在宋明昊的小卧室里，嘻嘻闹闹。窗外，夕阳渐渐沉落，风从打开的窗子溜进来，吹动少年们的发丝。

不知道这是开的第几局了，田一郝忽然提起：“咱模拟考是不是成绩出来了？”

“好像吧，这两天我们班没有地理和生物课。”宋明昊挠挠头发，扔下游戏机，趴到了窗台上往外看，“办公室有成绩吧，你没去查吗？”

田一郝转身看了看躺在床上还沉迷在游戏世界的程东昀，问：“我说东昀哥，你去查没？”

“嗯？什么？”

田一郝一脸无奈地转过头来，他竟然还希望能从这位老哥嘴里听到些什么消息。

宋明昊轻笑：“谈青估计知道，一般她手里都会有份成绩单。”

“谈青？一班那个生物成绩逆天的妹妹？”

“嗯。”程东昀坐了起来，点了点头。

宋明昊效率很快，转身就拨通了谈青的电话。

“阿青——”

长音一落，电话那头的人似乎猜出了宋明昊的来意：“阿昊，说吧，这次借多少？”

“哎，这次不借钱，我是那种人吗？就是，你知道我的模拟考试成绩吗？”

“有的，你是……27 分。”

“啊呜呜——为什么为什么啊。”宋明昊开始惨叫。

谈青姑娘早已习以为常，无视他的“悲伤”，苦口婆心地说：“还有时间，晚上回到家少碰你那宝贝游戏机，叫‘王八’是吧？多复习复习……”

她的声音被打断：“呜呜，它叫‘老板’，不叫‘王八’。”

电话那头的姑娘笑着扶额：“好好，让你的宝贝‘老八’落落灰，咱得好好复习吧，考个 C，好歹能报考高中。”

宋明昊正沉浸在自我悲伤中，感觉身后有什么东西在戳着自己，转身，对上田一郝一双幽怨的眼睛，才想起这家伙来。

“对了，你那儿有没有九班的成绩？”

谈青的心猛然一紧，问：“有，你要查谁的？”

“田一郝，你知道他吧，就是程东昀那个朋友。”

“我知道他，等一下。他，20 分。”她又装作不经意地问，“程东昀的成绩还要吗？他的成绩我印象深点，办公室老师还提了一下。”

宋明昊开了免提，正在喝水的程东昀听见自己的名字，抬了头，看了看电话。

“他多少啊？”

“28 分。”电话里同时传出女孩的笑声，“他在答题卡后面画了两个王八结婚图，把生物老师气得直跺脚。”

似是忽然想起什么，她又说道：“你可别告诉他这画王八的事是我说的。”

程东昀无声笑了起来，宋明昊看了看他，缓缓开口：“阿青，给你说个事，他就在我旁边。”

电话那头的人忽然没有了声响，似愣了一会儿才恢复。谈青说：“什么？我这边信号不好，挂了啊。”匆匆挂断电话。

田一郝躺在地上，贱兮兮地说：“程东昀，想不到你还有画王八的爱好了。”

“滚。”程东昀淡淡开口。

“哎，你们和谈青是小学同学？”田一郝又问。

“是啊，我们关系挺好的。”宋明昊坐到程东昀旁边。

田一郝盘腿坐了起来：“东昀和她这两年好像接触不多啊。”

“关系好的是我和谈青。”宋明昊转头又看了看旁边的人，“他俩也就那样，不好说。”

程东昀一只胳膊搭上宋明昊的肩膀，懒懒地站了起来：“我俩就普通朋友。”说完就去厕所了。

等他走了，宋明昊对着田一郝小声说：“他俩以前有段时间都互相避开。”

田一郝凑上前来：“没想到啊，怎么回事啊，我瞧那谈青性格不挺好的嘛。”

“怎么说呢，是关于东昀他妈妈的事，我感觉他俩之间有点儿误会。”

田一郝点头示意自己清楚，刚刚比了个“OK”，程东昀就进来了。

“走了，不玩了。”说着，程东昀拿起外套便推门而去，下楼，走出宋明昊所在的小区，沿着小镇的街道走着。

夜幕低垂，路旁的烧烤店已经开始营业，烟熏的孜然味在上空环绕，街道两边的店开始亮起灯来。前面的一家汉堡店凭借耀眼的灯光在街上格外亮眼。

程东昀在玻璃窗前停了下来，朝里面望过去，都是些家长带着孩子们在那儿。小孩子们坐在白色餐桌前大口地吃着汉堡，脸上露出满足的笑容。

记忆中，似乎谈青也是很爱吃汉堡。他不自觉地扯了扯嘴角，继续往前走，汉堡店也逐渐在夜色中变得模糊。

时间总是给人恍恍惚惚的印象，六月的气息已经充满彭市。夏天到了，满是期待，许多人都渴望着热烈美丽的夏天。

谈青同班的好友郑宇博因屡屡触犯校规校纪，被遣回家反省，当天晚上便发消息托谈青找人帮忙把落下的讲义和作业送来。

谈青坐在书桌前左思右想，和郑宇博住一个小区，她认识的也只有程东昀了，看来，只能找他了。她在心中一笑。

这个夏夜，满怀期待的姑娘久久难以入睡。漆黑的窗外，树上已经有了蝉，声声蝉鸣更是让谈青的心变得兴奋，心情随着蝉声，起起伏伏。

第二天，谈青因为睡得太晚，赖床了好一会儿，来到学校时，还有两分钟便要上课。

课堂上，即使看着枯燥无味的书本，也产生几分喜悦。这种状态并没有影响她的专注度，只是让她转头看挂钟的次数变得多了些。

终于熬到上午的大课间，还未等老师离开教室，她就拿起早早包好的讲义快步走出教室，逆着人流上二楼，穿过连接两栋楼的走廊来到九班。

谈青透过教室窗户朝里面寻找着，程东昀就坐在倒数第二排，他从座位上站了起来，打着哈欠，整个人懒洋洋的。

程东昀看见了窗外的谈青，自知女孩估计是找他的，便走了出来。

他靠在门框上，脸上带着笑意："怎么了今天？"

见他面带笑意，谈青也轻松起来："帮个忙。郑宇博回家反省去了，你把讲义带给他吧。"说着递出讲义。

程东昀接下讲义，低头看了看，问道："他不成绩挺好的吗，犯什么事了？”

“我们英语小自习都是要默课文，他回回偷懒，自习课的时候抱着小说就去厕所偷看了，没想到这次王主任过来上厕所，被逮个正着。”谈青笑了起来。

“这家伙。”

说完，他看了看面前的姑娘，眯着眼睛又仔细看了看：“胖了啊。”

谈青也没生气，摸了摸脸上微微的肉，说：“被你发现了。”抬眼对上程东昀的一双眼睛。少年凤目明澈，最是迷人，她极为喜欢他的眼睛。

“你的眼睛真好看。”谈青忍不住小声夸赞。

程东昀被她的话逗笑了：“你眼里就没有不好看的。”

“哪有。”她小声嘟囔。她惯不会夸奖什么，若是真的当面夸奖出，定是真心喜欢和赞扬。她不说谎的。

生物老师刚刚下课，从门前经过。

“老师好！”程东昀突然大声问好，吊儿郎当的，没个正形。

那位老师瞥了瞥他：“下次别这么打招呼了，保不准哪天就被你吓得走了。”

老师又看到一旁乖巧的谈青，更恨铁不成钢道：“你也好歹向人家谈青学习学习，人家生物次次满分。你看看你，整天净整些没用的王八图。”

说完，老师朝谈青笑笑点头，便离开了。

“老师再见。”女孩规规矩矩。

“您老慢走，不送喽。”少年依旧不着调。

看着生物老师的背影，他“啧”了一声：“怎么差距那么大呢。”

谈青抬手指了指自己的黑眼圈，温声道：“没少为生物熬夜。”

程东昀也指了指自己的黑眼圈，道：“谁没有。”

他还没少为游戏熬夜呢。

谈青温柔地笑了笑，心想，没救了没救了。

（四）

周佳月最近又发现了一个帅哥，这是她帅哥名单里的第四位。每个帅哥在周佳月这儿都有自己专属的名号。

第一位，无可替代的男神——宋宋，地位最高。

第二位，五官端正，眼眸深邃的“初恋小哥”。为什么是“初恋小哥”呢？按照周佳月的原话是：“他给人的感觉和我梦里邂逅的初恋很像。”

第三位，五官柔和，光照下明月清风般的“周五小哥”。顾名思义，这位是周五体育课才能遇到的。

第四位，新晋男神，浓眉大眼的“心动男嘉宾”。

周佳月与他相遇是在一个风和日丽的课间，那段时间每层楼的饮水机都停了。每个班每天大课间凭着分发的水票到二号楼和三号楼之间的广场兑换一桶水。周佳月带着班里几个瘦瘦弱弱的男生像往常一样搬水，恰巧三年级二班的一个男生刚刚下楼。

“心动男嘉宾”手拎空水桶，被几个朋友拥簇着姗姗而来。她呆呆地盯着，痴了神。

就这样平常得不能再平常的一天，他进入了周佳月的帅哥名单，地位仅列排位第一的男神之后。

周佳月跑到教室，气喘吁吁：“谈青，走，看帅哥。”

谈青手里正捣鼓着今早新装的一小瓶提神醒脑的青草膏，准备拿给宋明昊，和二楼的程东昀。

这个年纪的女孩子，正是芳心萌动的时候，帅哥对她们的吸引力自然大。谈青很快将桌子上的青草膏塞进口袋，跟着周佳月跑向广场。

“哪儿呢哪儿呢？”

“怎么人不见了？”周佳月左右张望，虽未寻到他，却看见了自己的“铁子”和宋明昊几人晃晃悠悠地下楼。

“老铁”关飞飞看到了周佳月，主动挥手。旁边的宋明昊也注意到她们，歪头傻乎乎地也挥手，相比旁边的关飞飞，未免显得呆傻。

“青，你说这两人同样是挥手，我感觉宋明昊咋那么像——”

“隔壁村二傻子。”谈青接上。

两人拍手，“果然，懂我的只有你。”

宋明昊是一个高瘦且戴着眼镜的男生，下颌角微微收起，给人一种“网游包夜少年”的感觉，毕竟那黑眼圈很是明显。每次他去办公室，总有老师调侃：“哟，昨晚去偷谁家的鸡了？”

而关飞飞的脸就比较圆润些，微胖的身材，很狂野的长相，刺猬头，让人感觉这人的脾气不好。周佳月和他从小认识，她总说：“关飞飞不应该叫关飞飞，或许叫关张飞比较合适。”

这话，关飞飞听了不止一次，从刚开始的暴躁愤怒再到后来的毫无波澜，经历了什么，只有他自己清楚。关飞飞的运动细胞不错，就是在篮球方面一般般，有时候让人忍不住地尴尬捂脸。

今天，关飞飞不知道从哪儿整了个墨镜，来到两位姑娘旁边，甩手戴上。

“关飞飞，你这是要干什么？”周佳月问。

“有点事，大哥我出来对付下。”他手插进兜里。

两位姑娘无奈，对于他这种“中二”行为已经习以为常了。

“你们呢，出来领水？”旁边的宋明昊今天说话用起了标准的普通话。

“早就领完了，出来看帅哥呢。”周佳月答着。

“你们俩，我也真是不知道说什么好了。”宋明昊摇头。

“咱学校的心理老师不是说了嘛，‘这个年纪，大家都喜欢看帅哥，因为这能让我们产生快乐和愉悦感，很正常，谁不喜欢帅哥？老师也喜欢，但是大家要理性对待’。难道你们当时没去听老师的讲座？”

周佳月说的的确是事实，这就是上周的事情，全校的人都去听了。宋明昊、关飞飞也无话可说，敷衍地点点头。

这会儿，将近十点，太阳正好。谈青忽然想起自己兜里的两瓶青草膏，掏出一瓶递给宋明昊。

“这是什么东西啦？”他依旧用着普通话。

“提神的，困了就涂在眼角下，不要涂在太阳穴。”

当然，涂在太阳穴确实有用，但涂在眼角下一招制敌，物化结合，直接熏上眼睛。这不就效果加倍吗？谈青想着。

兜里另一瓶突然显得硌硬人，谈青有些心慌，犹豫不决。

她还是掏出了第二瓶，语气平淡：“这个你回去捎给程东昀，告诉他上课困了就涂在眼角下。”

宋明昊接下，收进兜里，没有多问。

谈青舒了口气。

几人告别。

谈青抬头望了望对面的二楼平台，转身和周佳月回了班级。

“数学作业布置下来了吗？”周佳月在路上问。

“嗯，今天的有点多，下午第二节课之前交。”

“今天是星期四吧，哎，又到了一周一次的红烧肉时间，军训那会儿红烧肉多好吃，现在的就有多难吃。”周佳月吐槽着。

星期四？原来今天已经周四了。星期四上午最后一节课，好像是九班的体育课。谈青在心里想着，不禁多了些期待和喜悦。这几个月来，周四这天常能在食堂里去班级饭桌的路上遇到他，她总会故意在水池附近等待，悄悄地歪着头朝食堂北门看，直到九班的人成群地出现，才开始从水池往饭桌走。这段路里，有足够的时间让她和他迎面相遇，足够让她笑着和他说一句“好巧”。

十二点钟，周佳月由于要在食堂值日，便先一步去了食堂，谈青则在人流的后面踩着午饭时间的末尾音乐踏上食堂的台阶。

撩开厚重的透明帘子，饭菜味和食堂的闷热气息萦绕在鼻间。她如往常般，径直去了水池再次冲刷自己的饭盒，不时抬眼注意北门的动静。她也记不清，这是这学期里第几次在这里伺机。

北门的帘子被掀开，谈青看过去，正是九班的几个人，随后一群接着一群，都是九班的面孔。不知不觉中，她已经单方面认识了九班的大部分人。

关上水龙头，谈青开始沿着从北门旁经过的那条路回班，那条道不长，距离北门大概八米，道很窄，中间还放了一个大号的剩饭桶，致使这条道更加拥挤。

众人中，唯独她的方向是逆着的。她靠墙站着，先等九班的人过去，也在等那个人下一秒出现在食堂。

一小会儿后，人潮散去，他依旧没出现。谈青抬起脚，沿着小道走，她有一种预感，下一刻，程东昀会出现。

果真，一只拿着和她同款蓝色饭盒的手从帘子的缝隙中穿进来，慢慢撑起了厚重的帘子，谈青露出了笑意。

片刻后，刘海儿微分的程东昀出现在她的面前，两个人迎面而遇。

“来那么晚啊。”谈青主动开口，见到程东昀后，笑容更是收不住的灿烂。

程东昀低头看向她，面上含笑，纳闷道：“笑什么？”随后，用手轻轻推了她的头，便快步走去。

谈青也不恼，在原地愣了几秒，便傻乎乎地笑着回去了。因为一见你就笑啊，她在心底说着答案。

今天餐桌上有红烧肉，作为桌长的谈青在大家都盛完一轮肉后，心情格外好地把剩下的大块肥肉分给了几个爱吃青菜的家伙。几个家伙哀怨地看着她。

学校或许很清楚食堂做的红烧肉难吃，又给大家每人准备了一个桃。

“桃留给你们了，别在心里咒我了。”吃完饭，谈青丢下自己的那个桃去了水池，路上不时往九班餐桌瞟过去，程东昀还坐在位置上扒着饭盒里的饭。

今天把握的时间不好，正赶上水池高峰期。谈青被几个虎背熊腰的高个子“壮汉”同学挤来挤去，好不容易才排到一个空位置。

正冲洗着自己的饭盒，一个熟悉的身影接替旁边的位置，一手拿桃一手拿碗。

他们常在食堂水池相遇，有的巧合是谈青创造，可另一半呢？是程东昀出于什么心思呢？谈青想不明白。

“你的桃呢？”旁边的人疑问。

“给别人了。”

“别怕胖，你也不瘦了，不怕那点儿。”他开着玩笑。

“你真烦人真烦人，我那是牙龈不好，吃它会流血。”姑娘有些嗔怒。片刻，她又开口：“我兜里有糖，你自己拿。”

“你不吃啊？”

“我胖，再吃以后嫁不出去。”她语气轻轻，用着他的话回怼着。

程东昀爱吃糖，把桃放进冲得差不多的饭盒里，用未沾湿的那只手小心地伸进谈青的左侧口袋，轻轻翻找。

“在右边的袋子。”

程东昀本就是站在谈青左侧，听到后，手臂微微环住谈青，伸向谈青另一个口袋，动作很轻，而后掏出被她暖得温热的糖。

“哟，QQ 软糖。我更喜欢巧克力。”

“别挑了，巧克力这个天都成巧克力酱了，您就凑合吃吧。”

程东昀将一颗糖塞进自己嘴里，满足地笑了笑，低头又撕开一颗糖的包装，食指和拇指夹住糖，站在短发女孩的身后，露出半截的手臂从后面绕过，把那颗糖直接塞到她的嘴里。

“吃吧，又不是真胖。”

午饭结束，谈青脸上挂着笑地回教室。其间，到小卖部买了两瓶水和一个鸭脖。一瓶水是她的，另外一瓶水和鸭脖是周佳月的。今天食堂的饭，味道并不好，估计周佳月也没有多吃。

她把东西放在了周佳月的桌子上，此时，周佳月估计还在食堂值日。

桌子上一摞书里，还夹着一张数学老师的样卷，上午从办公室回来的时候，刘国庆让她抽时间送到楼上的四班，转告四班课代表一些话。

谈青扭头看了一眼身后的钟，快去快回吧，于是拿起卷子快步走出了教室，上了楼梯，抵达二楼。

此刻，二楼还是有些喧闹，不少学生你追我赶地打闹着。除了平时接水，她很少会来二楼。

穿过走廊，最终停在四班的门口。

四班门口，嬉耍的人很少。从前后门出来的，大多都是朝着厕所的方向去。透过后窗往里面看过去，里面的学生许多都坐在位置上写着作业，有的围成一团，讨论着什么。看来，人家实验班，就是比他们这些平行班的氛围要好。

她又看了眼离窗子最近的几个位置。是几个男生围在一起，面前是象棋棋局。

彼时，他们正在好奇地看向她。

谈青不好意思地笑笑，举了举手中的试卷。

其中一个离后门最近的戴眼镜男生起身走了过来，站在门口，问：“有什么事吗同学？”

“我来送试卷，麻烦叫一下你们的数学课代表。”

那位同学点点头，转头就冲着棋局前的几个人喊：“方正扬，找你的。”

一位高瘦的男生走了出来，穿着一身校服，五官好看。谈青没再多看，把卷子交给了他，缓缓道：“同学，我们老师托我告诉你，下午上数学课把最后两道大题写在黑板上，你们老师会来得晚一些，你们先做这两道大题。”

“好，麻烦了。”方正扬看着她温声道。

“没关系。”谈青对他笑笑，没再停留，转身回班。

方正扬目送着她离去，直到背影消失不见。

中午的作业不算多，谈青做完后，刚刚好，响起了午睡的铃声。

一班的人听到这个铃声像是解放了一样，放下手中的作业，统一动作，趴在课桌上。靠窗户的李晓明，像往常一样从座位上起来，在教室转了一圈，拉上了绿色窗帘，班里也有了种绿色的暗。

想起自己这周还没写完的读书笔记，谈青从抽屉里拿了出来，打算写完剩下的小半篇再眯一会儿。她总是这样做。

头顶的吊扇转着，一楼算得上凉爽。前一会儿自习的窸窣讨论声此刻全然消失，教室里很安静。

谈青写着读书笔记，也随之静了很多。

约莫过了小十分钟，写完了笔记的最后一句，谈青甩了甩累了一个中午的手，抬起头，眼神放空。

“吱——”谈青被声响吸引。

教室前门被风吹开，露出一道能看到走廊的缝隙。缝隙外，是一道被遮住大半的熟悉身影。

那道身影离前门越来越近，最后，他轻轻打开了前门，手里拿着笔和记录板，下巴略微抬起，检查着教室里的纪律。

谈青直身看着他，心率加快。她期待他朝她这边看过来。

程东昀慢慢把目光移到了谈青的身上，毕竟，教室里只有她还没有睡，直直坐着，格外显眼。

谈青冲他微微笑了笑，做着口型："不、要、扣、分。"

门口的少年只是淡淡笑了笑，没有明确回答，转身便关上门离去。

但谈青知道，他看懂自己的口型了，而且，他真的会这样做。

第二章 / 谁又偷偷在意谁 ·

（一）

早晨，天灰蒙蒙的，周围满是雾气，丝毫不符合这个季节。谈青下车后，却破例地从东大门进校。

程东昀站在传达室旁边的小门，手中拿了一个快递盒子，整个人显得并不真实。

谈青远远地就看到了他，不自觉地往后退了一步，最终还是鼓足勇气走向他。

周围气氛低沉，雾蒙蒙的。

程东昀见她，主动开口说："你每天在校门口故意等我，我真的烦透了。"

谈青没有说话，她无法解释，这毕竟是事实。之后宋明昊出现在谈青身边，将谈青拉走。

世界突然崩塌，谈青在母亲的催促下从床上醒来，内心依然不安，直到吃饭时才缓过神儿来。

她不禁庆幸这只是梦，却也隐隐担心，现实中的他是否发现了。

坐电动车来到学校门口，许多人都不按照要求走北门了。于谈青而言，从东门进入的确路途近了不止一点。

她却还是选择从北门进。

谈青每天并没有刻意踩着程东昀来学校的点，只是每次往北门那段路总会寻找前方是否有他，如果没有他的身影，她就会走得慢上许多。一是她并不想提前早读，二是万一他在后面呢。

如此，两个人偶遇的概率就大了许多。

下午第一节课下课，谈青拿着那摞只有三十多份的作业，起身去办公室交差。

六月的太阳很是毒辣，广场上的石砖被烫得滚热。谈青刚刚走出走廊，抬头望着烈日，眼睛被刺得睁不开。她将手中的作业举到头顶，遮挡着刺目的阳光。

“哈喽。”上面传来少年轻快的声音。

谈青怀着半分猜测，将作业放下，抬头看向三号楼的二楼。

果真是程东昀。他趴在平台的栏杆上，微微挥手。今天他穿着一件简单的灰色的T恤衫，下身是深色的校服裤子，再普通不过的打扮，谈青却觉得他今天过分美丽。

情人眼里出西施吧。

“哈喽。”她也学着他，挥挥手。

还好那都是梦，看着那样坦率真诚的程东昀，谈青想着，喜上眉梢。

少男少女都笑得开颜。

斜后方走来一个人，谈青微微转头看了眼，正是数学老师刘国庆，看样子是刚刚从二班上完课回来，手里还拿着一本数学书。不知是心虚还是什么，谈青又立马转过头来，没有主动问好。

“上来玩。”程东昀在上面招着手。

身后的刘国庆越走离她越近，距离她右手边不过一米多，谈青不免担忧着，老师是否听到了他们之间的对话，会多想什么吗？她心中慌乱着，摇摇手：“不了，还要送作业呢。走了。”说完，压制住往上面看的强烈念头，埋头大步走向办公室。

第二节课下课，谈青又一次来到办公室。就在上个课间，刘国庆又遣她找几个人在这个课间查试卷。她完全可以不来的，可刚刚三号楼二楼的他向她挥手的场景在脑中不断重复，像罐蜜般诱人。

她暗暗期待着，这个课间，他会不会还在那儿。

可现实总是事违人愿，当她在走廊里整理好自己的衣着发型后，迫不及待走出走廊朝斜上方看过去时，却怎么也寻不到他的身影。

失望在心底蔓延开来。

踏入办公室的那刻，东南角乌压压的队伍出现在谈青的视野中，抬首看到的最显眼的几个同学都是楼上九班的。

谈青又即刻提起神，边走边寻找着某个身影，程东昀就站在队伍的末尾。

她想，今天确实太巧。

数学老师的座位在办公室的东北角，从门到办公桌的这七八米，谈青一直紧紧凝视着程东昀低头念书的身影，怀揣一份少女的心思。

刘国庆也顺着谈青的目光看去，笑了笑。

谈青发现老师的目光后，连忙转过头来，上前抢着询问试卷的位置，唯恐被发现什么。

回到班里，谈青把这事告诉了周佳月。周佳月不以为然：“他可精着呢。”

她语气一转，又道：“程东昀有什么好的呢？不值得不值得呀。”

“小时候，他其实对我很好。”谈青笑得温暖，回忆起来，语速缓慢，“有一次班里许多人的午饭钱被一个同学偷了，我的十块钱也是，害得我午饭都是蹭着吃的。回到班里时，过了一会儿他带着几个男生回来了，来到我的桌前把十块钱给了我。”

“不过啊，他不记得了。”

是啊，他不记得了。

周末下午阳光普照，谈青没有外出，独自待在家里，学着父亲在家的模样，泡了壶龙井，杯子用的是今年寒假父亲特别找来的瓷杯。父亲说，这个杯子是从姑奶家淘来的，泡龙井味道极好。

她却泡不出父亲泡的味道。

父亲打来了QQ视频电话。她父亲谈卫民这几年一直在外工作，QQ视频这个功能，真的是造福一方。

电话刚接通，电脑上便出现了父亲的面容，他依旧是那副和蔼的模样，笑得很开心。

“青青，我刚刚去书店逛了圈，给你买了一本书。”说着他便拿出那本厚厚的书。

谈青很开心，好奇地问：“是什么书？爸爸。”

谈卫民把封面摆正，用手指着名字，说：“《易经》，之前我去就想买的，可只剩一本翻旧的。”

“下次回家带给你，这是图解版的，我看还不错，里面蕴含的智慧很多，看看很有益处。”谈卫民温声解释。

“好，爸爸我想你了。”她诉说着思念，从不含蓄。

“再等等爸爸，暑假会回去的。你妈妈最近怎么样……”

父女俩聊了许久，从家人聊到谈青的校园生活再聊到……许多许多。

他们彼此牵挂着，亲情这东西，从来不变质。

（二）

郑宇博回家反省回来了，像个没事人一样，大摇大摆地拎着书包来到教室，随即便从书包里掏出几张讲义，里面掺着一张写着程东昀名字的历史讲义。

“程东昀这家伙，竟然把自己的导学案给我了。”他哈哈大笑。

谈青也觉得好笑，仔细想想，确实是程东昀能干出的事。她从桌子上拿起讲义看了看，名字——程东昀。只是看着这极为熟悉的字迹，谈青便忍不住地笑了笑。他的字还是这样。将近两年，程东昀的字迹几乎没变，只是比从前显得规整了些。

郑宇博凑上来看了看，道：“我猜，程东昀也就是名字认认真真写了，你看看他下面只写了一行半的填空，都能看出来他是在敷衍。”

谈青也看了下去，顿了下，道：“估计，一节课二十五分钟的小自习，二十分钟他在用名字练楷书，剩下的五分钟，磨出了一行半的草书。”

接下来的一天，是郑宇博回家反省回来上的第一天课，有几位关系不错的老师还调侃了他几次。谈青觉得，回家反省的这几天，别的没磨炼出什么，倒是练出了郑宇博的一张刀枪不入的厚脸皮。

下午的英语课，她瞥了眼郑宇博，这家伙正偷偷写着什么，也不知道是不是在做英语练习。

放学时，郑宇博从位置上站了起来，又翻出那张导学案，笑嘻嘻，说：“我刚刚把上半部分给做了。”

果然印证了谈青的猜测。

她也没再说他，看了眼他手中的卷子，缓缓道：“给我吧，我给他做。”

谈青伸手接走，不顾面前未收拾好的书包，随意拿起一支笔，做了起来。

“阿青，你快点，我回家还要给他送回去。”郑宇博在一旁催促。

郑宇博回家后，就跑到九栋的程东昀家，按响了门铃。

开门的正是到家没多久的程东昀。

门外的男生把讲义递了过去：“给你做完了，填空题是我做的，选择题是谈青做的，我知道我们对你很好，你别太感动。”

程东昀低头浏览手中的讲义，淡淡道：“你俩挺闲的啊。怪不得我没找到，竟然在你那儿。”目光停留在那几个龙飞凤舞的字母上，“这孩子的字还那么潦草。”

郑宇博瞟了一眼，说：“可别提了，这两年她的字可谓是‘有过之而无不及’，每次抄她的读书笔记，手不比眼累。”

程东昀轻笑。

“记得以前抄她的作业就费劲，现在倒是没机会了。”

郑宇博摆摆手：“没事儿，转来我们班，大把的机会可以让你享受谈青飞起来的字。”

楼道传来一阵脚步声，郑宇博闻声转了头。

那是一位年龄和他们相仿的男生，五官俊美。

男生注意到他们的目光，礼貌地朝他们笑笑，打招呼似的点了点头，便继续上楼。

直到脚步声消失，楼上的门闭合，郑宇博才开口问道：“这是谁？感觉挺陌生的，之前没怎么见过。”

“方正扬，我家楼上的。他妈妈是河中的老师，在这儿租的房子。他现在好像陪他妈在这儿住。”

门外的郑宇博点了点头，也不打算多作停留，简单聊了几句就和程东昀说了再见，匆匆回了家。

程东昀从楼道的窗户往外看，夜已经开始漫上来。

第二天清晨，谈青来得很早，六点二十分就到了教室，比平时早到了小半个小时。

主要还是昨天晚上睡觉前，嘴馋步行街的那家“亮岩早点”的包子辣汤，算起来，好几个月都没去吃了。

香喷喷的猪肉馅儿包子和辣嗓子的汤，那种味道不断从大脑刺激她的味蕾。最终，十一点半的她从床上掀起被子，来到母亲房间，附在熟睡的母亲耳边念叨着：“妈妈，明天早上我想吃包子辣汤。”

着实把张芳芳吓了一跳，许久才缓过神儿来。

就这样，早晨五点半，张芳芳就把女儿从床上叫了起来，母女俩一起来到“亮岩早点”。

这个点儿不是高峰期，早点店人不算特别多，多数是些学生和工人，一屉一屉的包子还在蒸着。

谈青坐在餐桌前，一口包子一口辣汤，味蕾得到满足，幸福感满得要溢出。喝完最后一口辣汤，算是结束了这次早餐。

“饱了？过瘾了吧？”谈母坐在对面。

“嗯，饱了，也过瘾了。”

“行，走吧。”

母女俩擦完嘴，从板凳上起身。

门旁出包子的两个队人也多了起来，谈青注意到，队伍中有位高个子男生穿着和自己一样的夏季短袖校服，和盛包子的打餐阿姨似乎很是熟络。

“小伙子来了啊，还是一两猪肉馅儿包子？”

“是的，阿姨，再来一碗辣汤。”

谈青看了眼就撩开门帘走了出来，六点多，外面是初夏的清凉，吹散刚刚喝完汤的满身热气。她上了母亲的车，迎着风前去学校。

到教室，正好是六点二十分。

谈青从包里拿出来地生复习资料，念了起来。

二十分钟后，逐渐有些昏昏欲睡，眼皮马上要耷拉下来，嘴巴也有些干。她拿起水杯从位置上起来，班里大多数人已经到了，临近会考，许多都在拿着复习资料或者题目埋头复习。前排的周佳月还没到，估计又是因为什么不可控因素还在路上。

饮水机在本楼的二层，谈青一路走到走廊最西头，上了楼梯，把水杯放在出水口，却久久没有水流出。

她纳了闷儿，用手又拍了拍饮水机，还是没有反应。她抬头一看，墙上贴着一张崭新的提示语——本机正在维修，请移步其他的饮水机。

原来如此。

三楼还有一台，三号楼二层也有。

“上楼还得爬楼梯，还是去三号楼吧，反正就几步路。”她小声念叨着，说服着自己。

说着，就穿过二楼连接走廊，来到三号楼的饮水机前。接水的时候，她不断地往走廊里张望着，只是零散的几个背着书包的学生从东边的楼梯上来，走入各自的教室，并没有那个她想见到的人。

手中的水杯没几秒就已经满了。不知道是什么缘故，学校里饮水机的水总是很凉爽，像是刚从冰箱里拿出来的一样。

谈青猜测，会不会是刚从地下抽出来的，然后再净化，所以饮水机总是有着嗡嗡的机器声。当然，这只是谈青的猜测，她也没有准确去问过、查过。

拿起水瓶，大口喝了一口水。冰凉的触感滑过口腔、喉咙，真是透心凉。

刚刚的困意也降去大半，头脑也清醒几分。她盖上水杯盖，在路口停了下来。

那条走廊像是充满魔力一样吸引着她，走廊尽头是拉长的门的形状的光影，在白色地砖上格外耀眼。

似乎是前往光的通道。

思考几秒后，她还是朝着走廊走去。从走廊东门可以看到，校外柳树垂下来的绿色枝条被一阵清和的夏风吹拂，飘扬着，在温柔的晨曦中。

谈青总觉得，当再一次看到柳树长出了新的绿叶，夏天已经来到身边。

所以，新生的柳枝等于夏天。像是一个象征。

她一步步往走廊东头走着，距离那个班级越来越近，也离那个光影越来越近，离那道从走廊射过来的那束光越来越近。

在离九班那扇前门不到两米的时候，谈青放慢些脚步，却也不敢太过缓慢，以免露出端倪。

随着一只脚踏入九班前门领域，她恍然扭过头朝右侧的班里看过去，满眼的期待，心脏一瞬间悬着。

那个少年就站在讲台前，双手撑在讲台上低头看着桌面上摊开的《五三》，额前的发微动。

迎面一位九班的学生不知道什么时候从走廊东头走了过来，刚刚从谈青身旁经过，来到前门。

讲台前的少年注意到前门的动静，抬起头朝这边看过来。班里右侧的窗户外，一束光穿过，落在他的上身，高挺的鼻梁和眼尾稍微上翘的桃花眼，在光下格外动人明媚。

微微中分的发被从窗外钻进来的风轻轻吹乱，扬起的发丝在光下变幻成另一种耀眼的颜色。

谈青对上他的眼，有些失神，微微笑了笑，从前面走了过去。

脑中依旧没有缓过神儿，她呆呆地往前走着，回忆着刚刚程东昀的姿态。

走廊的光拂在她的脸庞。

她忽然明白“惊鸿一瞥”的意思，那般真切。

走廊的西头，方正扬拿着空着的水杯站在那儿，远处的少女迎着光射进来的方向走去，在地上留下一道影子，她短发的边缘被镀上一层晨光的闪耀。

穿过走廊的风从她身边闪过，扯起她的发，发丝随风飘扬，他的心也随之动摇。

他望着她，望着她转弯下了楼梯，消失在走廊之中。

（三）

距离考试仅剩一周。

下午刚刚打预备铃，谈青就从位置上起来，从第一排开始，收着自习课的数学试卷。风扇在头上转着，带着热气的风吹起试卷角。再平常不过的一天。

“谈青，有人找你。”一位同学在后门口喊着。

谈青闻声转头，目光掠过后窗，程东昀正趴在窗台上笑着望她，微微招手唤她出来。

好似他们彼此关系已经很融洽，像是平常不能再平常的好友。

一时间，她被这神情迷住，竟分不清他们的关系。

缓过神儿来，她立刻放下手中杂乱的试卷，也不顾上课之前还要送到办公室。她欢快地跑出门外，唯恐下一刻少年便不见踪影。

“谈青，《儒林外史》借我用下，两本。”

“还没带吗？这几天借东西就有两回了。”她故意调侃。

程东昀不以为意：“问你借不就行了。”

听到这句，谈青心里暖暖的，转身回了班，拨开在教室里玩闹的人蹲在自己的课桌前，双手在抽屉中来回翻找。

“佳月，你的《儒林外史》给我拿一下，他要两本。”她对周佳月快速说道。

她双手的动作有些着急，不时扭头往外面看两眼，确定他还在后，继续快速翻找，抽出一本与《儒林外史》厚度相似的书，终于找到，拿在手里就像是握着一件战利品。同一时间，前面的周佳月也找到了自己的书，递了过来。谈青高兴着，来不及道谢就拿着书往门外赶。周围的人都与她无关，她沉浸在自己的小小世界中，把手中的战利品送给小小世界的王子。

程东昀和旁边的田一郝还站在后门附近，正和郑宇博说着什么，笑得正开心，见谈青出来，他走上前几步，接过两本书。

“Thank you.（谢谢你）”门外的程东昀说了再见，转身要走，离上课没有多长时间了。

看着他渐行渐远，谈青忽然脑子一热，冲他的背影回道：“No thank you,baby.（不客气，宝贝）”

一句蹩脚的中式英文。

程东昀诧异地回了头，也没说什么，转身消失在走廊。

身后一脸看热闹的周佳月凑上来：“哟，借书都借到咱二号楼了。我瞧着他对你不太一样。”

谈青回道：“单瞧着是这样，其实他对许多人都这样。他就是这样的性格。你忘了吗？昨天咱俩还看见他和几个女孩一路回班，说说笑笑的。”

“或许他还记得你们小时候的情分。”

但愿吧。

上课铃响起，两人匆匆回到座位。

桌子上数学试卷也没来得及送，一遇上他，她的生活总是脱轨。

程东昀被那句baby（宝贝）弄得有些惊讶，他没料到她会这么回应。

从三号楼到二号楼几分钟距离，若是快步，一分钟左右就到了。

回去时，他走得很快。

“咱下次跟隔壁两个班借书不行吗？”陪他一道的田一郝说。

“十多分钟，来这儿权当溜达了。你不行啊，这点路都嫌累。”

程东昀也不太清楚为什么就来到一班借书。最近，他和谈青渐渐熟络许多。课代表通知下节课要用书时，来找谈青借这个想法冷不丁冒出来。

或许是这些天总能遇到她吧，又或许是刚刚的课实在无聊，想溜达一下放松放松吧。

他只能这样解释。

“你回去把谈青的企鹅号推给我。”田一郝突然开口。

“怎么了？”程东昀挑眉，想起来，他也没有她的好友。

“见了那么多次，认识认识。”田一郝又问，“欸？你感觉她怎么样？”

“挺好的。你才多大，搞什么早恋。”程东昀停下步子，瞥他。

忽然他想起前段时间经过她班的时候，似乎是数学自习，她在前面管着纪律，在班里给几个扰乱纪律的男生开着玩笑——

“就那么喜欢在我管辖内的数学课说话呀，故意吸引我的注意？喜欢课代表就对课代表大声表白，放心，我会狠狠地拒绝你们的。”

“想追人家？喜欢人家就去表白。”

还没等田一郝来得及开口，他又道：“她会狠狠地拒绝你的。”

说完，程东昀一脸好心情地潇洒离开了，独留田一郝一人独自迷茫。

迷茫的孩子反应过来，追着他问：“你什么意思啊，程东昀！”

虽然这话很打击当年跃跃欲试的田一郝，但确实是一个很准的预言。

由于这天是周五，下午只有三节课。

放学铃响起没多久，程东昀就出现在了后窗。他拿起手中的书，朝着谈青晃了晃。

谈青压住心中的喜悦，步伐轻快地走出教室，她已经等了他两节课了。不到十米的距离，光是深呼吸就有好几次，她调整好状态，迈过后门，来到他的身边。

来还书的不只有他一个人，田一郝也笑嘻嘻地站在他旁边，冲她打了声招呼。

程东昀把书递到她手里："傻孩子，放学都不积极。"

"谁像你一样。"她怼着，想起什么，做了片刻思想斗争，还是问道，"欸，我让人给你的青草膏你用了没？"语气自然得不能再自然，她的假装已经天衣无缝。

"用了。"

"怎么样？"

"你那玩意儿太刺眼了，涂在眼下面，眼睛熏得都睁不开。味儿太冲了，后面几排都是味儿。"

她笑了，心里有些不自然："就是这种效果。"

"确实，那玩意儿还挺有效果的。"他看着她点了点头。

"你用完再告诉我，我再帮你搞点。马上会考，上课可别睡着了。"

他低头看了看表："行，先不说了，还有事先走了，要不然就晚了。"说完挥挥手就拉着田一郝走出走廊。

田一郝转过头来又朝她招招手才离开。

收拾完书包，谈青就和周佳月一路出了校园，在旁边的路口分道扬镳。谈青朝桥上眺望着，发现了母亲的身影，步子加快，朝桥头走去。

谈母瞧见她，接过女儿的书包。

“上车吧，回家，已经熬好鱼汤了，今天还买了茄子，晚上给你炒茄子吃。”

一听都是自己爱吃的，谈青来了精神：“妈，走，咱快回去，我肚子都饿了。”说着，就跨上车后座。

谈母也坐上车座，插上钥匙，正准备拧起车把，一旁突然传来声音。

“谈青！”

关飞飞坐在前座，骑着车，就这一小段距离，头发就被吹得有些拢在后面。宋明昊坐在后面，两手抱着一个目测一米左右的粗白色管子。

谈青盯着那根管子，好奇道：“你们这是干什么？”

宋明昊像只猴一样兴奋：“正要去捶程东昀！我的天，他把我车钥匙给拿走了，看我不捶爆他。”

她哭笑不得，想到前一会儿程东昀说的“要晚了”看来是去干这种缺德事了。

“你哪儿来的这个？”谈青指了指那根管子。

宋明昊露出两颗虎牙：“嘿嘿，在政教处门口捡的。”

“那儿还有呢，谈青你要不要？我特意给周佳月准备了一根，找人放她桌子上了。”关飞飞热情道。

谈青摇摇手：“我就不需要了，你等着看周佳月明天的反应吧。”这要是被逮到了，少不了王主任的一顿胖揍。

“不是要去捶程东昀吗？快去吧，待会儿就赶不上了。”她好心开口。

两人反应过来，给她和谈母道了声再见，就一路高速地骑车而去。

（四）

窗外的鸟儿叽喳的叫声彻底唤醒了早晨。

晨光轻抚它们的羽翼，赋予蓬勃的生机。太阳是万物之母，温柔悉心地照料每个孩子。我们亦是太阳的孩子，她见证着我们的成长，日复一日。

时间之神悄然推动齿轮。

谈青在车上，一路都在昂头看天。清晨的天空，有着水洗过般的清澈，电线上落着几只麻雀，车辆经过时，它们又惊起。她想起小时候，也是这个季节，她和父亲一起坐在爷爷家刚刚割完的麦田头，自家面前光秃秃的麦地和隔壁依旧茂盛却无人收割的麦田形成对比。据说，隔壁这家的两个儿子还在对于谁家来割麦子的事情争吵不休。

头顶也是这样的电线，上面也是这样落着几只鸟儿，父亲坐在她的旁边，说："你看，这地看起来让人感觉没有边际，其实也没多难，它不会永远割不到头的。但人的通病，就是对一件事瞻前顾后，没有必要，大胆去做去说，其实很简单。"

今日便是考试，地生会考最先在这天下午开始，明天起才是期末考。上午的早自习依旧，谈青下车后还是和平常一样沿着停车场的路从北门进。

今天或许是最后一天了，明天便没有早读了。

缘分会降临吗？话还会说出口吗？

停车场的这一路并未见少年的身影。

北门很小，一次也只能容一人进入。学校单独安排老师值日，督促大家排队测量体温入校。

所以，北门总是排着长长的队伍。

谈青很庆幸这漫长的队伍，就在她转头朝后看时，发现程东昀在她身后的两个位置。

终是缘分抵不住，北门长队遥相望。

谈家小女青青开心地探出半个身子朝后面挥挥手，直到程家少年东昀点头回应。

进校后步子放得慢极了，悄悄等待后面的人。

等程东昀赶上，谈青跟上他的步伐，同他一路。她也记不起这是这学期自己等待的多少次，她从未疲劳过，在这一个学期。

两人就这样走着，今天的他们显得有些生分。

二号楼走廊口，程东昀没有选择和谈青一起进去，而是继续往前走，朝着三号楼走廊口走去。

谈青心里鼓动了一路，在程东昀还没走远几步时，终是下定了决心，语气轻松欢快喊着："程东昀，程东昀，程东昀！"

三遍，是三个字。

程东昀不解地回了头："怎么了？"

谈青摇摇手，说："没什么，就是想喊喊你。"说完跑进了走廊，不敢转头看。

"这家伙。"程东昀无奈摇摇头，转身继续走向三号楼。

谈青在走廊里停下了，她忽然释然许多，对她来说这是一个新的一天。

一个勇敢的一天。属于谈青的。

这一年，一切都在慢慢变好，她也一步步恢复从前的模样。

下午的地生会考谈青并不紧张，复习多遍的她很快就做完，这份试卷并不难。

走廊已经有几个大胆的同学提前交了卷，在走廊瞎溜达，没多久就被赶走了。

她忽然想起上午在教室许下豪言壮语的郑宇博。

“我做完就交，管它 ABCD 的，哼，我的志向是蓝翔、新东方。”

“我要开挖掘机拆了这学校。”

郑宇博是个好玩的人儿，顶着呱呱聪明的脑袋，就是不正视学习，每天和郑母斗智斗勇。据他所说，郑母拿着鸡毛掸子管教他的时候，他都能绕着客厅不到两平方米的茶几，和郑母跑出八百米的感觉。

也不知道他是否提前交了卷。

不过考试之后谈青倒是听说一件趣事。

一位四班年级前十的同学，花了十多分钟就把试卷做完，两分钟后检查完，就直接坐地上画画，耗到提前交卷时间。出了考场，借了辆车子出门去附近买了个至尊版肉夹馍。回来时考试还没结束，人家吃着肉夹馍在考场外鄙视着他们。

果真无奇不有。

考场上的谈青透过窗子，看向西边的天。

云彩被烧成一片，这一年，又结束了啊。

暑假将近过了有半个月，谈青才在一个早晨收到地生的成绩表。

她无疑是 A。

如果是计分制，发布的是分数，那自己大概是满分，谈青想。

她对自己的成绩早有预估。

会考完的那天晚上，郑宇博不知道从哪里搞来了一份答案，从 QQ 上发了过来，如果她没记错自己的答案，那么所有应该都是吻合的。

而她最为在意的，则是程东昀的成绩。紧接着，她快速往下划着成绩表，一直拉到九班，鼠标滑动的速度减慢，眼睛一行一行地寻找着那个名字。

程东昀——C。

谈青悬着的心放了下来。过了及格线，可以报考普高，一切还有机会。即使她清楚他们高中在同一个学校是件几乎没有可能的事情，却还是会期待。

谈青清楚，自己永远不会为了去追逐他而去放弃自己的学业。

她关上电脑，继续展开美好的暑假的一天。

（五）

谈卫民休假，已经回来了，一家三口再次聚齐。谈母白天上班，一般都是谈父和谈青待在家里。

谈卫民这个暑假担当了“家庭煮夫”，一日三餐全都包揽，乐此不疲。

可谈青的味蕾却有些疲惫，她偷偷去找妈妈：“妈妈，明天你做饭好不好呀？”

张芳芳女士瞥了女儿一眼，说：“我不做，想吃自己去做。”

谈青哪会做饭。

她只得拉着妈妈的手撒娇：“妈妈，妈妈，你最好了，最好了。爸爸做的菜总像变异的怪兽。”

张芳芳没理会她，自在地继续看电视剧。

从前谈父回来几乎不会带礼物，谈青每每满怀期待地翻开父亲的行李包，都是满心失落地再合上，心里小声地抱怨。

终于某一天，她忍不住吐槽：“爸爸，你能不能浪漫点呀，都不给我带什么礼物。”

“杭州那边有的咱这儿也都有，你想要什么，爸爸带你去商场买。”

“哎呀，不一样，那种感觉不一样。”

从那以后，谈卫民每次回来都大包小包的，每个包都塞得鼓鼓囊囊，里面都是他精心为每个人准备的礼物。谈卫民本来身形消瘦，大包小包的，仿佛能把他累倒。

张芳芳不由得心疼道：“下次别带那么多了，路上不够你辛苦的？”

谈青却喜得合不拢嘴。

因为，父亲记得她说的每一句话。

他虽然不太懂浪漫，但会学着浪漫。这是一份用心的爱。

谈青也心疼父亲，说：“爸爸下次别带了，那么累。”

谈卫民笑着打趣：“那某个小孩又要偷偷数落我了。”

整个暑假，谈青不是在家和谈卫民一起，就是和周佳月一起约着出门。

这一天，周佳月和谈青下午又约着一起，在小镇的步行街碰头。

一个戴着帽子、太阳镜和口罩，全副武装地骑车前来的周佳月，和另一个戴着帽子、身着长款至脚踝，全副武装地在步行街苦苦等待的谈青，终于碰面。

“妹儿，上车。”周佳月坐在车上一副大姐大的模样。

“周哥，去哪儿？”谈青跨上车。

“选妃。”

周佳月最近特别喜欢看一部电影《妃子笑》，这个暑假更是来回看了无数遍，剧情都能倒背如流。她最喜欢的一段就是选妃的奇葩流程。

就这样，两人顶着两点多的烈阳来到了附近的篮球场。

空无一人。

两人只得找了附近的凉亭坐着，静候佳人。前一会儿买的冰水早已常温化，周佳月从书包里掏出一副牌，两人百无聊赖地玩着“小猫钓鱼”。

“这次都有谁来？”谈青问起，手中整理着牌。

“关飞飞、宋明昊，好像还有和程东昀整天一起的那个人，叫田什么的，程东昀我不清楚，关飞飞没说，其他的应该还有，他说几乎每班都有。”

“那倒是挺有看头哈。欸？郑宇博不来吗？”谈青想起他。

“呃，你在篮球场见过几次郑宇博？他像是会和这几个人出来晒的人？”周佳月反问道，恰好抽中了一张钩子，把石桌上的牌全被收回囊中。

“也的确，他那么白，也没晒黑过，估计在家又抱着从哪里淘来的杂志或者小说看呢。”谈青在脑中已经幻想出他现在躺在卧室看书的场景。

“郑宇博脾气有点差，平常也不爱交朋友，爱看科学方面的书，适合在去实验室搞研究。”

“别，可别。他能不把自己炸死就好，他能搞好研究？英文字母都看不懂。”周佳月一脸鄙夷。她可不像是谈青，周佳月从小认识郑宇博，早就习惯他了。她对郑宇博可算是有点偏见，也受不了他阴晴多变的脾气。

对于他们两个冤家，谈青也是哭笑不得。

下午三点整，手中的牌都已经沾了汗。

“佳月，关飞飞咋给你说的？”

“他说让咱下午来，让咱欣赏他的球技。”周佳月有些无语。

“也是，上次咱看他在学校打球，十多分钟他就摔了好几次。估计想一雪前耻。”谈青回想着。

“啊啊啊！他们怎么还不来？不被热死都要被蚊子给咬死了！”周佳月有些抓狂。

周围都是些花草植物，蚊子的聚集地。两个人的腿上，一个又一个红色的包。

直到四点半，关飞飞才出现。见两个姑娘没骨头似的趴在石桌上，走上前：“你们来得挺早哈。”

“你不是说下午吗？这都快晚上了。”周佳月有气无力。

“我们两点多就到了。”谈青补充道。

关飞飞扶额，无奈道：“我服了你们，谁大下午会顶着太阳打，不得等到四五点太阳下山嘛。”

这时场上陆陆续续来了几人，关飞飞看了看时间，说：“估计五点开始吧。”

谈青向篮球场看过去，似乎都是平中的人，不禁问起：“都是咱学校的？”

“嗯，今天人多些，哪个班的都有。有看头，所以叫上你们。”关飞飞解释着。

他们来到篮球场等着，宋明昊这时候也到了，身边还跟着田一郝。田一郝热情地给谈青打招呼，谈青心不在焉地回应，眼睛却往后瞟。

“程东昀没来吗？”周佳月看出谈青的心思，主动问。

“他今天有事。”宋明昊说。

后面又来了几个人。

“方正扬他们来了，差不多齐了。”

五点钟，他们准时开始。两个姑娘靠在栏杆那边观赛，优哉游哉的。

关飞飞球技确实有所提升，认真打起篮球的他帅了不止一点点。这时他的面容虽然还是少年的青涩，但也能瞧出他身上独属于他的粗犷的美。

谈青、周佳月两人不时地为他们加油助威，周佳月作为铁子算是情义做到底了，单独喊着关飞飞的名字，形象什么的也不顾及，全场气氛算是拉满了。

少年的汗水挥洒在球场上，满脸的红云，满身的蓬勃。

这是他们最好的年华。

关飞飞不负众望，不知是被铁子周佳月感动了还是什么原因，还是重蹈覆辙，转弯时差点摔成一字马。周佳月不忍直视，直接转过身去："咱买点水吧。"拉着谈青就去买水。

五分钟后，两个姑娘一手拿着冰棒塞进嘴里，一手共同提着水箱，晃悠悠地来到球场。男孩们刚刚坐下休息，见水来了，殷勤地抢过水，帮她们提着。

两人来到宋明昊关飞飞身边，席地而坐。

"打得怎么样？"谈青轻声询问。

"哼，方正扬打得太猛了，我根本找不到机会。"宋明昊有些气愤。

"我觉得方正扬挺正的。"周佳月开口，看向关飞飞。她本以为关飞飞这家伙会不服气，毕竟关飞飞这人狂妄中二得没话说。

没想到，关飞飞却回了一句："这哥们确实不错。"

两姑娘有些惊讶。印象中，关飞飞可不是会夸赞他人的。

谈青回想了刚刚的场景，确实有个男生屡屡得手，挺意气风发的。那应该就是方正扬吧。

休息过后，他们又继续打了一会儿。六点半散了场，少男少女们各自骑车，迎着徐徐晚风踏上回家的路。

这就是夏天吧，火热又肆意，自由是它的本色。

这个夏天，谈青过得充足。

谈卫民在家，总是泡上一壶茶，翻看有关工作的书籍。谈青也被父亲带动，坐在父亲旁边，预习着课本的内容，顺便蹭口龙井喝。

她常常和父亲聊天，交谈各自喜爱的事物，解决心中一个个小问题。

谈卫民对于谈青来说除去父亲的头衔，更像是一位良师益友。

有一次小姑娘靠在父亲的肩上，傻傻地问道："爸爸，我以后万一嫁不出去怎么办？"

“我的女儿那么优秀，怎么会嫁不出去。”

小姑娘偷偷高兴许久。

谈父也明白女儿对程东昀的情感，是谈青亲口告诉他的。谈青在家常常提起程东昀，神情与提到其他朋友有所不同。

谈卫民又如何能不发现，只是在女儿主动告诉他前，闭口不谈罢了。他尊重女儿。

这个年龄正是情窦初开的阶段，朦胧的情感总是让人不知所措，更加看不清。一个父亲能做到的，就是尊重，正确地去引导。

其实，谈卫民并不觉得，女儿对程东昀的感情是纯粹的喜欢。

他想起，一年前的一个晚上，女儿趴在他的怀里哭诉着自己和程东昀这段小小友情的结束，哭诉着那段误会，哭诉着自己的不解。

他恍然发现，自己似乎错过了女儿生活中许多事情，自己是个不负责的父亲。

那个晚上，他轻轻拍着女儿的后背，听她倾诉着自己的烦恼。

八月就这样走过去了，谈卫民也回到工作的岗位。

回去那天，谈青并未送他去车站，害怕自己会哭花脸。如果未来，给她再一次选择的机会，她会选择送他一程。离别本就是常态，把握住每一次送别的机会。人们永远不知道，离别的机会还有多少。如果连机会都消失了，那就真的再也见不到了。

第三章 / 心里的朋友 ·

（一）

开学报到是在一个有着夏季余热的下午。

张芳芳因为工作原因无法送谈青去学校，周佳月骑着电动车到谈家载谈青。

家里面大人都不在，两人便跑到步行街上吃午饭。谈青点的是豪华版的鸭血粉丝汤，她嗜辣，恨不得将整瓶辣椒都倒进碗里。

当然，后果就是嘴唇被辣得通红，有点像两根香肠。

舌头不怕辣，可嘴唇怕呀。

下午一点多钟，周佳月骑车载着谈青回校。

她从不敢坐谈青的后驾，毕竟谈青的车技有目共睹。上次在自己家楼下，拐个弯就摔了一下，骑个自行车都是摇摇晃晃。

车刚转弯到步行街的主街，程东昀正在主街西边步行道，悠闲地向南走去。

周佳月眼睛灵敏得厉害，赶忙开口：“谈青，程东昀他在前面。”

后面的女孩四处张望。

周佳月直接骑车往程东昀身边去：“你往南看。”

电动车里那个身影越来越近。

她们的车最终从少年身边经过，仅仅相隔一扇栅栏。今天的他穿着一件无袖宽松的白色运动背心，显得很清凉，脖子上依旧是那根黑绳，吊着一个观音玉坠。这是他从小就戴在身上的，谈青还记得。

“程东昀。”谈青叫着他的名字，声音是只有她能察觉出来的紧张。

电动车没有停下，依旧继续往前走着。程东昀抬头看向那辆逐渐远离的电动车，后座的谈青面白唇红，他不禁问道：“你化妆了？”

谈青显然无措，离他越来越远，冲他喊道：“没有啊！”

回头，摸了摸自己的唇，觉得有些好笑。周佳月看着后视镜里傻乎乎笑的女孩，说：“怎么样，姐妹我用处大吧。幸亏我看见了他。”

谈青从后面抱住了她：“佳月，有你真好。”

“谈青，你给我松开你的‘爪子’，你不热我还热呢！”

谈青讪讪地松开手。

万河的岸柳垂下狭长柔美的柳条，像是少女的发，轻轻拂在清澈的河面上。夏末午间的风袭来，柳条也随风舞动，凉爽的感觉漫过她整个人。

她为自己报到这天便和他有了语言接触而感到幸运惊喜，却也为过去的两个月未曾在步行街遇到他感到遗憾。

当她每次去步行街时，都会特意从小区门口经过，特意把车子经过那段的速度放得缓慢，特意歪着头朝小区大门看去。她多么希望自己能有一双千里眼，这样就可以一眼望到小区最里面那栋他所在的九号楼了。

每一次，她都在心里想好了如果见到他会说什么。毋庸置疑，她会歪着头笑着，假装自然地对他说一句：“好巧，程东昀。”

谈青抬起头，透过柳枝交叉的缝隙看向湛蓝天空的太阳，柳叶掩住它大部分耀眼的光芒，清凉的风穿过，它只剩下温暖。

新的一学期已至，他们离中考更近一步。

平中的宿舍重新开放，晚自习又开始了。谈青还是走读，正巧邻居家的弟弟林源，刚上初一，也是走读。两人刚好有了伴儿。

谈母又添置一辆电动车给女儿，不再每日接送。几天下来，谈青就摔了两次，两家商量一番，便让林源每日骑车载谈青。林源虽然比谈青小两岁，但这两年个头儿蹿得极快，比一米六七的谈青还要高许多。

这日清早，谈青坐在后座，说："源源，前两天我们隔壁班有个女生注意到你了。"

林源这两年变化挺大，他的脸是偏向于硬朗小生，即使现在有些青涩。这样的气质在平中确实少见，刚入校便吸引许多高年级女生的注意。

谁不喜欢帅哥？

"哦。"少年淡淡回复，又道，"姐你从哪儿知道的？"在林源的认知里，谈青不像是会对这种八卦消息灵通的人。

"佳月告诉我的，怎么了？"

"没什么。"

午饭前的时候，政教处突然召开了一次会议，要求每班两位班长外加一位纪律委员参加。

一班一直没有副班长，班主任只得选了谈青和周佳月陪同正班长范乐乐一起，至于为什么选她们，周佳月是这样猜测的："咱俩听话好学，长得顺眼，办事又靠谱，班主任能不稀罕咱嘛。多信任咱。"

即使这话是有点吹捧她俩，谈青还是很认同地点了点头。

旁边的范乐乐无语地摸了把脸，迈着腿就先走了。

"欸！班长你去哪儿呀，怎么不等我们？"周佳月在后面喊着。

"带路！"

"哦哦。"她俩赶忙小跑着跟上，在班长旁边东问问，西问问。

"班长，咱这次在哪儿开会？"

“四楼会议室。”

“哎哟，之前还没去过那儿呢。”

“对，那边大不大？”

“青，别这样问，显得咱多无知。会议室肯定大，得能容个几百人吧，是吧班长？”

班长：“……”

几分钟后，一行三人来到了四楼会议室。一进门，还别说，真的不大。

“咱学校会议室咋那么小？”周佳月有很大的心理落差，她还以为是那种新闻里的那种。

“就是。”谈青附和道。

站在前面的主任老师闻声抬眼看了他们几个，忍了忍，也没说什么，只是问：“哪个班的？”

“一班。”

“你们去那边坐着。”

王主任见这几个人坐了下来，低头看了看手中的纸，说着：“现在还有四班、七班和九班没有来，你们……”

话还没说完，就有一群人大步赶了过来：“报告。”

王主任扭头看过来，神情淡淡：“进来吧，哪个班的？”

“四班。”

“九班。”

他们同时说道。

谈青已经看了过去，很容易就找到了人群前面的程东昀。他像是急匆匆套了一件校服外套就来的，里面的体恤衫也没整理好。平中一直都是要求大家穿校服的，不过这个年纪，都想穿些自己的衣服。一些管理要求不是特别严格的班级，许多同学几乎只会在重要场合穿。

“四班去一班旁边坐，九班的话，就在一班对面吧。”

两个班级的人开始就坐，程东昀瞥见了谈青，点点头示意了一下，便在她斜对面坐了下来。

身后被轻轻拍了一下，是个男生的声音：“同学，我的笔帽儿掉你位置下了，能帮忙拿一下吗？”

谈青稍微往后看了眼：“好的。”随即就直接弯腰，那笔帽儿就在自己的脚旁边，很容易就能够到。她拿了起来，半转身递了过去，也没看清他的长相。

“谢谢。”

“没事儿。”她回应着，然后就转过身来，猜测应该是四班的学生。

前面又进来几个七班的，现在人算是都到齐了。王主任把面前准备好的纸张分发了下去。

“咱这次会议，大家可以看出来，比平常的会议人要多，也说明了咱这次会议的重要。这周是我们的文明礼仪周，所以，咱要开始对仪表进行大检查。

“我相信，同学们的班主任应该在前两天告诉了大家。咱现在每个班都有三名同学来到这儿，一共十三个班。但到时候检查的方式是抓阄儿，以班为单位，你抓到哪个班，就去检查哪个。当然，为了保证这次的公正，所以抓两轮，检查两次。

“咱这次的检查标准，大家已经拿到手了，先看看吧，有什么疑问再提出来。”

话音一落，大家都开始拿着那张纸看着，靠在椅背上，逐条逐条地读。

“不得戴首饰，如项链、手链、脚链、鼻环……哈哈，鼻环咱学校难道有吗？哈哈哈！”七班的一个男生笑着说。

王主任直接瞪了他一眼，他只得闭了嘴。

对面的程东昀捕捉到什么关键词，低头看了看脖子上的观音玉坠，摸了摸鼻子，显露出些不自在，轻轻笑着。

谈青看过去，据她所知，程东昀家是信佛的，从她认识他起，这个玉坠就没有离过他身。

王主任也注意到旁边的程东昀，看了过去，愣了片刻说道："像是九班班长这样的，戴佛、玉这样的，就可以忽略过。毕竟有的是为了挡灾辟邪续命的，不能摘。"

之后，他们抽了签。九班抽到的是一班，一班抽到的是四班。

离开会议室之前，大家打着趣儿，先检查着待会儿要检查的班级的参会同学，在会议室说说笑笑，也都不是正经检查。

三班副班长："哟，二班班长，别藏了，还戴着手链儿。"

二班班长："滚，这是我扎头发的头绳，你才手链呢。"

五班班长："十三班纪委，你脖子上咋还有个珍珠挂着？"

十三班纪委睁眼说着瞎话："你个没文化的，我这是特意求来的，挡灾涨运的。"

五班班长："……蚌壳挡灾？合着你是个蚌壳宝宝？"

一旁的王主任也看不下去了，笑着说："咱要是有戴什么首饰的，自觉点摘下来，别嘴硬了，这次饶了你。"

一班的班长去四班那里象征性地看了看，周佳月和谈青在这儿站着等着。九班的程东昀走了过来，低头看着谈青，眼中含着些笑意。

谈青举起手，校服外套的袖子受重力落下些，露出手腕。

"看，没有吧。"说着她又偏了偏头，露出颈部。

程东昀若有所思地点点头，一手摸着下巴："是没有。"然后出乎意料地用手推了一把她的脑袋，就转身迈步离开会议室。

谈青呆愣片刻，反应过来，追了几步，冲他背影喊着："程东昀！

你又弄我的头，第二次了！”

会议室里面一团正在交谈的人闻声看来。

“九班班长这是又惹人家女孩了。”六班纪委看着门口的方向开口，“欸，这女生有点儿熟悉，就是几班的那个谁来着？”

“一班谈青。”方正扬缓缓道。

隔天下午，太阳很毒，仿佛要把操场的塑胶地皮烤裂。操场上，坐着整齐地穿着校服的学生。空气中还弥漫着鞭炮味。主席台的两边扯着红色的横幅，上面是“开学典礼”四个字。

谈青坐在自己的凳子上，微微低着头，用头发遮住些阳光，不时前后瞄一眼，观察班主任的动态，然后朝南边足球门附近的九班看过去。程东昀就在那两列坐着的队伍中来回走动，替班主任做巡查工作。

年级一共有十三个班，今天的典礼只有九班的班主任没有到场。身为班长的程东昀也自觉地从队伍里站了出来，他没有丝毫怯场，比同年级的、其他班的班长都要洒脱。

他没有穿校服。就在升旗鸣炮前，王主任拿着话筒，道：“今天，没穿校服的给我站起来。”

此话一出，许多人心里都没了底气，谈青也慌着看了眼远处的程东昀。操场上，零散的人站了起来，而程东昀一点儿没有慌神儿，还是悠闲地在队伍中巡视。最后，王主任在前面念到九班没穿校服人数时，竟然没有算上程东昀。

谈青瞪着眼睛，诧异着。难道王主任把他当成九班的班主任了？毕竟王主任只是站在主席台上往下看，离足球门距离不近。想到这里，她忍不住笑了笑，也感叹程东昀无论什么时候都不会慌张，都是这副悠闲模样。而她，完全做不到这一点。

开学典礼前半场，台上校长、主任讲的话，谈青几乎没有听进去，沉浸在自己不时扭头往九班看的状态里。他们之间，是八个班的距离，每个班两个纵队，每个纵队间的间隔是一点五米。那算起来，他们中间至少隔了二十四米。

遥远的二十四米，模糊了他的脸。湛蓝的天空下，她只能看见五官大致的轮廓，根据自己的记忆，在脑中构想他此刻具体的面容和神情。这是她所擅长的。

每一次的课间操、学校大会，都是她练习的机会。在队伍的后面，歪着头往南边看，寻找那个身影。偶尔担心被看出端倪，她又规矩地站好，整理头发，掩饰自己刚刚的动作。

台上又换了一个领导，已经到了表彰环节。开学典礼的表彰环节，是学生关注率最高的环节。各种奖项层出不穷，三好学生、进步奖、班干奖等。到最后，一个班也得有一小半能抱得奖状归。

按照惯例，名单是从初三开始念的。一班最先开始，谈青的名字是第一位。谈青没有惊讶。这一轮是三好学生，谈青没有在意，她的关注点在下一轮的班干奖里，三好学生的奖项，程东昀在里面的可能性不大。

“九班，刘诗、郑鸣鸣、冯可欣、程东昀、王……”几秒后，谈青才反应过来，她抬起头朝主席台望了眼，停了几秒，又扭头看向九班，程东昀正靠在白色的足球门上，还是平常一副自然模样。下午的阳光停在他的脸上，呼应着此刻他的悠闲。

几分钟后，台上的声音停了片刻，又响起：“请以上同学到台上领奖，咱等会儿还要拍照。”

谈青怀着几分不明白，快步走向主席台，她到的时候，还没有程东昀的身影，不禁让她怀疑自己刚刚是不是幻听。找到老师，她拿到自己的奖状：“谢谢老师。”她说着，低头看着奖状转过身来，迎面碰上一个人。

属于程东昀的气味在鼻尖萦绕，错愕中交杂几分惊喜，谈青抬起了头。

“来得挺快。”他调侃着，随后越过她去拿奖状。

谈青站在原地，看着他，心中的情绪还未消散。程东昀拿着奖状转过了身，往这儿走了两步。

看着他手中的奖状，她故意看着奖状带着几分质疑：“三好学生？”

“不行吗？三好学生，吃好……”

“吃好喝好睡好。”她接上他的话。

“哟，你知道？”程东昀不可置信，微微挑起眉。

“只有这‘三好’和你匹配。”

谈青在心中偷笑着，小时候的他总是称自己为“三好学生”，他们都不解，这个名称和程东昀似乎联系不起来。这时候，他总会说：“三好学生，当然是做到，吃好喝好睡好。”

太阳渐渐开始往西沉，小半边天开始有了橙色的出现。相机里，留下了他们的第三张合照。

晚上谈青坐上林源的车子回到家时，谈母正卧在沙发上，发出轻轻的鼾声，电视机还在播放着连续剧。

谈青放轻了步子，放下书包，拿起衣服便去洗了澡。直到洗完澡出来时，才惊醒了谈母。

“回来了啊。”谈母的声音还是有些瞌睡。

“嗯，看你睡着了，就没叫你。”

谈母看了看客厅的钟，自己确实睡了很长时间。

谈青在沙发上坐了下来，茶几上的一盒巧克力吸引了她的注意。

“妈，你今天买巧克力了？”

“你爸给你寄的。还有两盒，我给收起来了，你慢慢吃吧。”

谈青开心地笑了，众多糖果中，她还是觉得巧克力最美味，其次便是 QQ 糖了。父亲总是把她的喜好记得很清楚，而且，这还是她最爱的那个牌子。

她剥开了一颗巧克力，放入嘴中，熟悉浓郁的香气蔓延开来，满足着味蕾，心情也愉悦了许多。随即，她给父亲拨去了一通电话。

谈父很快接通了电话，谈青靠在沙发上，吃着巧克力和父亲聊着天，偶尔撒娇两句。于她而言，这段短短的时光，能吹去她一天学习下来的疲惫。

第二天一早，谈青洗漱好，拿着书包准备出门，余光中瞥到茶几上的一盒好看的巧克力，她站在门前犹豫了两秒，又折了回去，从盒子里拿了两颗。

中午一次、晚上一次，消解压力和疲劳，似乎，于谈青而言，带上它们，就好像是父亲的关怀一直陪伴在自己的身边。

思念又开始缠绕着她。

“没事，再过几个月就能见到爸爸了。”她安慰着自己，转身要离开。

刚走两步，又停了下来。再一次折了回去，又抓了好几个。

一半，是带给周佳月的；另一半，是带给……程东昀的。

他也爱吃巧克力。

——哟，QQ 糖。我更喜欢巧克力。

之后的两天，谈青的口袋里总是会多装上几颗巧克力。缘分总是很奇妙，当你特别期待的时候，它又躲藏起来，叫人无处可寻。这几日，她一直没有和他打上照面的机会。

渐渐地，她也不再抱有什么期望，兜里的巧克力也时而装上，时而丢下。

大概就是在这个时候，她碰到了程东昀。

那已经是下一周了。谈青吃完晚饭，无意间往南窗瞥了一眼，却发现了在二楼看台和朋友一起说话的程东昀。他穿着一件黑色的T恤衫，背对着这边，双臂搭在栏杆扶手上，发丝被这傍晚的轻风微微吹起。

谈青看不到他的面容，心中有种感觉，现在的他是笑着的。

此刻的三号楼看台像是一个和她异极的磁铁，牵着她忍不住往那边走。

她望了眼桌子上刚刚困惑她的题目，迈步走出教室。她边走边抬头看着斜上方的看台，观察着少年的动态。脚下的步伐，不知是放慢些好，还是放快些好。慢些的话，她便能看他看得久一些；快些的话，能尽快离他越来越近，说不准，他会听到脚步的声音，会扭过头来注意到她，也许他们能够打上一句招呼。

还未等她做出选择，楼上的少年便随同朋友一起回到了走廊。走廊的一扇扇小窗户成为了她观察他动态的唯一渠道。但，那些窗户大多都是半开着，因为光影的问题，想要从它们这里窥探到里面的人，是极其不易的。

谈青弯下了头，失落感浮上心头。

她停了片刻，继续往办公室的方向走着，撩开帘子，来到老师座位轻声问着手里的数学题目。数学老师看着题目，兴致勃勃地讲着，没两分钟，题目就结束了。

刘国庆看着谈青说："现在会了吧？"

"会了，老师。"

数学老师讲完题目总是很兴奋，他激动地拍了一下谈青的胳膊，道："这题目算不上能难倒你的啊，今天脑袋转不过弯了？"

谈青低头不好意思地笑了笑，道了谢，便推开办公室的门，朝教室的方向走去。

六点多钟的夕阳马上便要被山完全遮住，西边的天此刻也像是被霞色的绸带包裹。

余光中，刚刚那个少年又伴随着余晖从西边操场的方向走来，和朋友们谈笑着。

谈青站在二号楼和三号楼的小广场上，迟疑片刻，再抬脚往前走时，不知不觉改变了自己的方向，慢慢地往他来的方向靠拢。

她踩着夕阳掠过的石砖，那段短短的路，仿佛就是谈青的日落大道。

那时，尽头，是即将落幕的夕阳，也是有着无限青春的自己。她知道，路的尽头，看似是程东昀，其实，却是勇敢的自己。

她微微转头，看向程东昀，此刻，他也望过来。

谈青看着他，突然不知道说些什么，摸了摸兜，里面还有一颗巧克力。

早晨，谈青带了好几颗巧克力，茶几上的那一盒也快见了底。

“你少吃点，别把牙给吃坏了。”谈母冲着谈青离开的背影说着。

“知道了妈妈！”她摆着手，下一刻便关上了家里的门。

午自习前，周佳月给自己买了个小卖部里最贵的鸭脖，和谈青面对面聊着天。谈青想起自己鼓鼓囊囊的巧克力，大多掏出来放在了桌子上，两个姑娘就这样吃着鸭脖和糖，惬意闲聊。

最后，口袋里只剩下了一颗巧克力。当时，她根本没有预料到，此刻能遇到程东昀。

今天的气温有二十六七摄氏度，在口袋里暖了一天的巧克力此时也软了许多，谈青也无法再顾及这些。

“吃糖吗？”她冲着程东昀喊着。

程东昀闻言，脸上的笑容也变成对着她的：“什么糖？”

“巧克力。”

“那我不客气了。”他走了过来。

谈青站在那儿没有动，紧张中充满喜悦。

她把糖放入了程东昀摊开的手中，程东昀也没扭捏什么，当着她的面拆了起来。

“你这巧克力已经融化了些。”他把差点不成形状的巧克力放入口中，半开玩笑。

“有的吃就不错了。”

那个傍晚，练习册上的那道数学题不足以让她绞尽脑汁都做不出来。

它只是一个能让她去办公室，经过三号楼楼下的借口。

如果问，为何谈青在楼下看到看台的程东昀已经离去，还继续选择去办公室问那道其实没必要问的题目。

那么答案是——她想多创造一种可能。

当她在办公室待了两分钟再回去时，路上会不会再遇到他。

事实证明，她对了。

（二）

秋天的凉意正式被一场雨带来，已经是十月中旬。

这场秋雨，淅淅沥沥下了一天，平中的树叶也纷纷被打落。

夜里八点多钟，外面依旧下着雨。谈青背着书包，踩着被浸湿的石砖随着放学人潮，和林源一道往外走着。

昏黄路灯的光线下，能让人看清雨点的大小缓急。雨势不大，不用打伞。落在校服上，圆点随即往外伸展，而滴落在脸上的雨点，则让谈青彻底感受到了秋天的凉爽。

今晚，校外更显拥挤。每一个雨天，都会多一些特地开车、打着伞在门外等孩子的家长。

谈青和林源在没有伞的遮挡下，从人群中穿梭并不难。停车场也拥堵得很，大家都着急地想赶回家。

早晨，林源来得晚一些，为了赶时间，车子便停在了最外侧的一个小公交亭里，这个小亭子大多只是摆设，还有几辆车停在了这儿。

林源转过身去推车，留下谈青在路边桥头等待。这个位置，视线很广，谈青有些百无聊赖地朝各个方向随意看过去。

半分钟后，程东昀出现在了她的视线中。夜里下着雨，天气凉，他套着一件运动外套，一只手拿着车钥匙。

谈青的目光一直追逐着他，渐渐地，她发现，身后那个穿着浅色卫衣的女孩一直跟在他的身后，中途，程东昀还扭过头几次，像是在和她说些什么。

很快，程东昀找到了自己的车，在他插上钥匙、跨上车座后，那个女孩也随之坐上了他的后座。

“走了，姐。”林源骑着车，来到了谈青的身边。

“好。”她放下书包，坐上后座。

再往刚刚的方向看过去时，那辆玫瑰金颜色的车只剩下少年载着少女的背影。

谈青有些麻木，有时候，她总会想，如果，他们之间没有那件事导致的误会和间隙，她和程东昀现在又会是怎么样呢？

依然会像是亲密无间的朋友吗？

那样的场景，实在太遥不可及了。

几天后，谈青从郑宇博的口中听说了最近程东昀开始和十三班的一个女生走得近，回想到那晚坐在他后座的姑娘，应该就是她吧。

自那以后，谈青便很少遇到他了，也不再创造机遇了。而开学第二周的那天傍晚，也是他们最近的一次接触，已有一个多月了。

早自习的时间也不再是七点，改为六点四十分。谈青进教室时，恰好是六点二十分。班里同学还不算多，零零散散。按平中人的习惯，六点三十三分到三十八分是进班的高峰期。

谈青站在后门望去，就现在十多个，一半都在补觉。

周佳月住宿，比她早到了几分钟。

见谈青来了，周佳月开口调侃："今天来得挺早啊。"

"林源带我来的，他一向起得早，老早就在楼下等我了。我也不好意思磨蹭。"说着边打了一个哈欠。

"你得学会'感化'他，教他如何起晚还不迟到，做一位时间管理大师。"

"歪理。"

平中食堂的三楼是三年级的就餐楼层。食堂与三号楼层层相连，谈青和周佳月总是习惯直接出食堂穿过三楼露天通道来到三号楼三楼，下一层到二楼，然后转弯向北走，穿过二号楼和三号楼之间的走廊来到二号楼，最后下楼到一层。

二号楼一楼的几个班级，往往不会选择这种路线。都是直接来到食堂一楼，沿着楼梯上楼。

而谈青和周佳月最初时也是和大家一样，直到初二的下学期，两个人选择了现在的这种路线。目的，显而易见。不过是想在这条路线遇到程东昀罢了。

这天，两人吃完早饭，习惯性地沿着这条路回去。

刷完碗，谈青看了一眼九班的餐桌，已经没了程东昀的身影。程东昀吃饭的速度很快，尤其是早餐。有段时间，她总是边吃饭，边朝九班的方向看来，关注着他的动态，只是为了在洗碗池能碰到他。那段时间，谈青吃得很赶，有时也顾不上把菜里面的茴香挑出来，最后吃得直皱眉头。

后来，她想了想，自己也不必如此，这样倒是丢了自己。程东昀本来就不是自己的全部，不是吗？于是，谈青不再每天赶着时间吃饭，而为他改变的那条路线，周佳月和她也走习惯了，便没再更换。

“忘给你说了，早自习上课前，那会儿你还没来，李晓明那家伙就拿着运动会报名表来找我，要拉我跑 50 米。”周佳月在路上说起。

“他昨天还要拉我跑，今年，咱班的积极性不高。”

“信不信，咱待会儿回去的时候，他还得来找咱。”

“深信不疑。”

说话间，两人转弯，来到二号楼的二楼。

入眼便是程东昀，他站在走廊窗户旁，旁边是田一郝和十三班的那个女生。这是她第一次看清那个女孩的长相，女孩的眼睛大大的，五官很好看，整个人的身上满是生气。谈青不知道她的名字。

谈青提了口气，装作平常和周佳月从他们的身边走过。经过程东昀身边时，程东昀往这边看了一眼，和谈青点点头，打了声招呼。

谈青心中愣了片刻。原本，她是想装作看不见他的，因为她根本不知道自己该如何打招呼，这种情景，于她而言，实在无措。

当她反应过来，回头想微笑时，程东昀已经扭过头，继续和那个女孩说说笑笑。只有田一郝看着她，一脸灿烂地对她招手。

回到班里，刚刚坐下，板凳还没暖热，周佳月和谈青便被体育委员叫到办公室。

“周佳月，你报了 200 米对吧？去年你 50 米成绩不错，再加个 50 米吧？”班主任看着手中的报名表问道。

周佳月对开跑的枪声很恐惧，尤其是 50 米这种每一秒都至关重要的比赛。所有老师中，她最喜欢最尊重的就是老徐，本着不想让老徐失望的心态，她还是应下了。

谈青站在一旁，绞尽脑汁也没想到班主任叫自己的原因，毕竟她的体育实在不起眼。一个车技都那么差的人，运动细胞哪里能好？

“谈青，你报了什么啊？”老徐语气温和。

“呃，我没报。”

“今年咱班的同学对运动会比赛项目的积极性不太高，作为咱班的学习委员你得积极点，全面发展，起个带头作用。”

谈青这才明白，得嘞，我就是个凑数的。她想，这事少不了体育委员偷偷打小报告，谁让昨天体育委员非要给她报800米长跑，她说什么都不愿意报。

“老师，您看还缺什么，除了跑步，这跳高、跳远、实心球，我都能上，就是拿不了成绩。”话音刚落，她忽然又想起什么，温声道，“您看咱开幕式表演还缺不缺，我和体育委员给咱学校表演个胸口碎大石。”

“那怎么表演？”体育委员李晓明还没反应过来，呆呆地问。

“很简单，你躺着，我和佳月帮你碎大石。”谈青语气轻轻。

右边站在四班张老师那边的一位男同学传来一阵轻笑声，谈青也没好意思看是谁，应该是四班物理课代表吧，刚刚张老师好像在给他布置任务。

班主任选择无视她后面几句，看着报名单，缓缓说道：“那就这三个吧。实心球还少一个。”

旁边还在笑的周佳月主动请缨：“我来。”

谈青不解，毕竟周佳月已经报了两项消耗体力的，小声询问：“怎么还报？”

“陪你，反正都是凑数。”

——胆小孤独的你，我又怎能放心。

后来的许多年后，谈青常常回忆起她的青春。

拥有周佳月是初中里最幸运的一件事。

那是一位保护她前行的姑娘。

如果早几年遇见她，或许，现在的谈青不会那样胆小孤独。

（三）

十一月初是运动会，接下来的半个月，晚自习课间，操场上几乎都是跃跃欲试的运动员们。

当然，还有一小群出门遛弯儿寻觅帅哥的小姑娘和陪着心仪对象练习的少男少女。

不过，这里面很难找到周佳月和谈青的身影。周佳月佛系得很，一副我不与他们争的模样。谈青本就是上去凑数的，根本不在乎结果。

参加男子1000米的张井云有一次准备去训练，路过周佳月的位置，说："走，一起去操场。"

周佳月摇摇手，直接趴着睡觉。

张井云又看向后座神情认真、努力学习的谈青，想着拉她一道："谈青，别算数学了，出去运动运动。"说着就抢过她的笔。

谈青抬头，温温柔柔地说道："过两天吧，我得学习，你瞧咱班第二，天天想着怎么超越我。我得保住我的位置。"

说着，她的手指向第一排挤在一群的人，隐隐约约还能听到一个语气激昂的声音："我一定要拿第一，把谈青给挤下去。谈青真烦人，天天霸占第一！"

"孙丽严你给我小声点！"前排趴着的周姑娘突然坐起来，语气气愤，然后又去找周公下棋。

张井云目瞪口呆，没想到班里竞争都那么激烈了。

"得，您好好学习，小的就不打扰您，告辞。"他把笔恭敬地还给谈青，便转身跑了出去，心里想着，幸亏我不是第一，哪天没准就被第二第三给扎小人。

在角落默默记仇的体育委员也来催过几次，终于忍不住了，没过几天就把两人的行为添油加醋地告诉了班主任。

班主任象征性地旁敲侧击，两人还是在距离运动会不到一周的时候出来练习。

就算没有班主任的提醒，她们原本也是这么计划的。

这天第一节晚自习下课，周佳月拉着谈青来到操场。

操场上训练的同学倒是不少，昏暗的路灯照着，勉勉强强还能认出彼此的脸。

体育课上谈青参加的跳远和实心球都有练习，现在是晚上，也不适合练习这两个项目。而跳高在平中本就不是热门项目，体育课也从没有练习过，训练场地更是没有。

谈青便和周佳月一起跑圈。约莫绕了有一圈，她们经过一个路灯柱，一个声音从东面传来。

"程东昀，你原来在这儿。"

田一郝跑来，谈青沿着他奔跑的方向看去，程东昀就在她的西边，不到四米的距离。

少年注意到她的目光，转头看了过来。

"你也来跑步了，参加的什么？"他神情散漫，主动开口。

谈青点头："跳高、跳远和实心球。"

程东昀挑眉，神情略显惊讶。

田一郝来到他身边，主动给谈青打了招呼："谈青你也在啊。"转身又对程东昀说，"十三班的单雪在后面，刚刚要找你。"

谈青面色微动："我们先走了。"说完就拉着周佳月继续往前跑。

她见过那个女生，活泼可爱，比她明媚张扬得不止一点点。

而她却藏在阴影处，爱意不见天日。胆小如鼠，懦弱至极。

谈青也记不起曾经自己是什么模样了。

夜色替她遮掩着，抚慰着少女。

周佳月攥住谈青的手，拉着她加快速度，奔跑在这夜色中。

运动会那日，天公作美，朗朗晴空。平中的老师人手一顶耐克标志的棒球帽，也不知真真假假。

“他们这帽子真是耐克的吗？”同学甲好奇。

“应该不是吧，我看见这是学校统一发的。”乙回应。

“我觉得是真的，要不然多寒酸，校长能有面儿？他自己都戴一顶，你们瞧他，上身彪马，下裤阿迪，那鞋也耐克。”丙反驳。

众说纷纭。

谈青脚踩一双粉色安踏鞋，这是来自父亲的祝福。

早在几天前，父亲得知女儿一口气参加三项比赛项目后，欣慰地立即去商场买了双运动鞋送给女儿，特意挑选的粉色。

他的原话是：“粉色多适合女孩，多好看。”

开幕式按照班级顺序入场，今年的开幕式表演比去年成熟许多，各班准备的道具也都齐全。

平中有个不成文的规矩——开幕式表演完，方队绝不按指定道路来到主席台对面的观看区，一般都是走出主席台就散了，大家返回到主席台附近，围成圈观看。

谈青觉得这样，气氛一下就被拉满了。

一班是初三最早出场的，走完方队，谈青和周佳月小跑来到观看圈的最前面，盘腿坐下。

后面几个班的表演大多都是舞蹈，谈青看得心不在焉，不时坐着眺望。

她等待的，是九班。

去年的开幕式，九班大放光彩，C 位的程东昀张扬肆意，名声大噪。

九班的节目也是出自他之手，舞蹈和武术融合，参加的人数也是全校最多的。

他尽了一个班长的职责，努力让每个人都看到自己身上的潜力。

程东昀就是这样的一个人，看起来成天不务正业，吊儿郎当，但真遇上什么事特靠谱。所以九班的同学将 C 位留给他，他们需要他的引领。一个好的集体需要一个优秀的引领者。

谈青也是曾经被他温暖的人。这束光也曾在她的身上停留。

随着八班的退场，九班的方队来到主席台这边。谈青坐在操场上朝那边的方向伸着头，不时往左歪歪，往右歪歪，目光不断在人群中扫过。可直到九班的表演队伍都列好了，她也没有找到那个人的身影。

再等等吧，或许他在后面才出场呢。谈青心里想着。

九班的节目，今年依然是以武术元素为主，男女生以一个太极圈为基础，展开本次的节目。男生主武，女生主舞。因动作的特意设计，女生的舞也偏向有力量的武术，所以两者之间相辅相成，既美感又大气。

和去年的有着异曲同工之处，很明显，这是出自程东昀之手。节目已过大半时间，眼看要进入结尾部分，程东昀依旧没有出现在表演场地，答案渐渐浮出水面——程东昀没有参加。

余光中捕捉到一个身影，她立即朝那个方向看过去，程东昀正站在主席台右边的人群当中，嘴角扬起，观看着自己班的节目。谈青看着他，一直抓紧的心也放松起来，原来这次完全转入幕后了啊，谈青想着。目光在他身上停留几秒，她也慢慢转过头，继续欣赏着出自他之手的优秀表演。因为，那是他这些天的心血，是他为之付出精力和时间的作品。

下午，各个项目便依次开始。谈青穿着同样来自父亲的天蓝色运动服在操场上晃着，寻找着跳远沙坑。

广播一通知，她就到了规定场地。

跳远这项目很机动灵活，不要求按顺序排队，谁来谁就跳。她是第一个到的，轻轻松松。最终两次最好成绩为一米九，普普通通。

结束后，她就回到看台。50 米比赛选手已经开始集合，看台是观赛 50 米的最好区域。

周佳月是预赛的第一组。谈青站在看台离她最近的地方，用力地朝她挥手。远处的女孩看见，激动地回应她。

很快，预赛便开始。“砰”的一声，预赛打响，周佳月被枪声影响，起跑稍慢。但毕竟是去年 50 米的第二名，小组第一毫无疑问。

女子决赛是在男子预赛后。

班主任老徐很重视周佳月这场比赛，特意来到看台第一排，谈青则站在他的旁边。身后有同学问：“今年周姐能拿第一吗？”

班主任信任地看向正在赛道上的周佳月，淡淡地笑了笑，目光中是坚定不移的信任。

枪声响起！

十多米后便领先！

旁边赛道的一个女孩渐渐和周佳月不分上下。一向情绪宁静的谈青激动地喊破喉咙：“周佳月！周佳月！加油！”

老徐的眉头微微皱着，也不知道是不是被旁边的喊声吵的。

最后十米，周佳月势头依旧很猛，超过旁边赛道！

周佳月赢了！周佳月第一！

一班的同学欢呼着，谈青大口喘着气，悬着的一颗心终于放下。

谈青随着老徐来到周佳月身旁，老徐暖心地主动和周佳月击掌。周佳月明显愣了一下，明白了老徐的举动后，心中涌着酸涩和温暖，弯起唇抬掌击去，共同庆祝着这个结果。这就是周佳月喜欢老徐的原因，沉默寡言，但每一个细节都是暖暖的。

她和谈青拥抱在一起，庆祝着。

接下是男子决赛，谈青知道，程东昀也在里面。程东昀是去年男子 50 米第二名。

谈青缓声道："我觉得今年男子第一应该是九班的程东昀。"

她没有丝毫掩饰，说出了他的名字。旁边的周佳月很清楚原因。

自从初三开学后，谈青和程东昀的接触极少，比上一学期淡了许多。程东昀和单雪来往得比较多。

她有她的底线。

这个运动会或许是谈青给自己的最后一次任性，假装他们还是许多年前一样要好的朋友。

班主任老徐站在谈青旁边，转头看着她。

谈青笑说："他是去年的第二名，我相信他。"她如此坦然。

谈青做好了为他呐喊的准备。

枪声"砰"的一声，打响男子决赛。

"程东昀！程东昀加油！程东昀！"喊声撕心裂肺，这是几年来，一直隐忍沉默的她第一次如此放肆。

这一刻，她是他的朋友。

赛道上的少年领先，势头越来越好。突然，他慢了下来，周围人立刻反超。

谈青不明所以，喊声更激动。

后半程他的速度减了不止一点，落后于众人。这次的他没有名次。

谈青并没有失落，她总是能坦然面对一切结果。她只是有些担心程东昀的情况。

远处的四班传来阵阵欢呼。

旁边和谈青一个班的同学问起：“今年谁是第一？”

“四班方正扬。”

广播响起跳高比赛集合的通知，谈青与周佳月说了再见就匆匆赶去。

跳高比赛往往是各项目中最惨不忍睹的，没有丝毫经验的谈青差点儿摔了个狗吃屎。垫子滑了一下，她摔倒在地。周围观看的人群里，传来阵阵笑声。

如果跳高比赛评选摔得最惨奖，谈青或许可以评选评选。

小姑娘狼狈地起身，抬头便是程东昀和那个女孩子单雪。女孩干净明媚，妆容整齐。下午温暖的光打在他们身上，程东昀正在耐心地为她别上参赛号牌，眉眼温柔。

谈青有些愣神儿，手心阵阵疼痛，父亲送她的运动服胳膊肘处也被磨得不成样子。她有些不争气地鼻头一酸，那可是爸爸特意给她买的，就这样，可是，就这样破了。

周围的老师赶到她旁边，问：“怎么样了，哪里伤着了？”

“衣服破了，老师，衣服，破了，我爸爸特地给我买的，给我寄回来的，我可喜欢了。”说着说着，她的哭腔越来越重。

自卑心作梗。

如果可以重来，她再也不要参加跳高比赛。

（四）

运动会这天并不是周五，所以晚上照常有晚自习。晚饭时间，谈青拿着饭盒到食堂走了一个过场便先一步出来了，这时的她没什么胃口，擦破的袖口一直提醒着她下午的事情。

她没有按照平常刻意规划的从食堂北门回班的路线，而是从平常进食堂的东门路线回班。夕阳还露着小半个身子，即将落下，操场上空的霞云晕染，像是宣召着未结束的秋季运动会。她昂着头看了看旁边的三号楼，上面的一扇扇小窗户被推开，让这秋天的气息进入。程东昀的身影忽然从其中的一扇窗子一闪而过。她怔了怔，脑中不断重复着刚刚的画面。明明故意躲了，却还是看到了他。对这样的安排，谈青也无可奈何，抬脚走回了教室。

第一节课晚自习，周佳月和刘老师一前一后来到了教室。趁着老师去另一个班级巡视，她转过头来，从抽屉里掏出一个汉堡，放到谈青的桌子上。

“快趁他不在先吃两口，垫垫肚子。在小卖部排了好久的队，今天人真多。”

一股暖意涌上，谈青盯着面前的汉堡，一时间感觉说什么都表达不出心中的感情：“佳月，你真好，我好像真有点儿饿了。”

她打开纸包装，汉堡还是热腾腾的。她咬了一口，之前的坏情绪消散大半。

“青，晚上我去你家洗澡行不行？下午流了好多汗，宿舍里也不方便洗。”

“当然可以，我还想着下课问你来不来呢。”

“嘿，那咱怎么回去，一辆车能行吗？”

“我觉得吧，应该可以。”

“那就这样。”

“周佳月！干什么呢你！”来自数学老师刘国庆的咆哮。

她们没想到这次他那么快就从隔壁班回来了，始料未及。谈青立刻假装笔掉了，低头嚼完嘴里的汉堡，顺手把剩下的大半个收到抽屉。

即使周佳月已经听了很多次刘氏咆哮，可还是被吓了一跳，随即转过头：“问问题呢，老师！”

刘国庆无话可说，只能瞪着眼。他确实是说过允许同学在自习课上交流，还是一个很鼓励的态度。

“小点声！别打扰到其他同学。”心里清楚周佳月和谈青心里的那点小九九，却还是包容了，这就是刘国庆老师的可爱之处。周佳月他们虽然爱人前人后怼他几句，却并不讨厌他。刘国庆是个可爱的小老头儿，性情不定，偶尔有些急躁，但在教学这件事上绝不含糊，每天不怕人烦，来占午自习的小半个小时给大家练题目。

周末也是几乎没有作业，开学那天他就说：“周六周日布置作业，绝大部分都没用，没有效果，真正写的有几个？就是搁实验班也没有几个，该玩玩。”

他确实也做到了这一点，他们班的数学成绩也是除去实验班的佼佼者，办公室里其他班的数学老师可都嫉妒他呢。

放学后，周佳月和谈青直接就出了教室门，在通道等林源。今天是运动会，没有什么作业，也没必要带书包。

这一会儿，学校里熙熙攘攘的人潮朝大门涌动，不断有学生从南边走来，二号楼的楼梯处也是挤满了学生。

谈青站在通道里，习惯性地看向南边的三号楼楼梯。程东昀和田一郝下来得很快，像是在赶着回家一般，他们没有从二号楼这边的通道经过，而是直接拐弯往东走，选择了另一条路。她也很习惯，挪回了视线。

林源来到两人身边，整个人在她们身上扫荡一圈，也没说什么，就等着她们俩先开口。

“源源，今天我同学跟我一起回家，你看能带下吗？”

“那走吧。”他没说什么，算是应下了，自己先走在了前面。

周佳月和谈青挽着手在他后面跟着。

“欸，咱林源可真高，之前没注意。”周佳月在后面仰视着。

“这一年蹿得可快了，现在至少也得有一米七五了。”

两个人就这样你一句我一句，一直唠叨到停车场才停下来。前面带路的林源也没嫌她们烦，本来走得快的步伐也比平时放慢一些，等着慢吞吞的她们。

来到电动车前，几个人大眼瞪小眼。

“咱怎么坐？”谈青问着。看这架势，总得有个人蹲前面，她俩虽然体型比林源小，但都是女孩子，蹲在前面也不太雅观。

“那我蹲？”周佳月有点豁出去的意思。

谈青刚要张嘴和她抢这个位置，还没开口，林源就抢先说：“我蹲吧。”说完看向周佳月，“你能骑吗？我姐骑车不靠谱，咱三个都得摔坑里。”

周佳月有些错愕地点点头，就连谈青也有些佩服林源，心里忍不住给他比了个赞。

于是，路灯下就出现了这一幕——一个扎着马尾的姑娘骑着车，后面坐着一个短发姑娘，前面蹲着一个五官有些硬朗的男孩，头发被吹到后面，露出光洁的脑门，两条腿有些岔开，整个人保持着这个动作，看起来有点累人。

“源源啊，姐快点骑，你少受点罪。”周佳月拧着车把，对前面的男孩说着。

“没事。”前面的林源多少有些不好意思。

到了家门口，下了车后，周佳月算是如释重负。

“谢了！”她对正去停车的林源喊着，随后，和谈青一起回到了家里。

谈母早就在电话知道了周佳月来住一晚的消息，此时给两个孩子做了两个菜，让她们压压饿。两个姑娘，在一起，做什么事情都是笑容洋溢的。

洗澡时，浴室的灯坏了，还没来得及换。只亮着一个冷光的手电筒，周佳月不禁有些害怕，谈青也放心不下，便陪着她。

谈青搬着一个小板凳，坐在浴室里离门很近的地方，手里握着手电筒，往浴帘附近照着亮。而周佳月则拉上浴帘，在里面洗着澡。

“哗啦”的水声不断，偶尔伴有着挤压洗头水泵头的声音。

“青，咱说说话吧，你在外面打灯，又不说话，怪瘆人的。”浴帘里的周佳月搓着头发开口。

谈青微微笑了：“说什么？”

“随便吧。”话音刚落，周佳月又说，“我先说吧，正好突然想起一个场景。”

“什么场景？”

“是关于你和程东昀的，上个学期的事情。

“当时，是周一，我们早上来到之后，没多久就到了升旗仪式。广播响了后，咱俩就开始往外面走。那天，我还很清楚地记得，天气特别好，阳光也很灿烂。现在想起来，就感觉很符合那天发生的事情。

“咱俩挽着手，已经走到了艺体楼那儿，马上就要到操场了。这个时候，程东昀从艺体楼那儿出来，走到了咱俩的斜前方。

“看到后，我的心情也和你一样有些激动，不断地用手肘捯着你，唯恐你没看见。你当时也看到了，脸上挂着笑容，还有点儿没有勇气。我就鼓动你喊他。

“你不敢，不好意思。还在做着思想斗争，我看着你，真的，恨铁不成钢。

“最让我印象深刻的，就是接下来发生的事情。程东昀不知道为什么，往后看了一眼，正巧看到了你，你们俩对视上。他那天好像外面套了件校服外套，扭过头来，笑着和你主动招了招手，阳光洒在他的脸上，周围还有着早上的那种清凉。

“就是这一幕，我一直记得很清楚。你也是知道的，我一直不是特别喜欢程东昀这个人，可能是因为，你和我讲过之前他不相信你的那件事，所以我对他一直没什么好感。

“因为这一幕，我对他也没那么大的偏见了，可能就是他扭头主动朝你招手，一个小小的动作，让人感觉到，他身上那种少年的美好吧，这大概也是你对他有感觉的原因之一吧。

“当然，也不只是这个原因，应该还有其他，不过我只能总结出这一个，反正，你也知道，有些事就是说不上来的感觉。”

周佳月的声音，在浴室里，有些空旷环绕。

谈青坐在板凳上，回想着她所说的这一幕，慢慢有了印象。

“没想到，让你对他有点改观的竟然是这一幕。”她笑了笑。她很明白，为什么周佳月一直会对程东昀有所偏见，如果换作她，应该也会如此。

“谈青，我真的很希望，你能开开心心的，一直快快乐乐的。”周佳月洗澡的动作停了下来，花洒还在流着，“作为你的朋友，虽然对程东昀这个人目前还带有点儿偏见，但是，我还是希望，你们俩能有个结局。虽然无论如何都会遗憾，但有个结局，未来好歹还有个回忆的念想。”

听着里面那个一心为她想的女孩的声音，谈青的眼眶有些湿润。对她来说，和周佳月成为朋友后，自己慢慢找回来了曾经的一些性格，原本，独来独往的校园生活，也因她变得不再孤独。

“我知道的，佳月。希望你也能每天开心。”

“你给我买鸭脖，我就开心了。”周佳月半开着玩笑。

第二天下午，运动会结束。周佳月拿了两块奖牌，50 米金牌和 200 米银牌。

下了领奖台，周佳月欢快地跑到老徐面前，为老徐戴上金牌，送给老徐作为礼物。老徐像个老父亲一样，一向沉默稳重的他，露出骄傲的神色，丝毫不掩饰。

旁边隔壁班班主任，也就是数学老师刘国庆，羡慕地看着他，满脸嫉妒。

周佳月注意到，故意嘲弄："老师你也想要吗？我家还有几个，改天给你送过去。"

刘国庆没说话，转身就走了。

周围的同学被这个场面逗得笑个不停，终于看到刘国庆吃瘪了。

年少的美好就是那么简单，与老师斗斗法都能开心许久。

"老师，我们合张影吧。我这儿有相机。"周佳月主动开口，手里扬起刚从关飞飞手里抢到的相机。

他们从旁边随便拉了个同学帮忙拍照，两个女孩一人挽着班主任的一只胳膊，扯起嘴角准备着。

广播响起男子 200 米的获奖名单："第一名，十班苏天天；第二名，九班程东昀；第三名，四班方正……"

谈青扯起的嘴角也是从心中散发出来的笑容，灿烂美好，她听到了想要的结果。

"来，看这儿，一二三。"随着"咔"的一声，一张照片完成。

而这时的谈青并不知道，程东昀正从她的身后经过，赶着去台上领奖牌，不知道，他出现在了这张照片上。

直到后来，周佳月把洗来的照片给谈青的时候，故作神秘地对她说着："你知道照片上有谁吗？"

谈青面露不解，看着周佳月这样的神情，几秒后猜了出来，心中是说不出的欢喜：“快给我看看。”接过了照片，直接略过最为醒目的主角，在背景处寻找着。最终，停在了那个只拍到侧颜的男生。照片上的他正迈着步，就在她的斜后方，他们的距离不过几米而已。

照片里的他，有着少年的意气风发，往奖台赶着。这是他们除去毕业照的第二张合照。谈青看着照片上的他，笑着，慢慢地，鼻子里涌上了酸涩感。

第四章 / 童年·圣诞夜·变故·

（一）

运动会后的一周便是期中考。

考完那天恰好是周五。谈青从考场回到教室，班里是激烈的讨论声。

班里的数学学霸范乐乐，一只手拿着试卷，另一只手不断指着试卷：“第八题选择就是 A，你别贫了，不是 C，你先用函数……”

谈青立刻捂住耳朵，她最怕的就是讨论数学。虽然她是数学课代表，但是她的数学成绩这两年一直都不是最拔尖的。

当初刘国庆选她，只是看上她年级前几十的名号。

平中的班级有两种：实验班和平行班。名义上，一班到四班都是实验班，但是一班并不是正统的实验班，平中真正的实验班只有四班，四班的学生都是入校前 50 名的。一班到三班是 50 名到 200 名的学生打乱分配的，卡在中间，不好不差的。剩下的五班到十三班就是平行班。

周佳月郁郁寡欢，最后一场数学，是她的短板。回到教室，她整个人像朵蔫了的小花，连书都没收拾，就和谈青告别回家了。

谈青早已收拾好自己的书，看了看前桌一片狼藉，无奈地摇摇头，走上前替周佳月慢慢收拾着。

她们从不是擅长安慰对方的人，只能做些其他的事情，减少对方的烦恼。

林源今天来得早一些，从后门走进来，把书包放在了旁边的一个空桌子上，走上前，帮着她一起收拾。谈青见多了一双帮忙收拾的手，错愕地抬起头，见是林源，笑了笑，也没说什么。两个人就这样一起在教室收拾着。

一切弄好后，两人漫步到停车场，刚刚上车，身后有个女生喊着。

“谈青。”

这声音熟悉又陌生，谈青大致猜出是谁，背后一僵，呼吸频率渐渐高了起来。

女生已经来到她身边，是冯恬璐。

“好久不见了，谈青。”冯恬璐盯着谈青，笑得看起来很自然。

“是啊。”谈青装作从容。

冯恬璐一只手搭上了谈青的肩，谈青向林源旁边移步，不动声色地躲开。

冯恬璐不以为然地笑着，打眼看了看林源。

“怎么没和程东昀一起？”她故意道。

谈青没有回复。林源敏感，看出来谈青的不自然。

“姐，该回去了，我还有事。”说着，林源拉着谈青上了车。

“先走了。”谈青淡淡道。

林源拧着车把，电动车逐渐从冯恬璐视线中消失。

“姐，刚刚那是谁？”

“之前的同学。”她转过头去，路旁的柳叶少了几分春夏的生气。

周五那晚，谈青做了一个梦。梦中的她从一个从未去过的超市出来，外面的天色漆黑。宋明昊从远处跑来，两人似乎很久未见，给了对方一个拥抱。

程东昀从夜色中缓缓走来，外面穿着一件中长款外套，来到谈青身边，温柔地向她展开双臂，她有些不知所措。

一步一步地走上前，两人拥抱在一起。

那是一个朋友的拥抱，一个释怀的拥抱。

谈青和程东昀是小学同学。上学后，程东昀是她遇见的第一个朋友。

从第一次分座位开始，他便坐在谈青的后面。谈青的记忆中总是有一幕，那时他们认识不久，彼此给对方起了个蔬菜的外号，她傻乎乎地叫他“土豆”，而他叫她“番茄”。数学课的时候，当数学老师转过身写板书时，谈青便趁着这个空隙快速转过身，两个人叫着彼此的外号。这一幕，经过时光的流沙，也变得模糊起来。甚至，她无法确定，这一幕，究竟是在梦中，还是在现实中真切发生过。

如果说朋友分种类，那程东昀属于陪伴型的。小朋友的友谊出现摩擦很正常，每年似乎都要换个“最要好”朋友。

那时的他们还都太小，谈青那时也中途换过几个小朋友，什么倩倩啊，涵涵啊。唯独程东昀，两人一直陪伴着彼此，几乎没有红眼的时候。

程东昀本就比她大，男孩子作为一个哥哥的心理，能包容就包容了。

谈青的父亲一直是在镇上最大的一个制造厂做车间主任，谈青的爷爷年轻时也是在同类型的工厂工作，退休后，还在谈父所在的制造厂看过两年仓库。镇上，很多人都曾在制造厂工作过或者现在依旧在那儿工作。谈青父亲，毕业后就开始在那儿工作，一干许多年。

算起来，他离开前，已经是厂里资历比较高的几位之一，和厂长的关系也很不错，渐渐成为厂里的带头人。随着时代的发展，这所制造厂的发展越来越不好，没有及时跟随时代的脚步，依旧按照老一套发展。

谈青父亲提出了一个新的发展路线，对于当时的大家来说，他像是一个可以拯救这座工厂的人，都表态支持。不过，一小段时间后，多数人又按照之前的路子走，无法忍受改变的这段过渡期，只剩下谈父一个人在努力拉着他们往前走。一个人的力量是不够的，最后，厂子还是没有改变，又按照原本的步伐走着，很快也就开始被科技时代淘汰下来，受到重创。

而谈青的父亲，也成了那个担着一切责任的人，大家把责任都推给了他。那几年，家里的气氛很低沉。谈父也处于失眠的状态，后来，他去了杭州谋了一份其他的工作，离开了这个地方。可这也成为他心中的一个结。

谈青多多少少受了影响，小姑娘在学校有些沉默安静。而程东昀，课间的时候带着谈青玩，有吃的也主动分享给她。他也总能倾听小姑娘的问题。

小少年温暖着她，她在学校的时光永远都是欢乐的。

那时的她，被光照得明媚可爱。严谨来说，是又回到了自己性格最本质的明媚可爱。

他会偷偷捉弄她，排球训练后提前拿走她的书包。那一日，谈青从操场回来，来到体育室放书包的架子前，转来转去也没看到自己的书包。她摸了摸脑袋，很是奇怪，直到训练老师从办公室走出，问："在找书包？"

谈青点点头。

老师笑了笑："刚刚我看见程东昀那小子多拿了一个书包，看着像是你的，你去看看。"

"啊？"小谈青反应过来，左右转着圈找程东昀的身影。最后，还是程东昀自己出来了，手里拎着她的书包，见她有些气急败坏，脸上更是一副得逞的模样。

"程东昀！"

两个孩子在学校主干道你追我赶，影子被夕阳的余晖拉长。

每一次放学后的排球训练，都让小小的他们疲惫不堪，拖着疲惫的身体走出学校。程东昀的家离学校不算太远，但步行也要十分钟的时间。偶有一次，谈青见他累得不像话，便提出让他搭着自己爷爷的车一程，反正也是顺路。

两个人就坐在车厢里，沿着日落的方向回家。

谈青那时候的话总是很多，东一句西一句，不着南北。

“程东昀，今天这太阳真好看，你说对不对？”

“对。”

“程东昀，你说，咱校门口新开了家汉堡店，不知道好不好吃。”

“改天，吃着试试。”

“程东昀，你为什么喜欢吃巧克力呀？”

“它很甜。”

而程东昀便在她的身边，很耐心地听着，从不嫌烦。

之后，程东昀在她的生日，给她买了三个她爱吃的汉堡包。

那个年纪，每个孩子的零花钱都不是特别多。他们或许不是彼此最为要好的，但一定是密不可分的。那几年时光，他是真的用心待这个朋友。而她，回到家，说起学校里发生的事情，十句有九句都离不开程东昀。

“爸妈，程东昀可高了，今天，我发现连我们楼上的老师都认识他，你说，他出名的原因真好玩。”

“爸妈，我今天在小饭桌吃饭，竟然碰到程东昀了，他竟然没回家吃饭。”

四年级的时候，按照学校惯例，他们开始有资格值周。身上戴着绸带，拿着小本本，站在门口给不戴红领巾的小朋友扣分，或者在学校巡视，检查眼保健操，等等。

轮到他们班级的时候，已经是冬天了。那一周，天气很冷很冷，其中有一天下了暴雪。下雪的时候往往没有雪停的时候冷。检查的队伍往往有十四人，程东昀被安排成队长。每天站在门口，只需要八个人就行，谈青就是其中一个。雪停后一天早晨，谈青早早地来到大门口站岗，寒风凛冽，刺得脸和耳朵疼。

刚站上没有两分钟，程东昀便缓缓走来，来到她的身边，说了一句话："你回去吧，我替你。"说完，便站在了谈青的位置旁。

小谈青傻傻地抬头看他，鼻头酸涩，总感觉再来一阵风便能够冻住。

从主干道离开的时候，她走了很远，又转过身看他，他代替自己站在那个位置，风吹起他垂下的围巾。

那会儿，十四个人中，还要选三个旗手，男女都有，个子还要高些，每天负责升降国旗。大队辅导员选了程东昀、谈青和宋明昊。除了周一，每天早上八点钟第一节课上课时，准时升旗。预备开始，三个人便拿着国旗，来到升降台上，做着准备工作。

当国歌响起时，谈青抛旗，随即程东昀和宋明昊开始拉轮轴绳。那天，不知道是天气太冷的缘故还是什么，绳子格外难拉。原本两个人升，最后谈青也加入进来，三个孩子的手在寒风中冻得通红，逐渐麻木，最后费了很大的力气才将有着神圣意义的国旗升起。

他们走下升旗台，瘫坐在地上喘着气，彼此看了看，露出了笑。蓝蓝的天空，国旗飘扬。

下午四点放学，继续站岗，检查方队，这是每一天最后一项检查。检查完后，结果交给谈青，由她负责统计，最后填写一整天的分数表，贴在公告栏上，因此，谈青走得一向很晚。那一周，每个放学的傍晚，程东昀都会坐在教室里，静静地等待谈青统计分数，偶尔和她开着几句玩笑，最后陪着她一起走出空荡的校园。冬日的傍晚静谧安详，天边昏黄得如此纯粹，而他们之间的友情也像这天空一样纯粹美丽。

数不清的美好时光。

可是，直到五年级的下学期，那天冷不丁地下了场大雨。他们都在等着父母来到教室接他们。

谈青和程东昀的家长来得有些晚，班里同学已经走光，只剩他们两个。两人一起来到走廊口等着。

雨势不见减，雨滴打在走廊，他们不得已往后退了退。他们所在的教学楼离大门很近，走廊口更是离门不到十米。

一辆轿车停在门口，气质温柔的女人从后座下来，撑起伞，焦急地跑到他们这边。那是程东昀的妈妈。

“抱歉啊，妈妈来得晚了。”

程东昀笑着摇头说没事。

“这是谈青吧，要不要阿姨送你？”程母面色温柔和蔼。

谈青乖乖地道了谢，摇着头说不。

程东昀转身道了再见，和程母一起挤在伞里。

车上主驾的男人下了车，打着伞慌忙来迎着两人。谈青看清了那人面容，并不是程父。

之后的一周，班里面渐渐有女生传出程东昀母亲出轨的消息。

“程东昀他妈妈出轨了，那天下雨天来接他，坐的是别的男人的车。”

“真的吗？你听谁说的啊？”

程东昀根本无法忍耐这样的谣言，气冲冲地上前阻止，却没有什么用。

谣言还是这样传，甚至越来越添油加醋。那个年纪的孩子大多不懂“出轨”这两个字威力究竟有多厉害。

几天后，班里渐渐传出，这是谈青最先告诉她们的。

程东昀起初并不相信，可这说法越传越猛。

老师知道谣言后很惊讶，出面找到了谈青，所有证据证实是谈青传的，因为那天只有谈青看见了这些。他忽然觉得有些后怕，一向品质兼优的谈青背地里竟然做出这样的事。

他也默信了这是谈青传的，在班里对谈青旁敲侧击。

他们并不相信谈青的解释。

即使天真烂漫的他们，心里也都埋下一个个恶的种子，女孩子们嫉妒着谈青，嫉妒老师夸奖的总是她。他们讨厌父母总是拿她来和他们比较。

她们肆意八卦，传播谣言，追究结果时，却胆小怕事。听到“谈青最先传”的说法，全都改口指向她，摆脱自己的责任。

人性的恶在哪个年龄都是存在的。

谈青被班里的女生孤立了，竟然是被同性女孩孤立。

而程东昀最终也选择了不相信她，任凭当时的她怎样找他辩解。从那以后，他们几乎再也没有说过话。他不再像从前那样待她，他开始避着她，把座位换到了那一排的另一个地方，再也不是她的后座。轮到值周时，即使程东昀被老师安排成旗手，也会找人在升旗时替了自己。

慢慢地，谈青也开始避着他，明明自己没有做那些事，却也开始没了底气，与她从前在程东昀身边的明媚开朗渐行渐远。究竟哪种才是她真正的性格，她也分不清。

他们总说，时间是一味良药。

事实确实如此，以年为单位的时间一点一点磨平了那么一大团的误会和矛盾，其实是抹平了程东昀的记忆。

抹平记忆的同时，也磨平了他对她的感情。

一段感情是需要相互的，一旦一方放下，那它很难再促成。程东昀和谈青的关系有了巨大的间隙。注定未来再怎样亡羊补牢，也于事无补。

而这些事情的始作俑者，是冯恬璐。

那场大雨，她也在。不过她一直都太不起眼，她就站在传达室安静地偷窥着这一切。

享受着属于偷窥者的愉悦。

她也听到了程东昀母子的对话。

“这是你刘姨的弟弟，我刚刚在你刘姨家，下雨了，你刘姨怕我们淋着，就让你叔送我过来了。”

“叔叔好。”

可是，那又有什么呢?

她讨厌圆满，厌恶别人幸福的模样。她讨厌程东昀和谈青。

谣言是她传的。

事情发酵的速度比她想的快了不止一点点。老师查了，那就推给谈青吧。

她疯狂地嫉妒着谈青，嫉妒老师家长都喜欢谈青。

每次妈妈打她，都会骂着：“你个不争气的，就不能向人家谈青学学？人家次次第一。你丧个什么劲，你个赔钱货，你爹都不愿意要你——”

那她就毁了老师家长心中优秀完美的谈青。

她知道那场大雨里，谈青被妈妈接走时看见了她。可，谈青说出来谁会信?

目的达成后，她针对谈青更明目张胆了。

谈青后来也很快发现了她，知道了是她从中作梗。

局已定，谈青不再被那些人喜爱，程东昀和谈青也回不去了。

小小的冯恬璐心灵第一次得到了抚慰，本该纯真的心灵早已扭曲。

（二）

“青青，今天天气预报显示有雪，你们晚上路上慢点。”谈母嘱托着。

“好。妈，我们走了。”谈青背起书包，坐上了林源的后座。

电动车慢慢向巷口行驶着。

“我听佳月说昨天你去政教处了？”谈青关心道。

“哦，篮球砸到王主任了。”

谈青轻笑几声：“被教训得怎么样？”

“还好，那会儿被教训的不只是我们，还有几个你们年级的，他最后根本来不及教训我们几句。”

“那就好。”

“欸？佳月是怎么知道的，都忘了问她。”

林源装作平常：“她来篮球场看帅哥打篮球。”

谈青：“……”

已经是十二月下旬，六点的天还是没有什么光亮。路上的人并不少，电动车都亮着灯，即使没有路灯的地方也并不漆黑。

下午的几节课，谈青不时看向窗外，天阴沉沉，雪却没有来临。

看来又是一场没有被实现的天气预报。

屋内没有空调，即使有着四五十多名学生，却还是有些冷。周佳月手上的冻疮又犯了，手缩放在口袋里，小心翼翼地呵护着，唯恐更加严重。

谈青左手包在围巾里，右手戴着露指手套。左手的手套就在今天上午自己溜走了，再也找不到。这已经是第三副不完整的手套了。

她是早晨才知道的，原来今天是圣诞节。来到教室的时候，张井云紧跟着从外面走了进来，他微微往前伸着脖子，怀里不知道揣着什么，一副窃喜的模样。

他来到谈青的桌前，哈哈大笑，随即慢慢展开双臂，怀里的几个苹果掉在了她的课桌上。

“挑一个吧。”

谈青盯着桌子上的苹果，疑问着：“你这是从哪儿弄来的？”

“数学老师桌子上的，我去送作业的时候，他已经到办公室了，正在那儿拆着别人送他的苹果呢，快挑一个吧。”

见是数学老师的苹果，谈青把心中原本的不好意思也抛在脑后，爽快地挑了一个苹果。

“回去了，今天可是圣诞节。”张井云说着就离开了。

圣诞节？好像还真是的。谈青最近过得糊里糊涂的，日历更是没有看过。

圣诞节，是要收到祝福的。

她记得，两年前的那个圣诞节，她记得很深刻，那一天，好像发生了很多事情。

而且，那一年的“圣诞快乐”是程东昀第一个对她说出口的，也是唯一一个。

那年，平安夜那晚下了一场雪，早晨的时候，外面早已银装素裹。

当时，她还没有和周佳月成为好朋友，早自习下课时去食堂也都是独来独往。那天，她像往常一样早早地从食堂回到教室，班里只有她一个人，其余的全是空荡杂乱的座位。

透过窗户看过去，雪早已经停了，天空如洗，湛蓝敞亮，瞧不见一朵云。阳光穿过干净玻璃，照进教室，在课桌上留下太阳的印记。

谈青从抽屉里拿出读书笔记，刚刚翻开，后门口就出现宋明昊的声音。

“阿青。”

她扭过头去，冲他笑了笑：“怎么了？”

“我把篮球放郑宇博那儿了，我们老师不让把篮球放到教室，他的位置在哪儿呢？”说着他走了进来。

谈青也朝着郑宇博的位置看过去，果真他的座位下有一个篮球。

“这儿。”她指了指。

宋明昊走过来，弯腰捡起球：“我先走啦。”转身就从前门跑出。

她低头笑了笑，拿起笔，准备开写，后门又传来一个声音，让她心中一紧，笑容也随之僵硬。

“嘿，Merry Christmas!（圣诞快乐）”

她扭过头去，程东昀靠在后门上，笑得很阳光，像是窗外雪后天晴的一抹清澈的冬阳。

“圣诞快乐呀。”她平复下心情，努力让自己笑得看起来好看些，回复着门口少年的话。她感觉，今天他的心情很好，不然怎么会和她说祝福呢。

程东昀故作皱眉，“啧”了一声：“早饭吃得那么快，看来没好好吃，那么认真学习。”

“你不也吃得快吗？”她有些无奈。

“我那是没去。”他伸手蹭了下鼻子。

谈青在座位上扭过身子看着他，沉浸在今天和他说话的喜悦里，沉浸在那句“Merry Christmas”中。

如果不是听他的祝福，谈青甚至不知道这样好的天气竟然是圣诞节。

走廊深处传来了宋明昊的声音：“程东昀！过来打球！”

“走了。”他淡声告别，转身便消失在后门。

谈青把目光挪到前门，追捕到他经过的一瞬间，心满意足下是淡淡的失落感。她慢慢把注意力放在面前的笔记上，却又暗自地笑了笑。

今年，他是第一个对自己说圣诞快乐的，是第一个，第一个。

谈青渐渐从记忆的世界回到现实，手里的苹果微凉，外面的天还未彻底亮，但依旧能感受到今日天气的凛冽。

今天会下雪吗?

光滑油面的苹果在教室的灯光下展现着光泽感，今年的圣诞节，会收到他的祝福吗?

早饭的时候，谈青并没有在食堂见到程东昀，这让她不禁产生一丝希望。那一年的程东昀就没有去吃早饭，所以那么早就来了一班教室，碰上了独自一人的她。如果从这个角度来看，是不是今年依旧会有可能呢?

想着，她突然觉得自己有些可笑，非要牵强地把这一点点微末的巧合联系在一起。

从食堂回到教室时，班里只有她一个人。

周佳月今天在食堂值日，没有和谈青一起。谈青坐在位置上，手中翻开的书本也无心去读。她用右手撑着脑袋，朝着南边的窗户看过去，期待着会有一个人从那边的楼梯下来，朝二号楼这边走来。

班级里的人渐渐多了起来，墙上的时钟也马上要来到八点钟，她却没等到那个期待的人。其实，在这等待中，谈青心里很清楚，今年不会像那年一般的。

那时，在那将近半小时的等待中，自己以为是在等他出现。

其实，后来的时光中回想起来，她看的不过是在追逐他的自己。

下午的大课间，谈青拿着伤人脑筋的物理压轴题来到办公室，准备向班主任请教。

办公室开着空调，暖洋洋的，和外面的寒冷有一种天差地别之感。许是圣诞节的缘故，各位老师的办公桌上都摆了几个包装好的苹果。

班主任接过题目，审了审：“哟，你都做到这一题了，我还没来得及看，这题有点复杂，下节课过来我给你讲吧。”

谈青犹豫了，说：“老师，下节课我还要去语文老师那儿。”

“这样啊。”班主任皱了皱眉头，然后转头朝四班的物理老师道，“张老师，你们班讲过 46 页的最后一题了吧？”

“讲过了，让谈青过来吧，我给她讲一下吧。”张老师热情道，此时她正剥着一个包装好的苹果。

“去吧。”

于是谈青拿着练习本来到了张老师的位置。张老师放下苹果，抽了支笔在题目上圈点，慢慢理出思路。

谈青在旁边点着头，脑中也出现了清晰的步骤“我明白了，老师。”

“明白就好，这一题其实就是又多绕了个圈。”

谈青微微笑笑：“谢谢老师。”

“没事儿。行，你也回去吧。”刚说完，张老师看着桌子上的几个包装好的苹果，又道，“来，拿个苹果走吧，我们班孩子今天早上放这儿的，我一个人也吃不完，你拿一个，剩下的我待会儿分给大家吃。”说着，张老师挑出了一个大一点的苹果，放到她的面前。

“老师您自己留着吧。”她礼貌道。

“唉，你这孩子，拿走吧。”

谈青想起早上张井云从办公室得来的几个苹果，也没再扭捏：“那，谢谢老师！”

她拿起苹果，一张小卡片掉了下来，她扫了一眼，捕捉到“圣诞快乐”几个字，右下角是署名，这应该是原本苹果上面的贺卡。

这还是她今天看到的第一句“圣诞快乐”，虽然并不是写给她的，但总感觉这是一个奇妙的缘分。

“老师，这儿有一张卡片。”她伸手递给张老师。

张老师接过卡片，低头看了看，说：“哦，我们班方正扬写的祝福语。”然后把卡片收了起来。

（三）

今天，一班晚自习是数学和物理。数学老师在两个班来回讲题。一班的题刚讲完，刘国庆布置完作业，就匆忙离开教室。

班里静了下来，都忙着算题。

突然靠窗的体育委员惊奇地开口：“哇，下雪了！”

埋头苦学的同学们纷纷抬头，气氛躁动起来。同学们纷纷起身，跑到窗台。

有的女生伸出手，试着去接住一片晶莹的雪花；也有男生直接从窗口跳到外面的灌木丛。大家嘻嘻闹闹，对外面鹅毛般纷纷扬扬的雪花感到新奇。

一场雪而已，却是学生时代最盼望的时刻。枯燥无味的学习需要这样的一场肆意的大雪。

绽放烂漫。

今年的圣诞节也下了雪。谈青看着窗外的雪想着，眼神也放柔了许多。

“干什么呢！”前门传来刘国庆一声吼叫。

刻在DNA的畏惧感，同学们吓到慌忙跑回座位，外面那几个跳出去的同学，像受惊的兔子一样，又从外面绕了一圈从后门窜进来。

下课铃终于响起，一班的同学推推搡搡涌出教室。

谈青和周佳月也来到看雪最美的地方——西边连接二号楼和三号楼的走廊。

那边的路灯氛围感最好，昏黄的灯往下照着，为飘扬的雪做了静谧的背景。雪在灯光下，旋转飘落的姿态被衬得一清二楚。

属于雪夜的浪漫，属于校园的浪漫。

三层走廊，都是熙熙攘攘的学生。

刚来到一楼走廊，谈青就看到，程东昀从三号楼的楼梯道迈着轻松的步伐走出来，随即朝着西边升旗台附近的石砖小广场小步跑去。在广场里一棵小树下，旁边的男生趁他不注意，使坏似的用力踢了那棵树。从下而上的震感越来越明显，树枝明显地晃动，枝叶上的雪快速散落，直接在他身上盖了一层。

少年的头发和肩上直接花白，他甩了甩，雪也以颗粒的形式扬出去许多，朝着那人似乎是笑着骂了几句，接着继续和旁边的同学往操场的方向大步走去。

谈青从走廊中缓缓迈出几步，来到外面石砖地面上，旁边是一丛覆满雪的灌木。上空冰凉的雪落在她的短发上，转瞬融化，触感真切细腻。

“两处相思同淋雪，此生也算共白头。”

单相思又该如何?

“Merry Christmas. 程东昀。”她望着他，慢慢说道。

前年的圣诞祝福是你先说的，今年就由我先对你讲吧。

你说，这样算不算是两清?

楼上忽然传来一阵起哄声：“正好带来了，拉一下。”

“对啊，正扬，今天正好下雪。”

“快，来一曲！喔。”

谈青好奇地转过了头，昂起头朝二楼走廊看过去。一群人正围着一个男生，男生正背着一个放琴的袋子。走廊没有灯，仅凭路灯无法看得清那人的面容。

不知道是不是她的错觉，那人似乎往这边看了看，随即答应了下来："好。"

随后，他在旁边人的帮忙下，从琴包里拿出一把小提琴。周围的同学自觉地往后退了退，为他留出足够的空间。

只见那个身姿如松的男生持着琴，放在左锁骨处，随后把头自然落在琴腮托上，微微调整着姿势，持弓，细长有力的弓落在琴弦上，他那在路灯下衬得白皙修长的左手不断拨动着。

悠扬婉转的琴声从二楼走廊倾洒下来，与雪为伴。熟悉的调子，是《梁祝》。

应该是第一部分，琴声中流露出故事中二人初见时的欣赏和爱意，在这个雪夜响彻，它仿佛已经与雪互相环绕、迎合，缠绵在昏黄的路灯下。

那个男生的半张脸被路灯的光影覆盖，几分神秘。他闭上了双眼，整个人沉醉在琴声中。

楼上的人伸头往下张望着，楼下的人停下步伐，转身往上看着。四周的嘈杂声渐渐消散，都好奇地看过去。

谈青也彻底地转过身来，面朝着二楼走廊，目光停留在那人的身上，不愿挪去。

他的琴声像是会说话，隐隐在传递着什么，仿佛直白地对着某个人一般。

谈青渐渐闭上了眼睛，享受着优美动听的琴声，享受着雪落在脸颊上的丝丝凉意。

那一夜，一切一切都是这般婉转浪漫，蔓延出的苦涩被吹散。

直到上课铃响起，周围的人都不愿意离开。来上课的老师听到这声音，露出了赞许的眼神，默许了这次的迟到。

许久后，琴声停止，人群开始散去，谈青也不再留恋，慢慢朝教学楼走去。

二楼的男生站在人群流动的走廊中，朝着楼下看着，直到那个身影消失在视线中，才收起琴，背着琴包离开。

周五，是个雨天，元旦假期的前一天。

教室外的小雨淅淅沥沥，天空低沉，小花园里的枯枝被风吹得摇摆，顺着风的方向，上面零散的枯叶摇摇欲坠。

谈青走出教室，看着灰蒙蒙的天，这一周的天气都没见过晴。

石砖也被浸湿，有着混合着泥粒的水渍，点点雨滴落下，她微微含着身体，护住怀中的一小摞数学练习小册。她没有打伞，有些心不在焉，脑子被那道作文题目给缠住，下节课就要完成，她还没想好写什么内容。

来到三号楼，她习惯性地朝楼梯处看过去。楼梯间有几个男生在那儿站着，手中拿着语文书，嗡嗡地在那儿念着书，有气无力的，眼皮都快要耷拉下来。

刚要打开门把手，门窗里的人就打开了门，是一个个子很高的男生。

许是看见了谈青还抱着一摞作业，就好心地帮她撩开了办公室的门帘。谈青也没抬头仔细看那人的面容，专注地从他撩开的地方进去。

她礼貌地说着："谢谢。"声音很轻。随后继续往前走着，没多在意，心中还念叨着题目。

办公室的门被关上，那人并没有出去，而是继续往办公室里走去，停在一个老师的办公桌前。

她回头看了眼，就匆匆收回视线。几步后，她停在数学老师刘国庆的旁边，放下手中的作业。那摞作业最多也就十多厘米的高度，少得有些可怜。

谈青盯着作业本，有些尴尬，却又若无其事地张望。刘国庆坐在位置上，似笑非笑：“谁没交？”

“还是后面那几个，其余的全交了。”撒谎都不带脸红的。

“那几个家伙也就三四个人，怎么着，他们的作业比别人的都要厚？”刘国庆这话一出，也是要揭她老底了。

“嗯……也许真的是呢？”她沉吟片刻，硬着头皮接下去，语气中有些小心翼翼。

旁边的两位老师也朝这边看过来，笑眯眯地看着这场好戏。

“谈青，收作业的按组，别胡乱一通就收了。咱班四十多人，这里面有二十本吗？”

“可能吧，是有的。”她突然想起什么借口，眼睛一亮，“哎呀，我给忘了，有些落在我抽屉里了，我这就去拿。”

“老师再见，中午给您送过来。”她撒腿就跑，不顾刘国庆的回答，留下一句这样的话就匆匆离去。

周围几个老师笑了起来。

一位戴着眼镜的男老师开口：“谈青这孩子，真好玩儿。”

“嗐，能把人愁死。”刘国庆笑说。

“我们班孩子也是这样，对不对，正扬？”另一位老师边说边抬头看向身边的男生，“上次咱班朱西也是，拿着二十多份作业，一本正经地说齐了。”

那个男生眉眼弯起，也轻轻笑着。

中午饭结束后，各班的广播响起。

“同学们请注意，同学们请注意。现在各班开始排队，有秩序地往礼堂去，现在各班开始排队，有秩序地往礼堂去……”

早在一个月前，平中各班就开始安排准备联欢会的事情。课外活动时间，艺体楼满是排练准备的学生。

三个年级的学生在礼堂拥拥挤挤地来到各班的位置，半个小时后才慢慢全体入座。

谈青坐在位置上，不时朝着右后侧张望着，却一直找不到想要见到的身影，最终随着主持人上台，只得作罢。

她没有什么看节目的兴致，和周佳月一起低着头背着知识点。元旦一过，期末考就没多远了，据说，这一次期末考有可能会作为重点学校提前批招生学生的一个参考。他们肯定都想要提前被签走，相当于是直接保送中考了。

所以，每年平中成绩优秀的学生都会想要争取一下机会。谈青和周佳月自然也不例外。

台上几乎都是歌舞类节目，偶有一两个很有特色的，谈青和周佳月会停下来看，结束后接着低头背书。

两节课的时间过去了，观众席的声音也越来越嘈杂，几个主任光是用喇叭管理纪律都有好几次。谈青带来的知识点也都背完，基本都收进脑中。

主持人在前面似乎报完了幕，退下台，悠扬的小提琴声在礼堂回荡。许多人被琴声吸引过去，毕竟这是为数不多的乐器独奏。

谈青朝着台上看过去，少年白衬衫西裤，身姿挺拔优雅，手臂不断舞动着，弓落在琴弦上带出美妙的声音。即使她坐在靠后的位置，看不清面容，但只凭身影也不难认出，这就是那晚二楼的男生。

今天他拉的曲子和那晚不同，像是静静流淌的潺潺溪流，悠远绵长，萦绕着一种哀婉的感情，它要带着你一起去所描绘的那个世界，有山、有水，她觉得，那个地方现在应该是夜晚，有着一轮缺月，缠绵宁静致远。

台上的少年身体随着琴声和手中的动作摆动，那般翩然。他似水、似风、似那青山，更似那夜中的玉轮。

原来，学校还有这样气质淡然的人。谈青在台下安静地欣赏这一曲，缓缓闭上眼睛，全身心投入。这首曲像一剂良药，慢慢地抚慰她的心。

直至曲终人散，她才睁开眼。

后来，她才知道，那首曲子叫《沉思》。

（四）

自从那场雪后，谈青直到元旦结束都没见到程东昀。

谈青隐隐起了疑，旁敲侧击询问郑宇博，他也忽然发现自己许久未见程东昀。

周二早晨，早餐后，谈青到办公室交作业。

刚打开办公室门，一股暖气袭来。反手关上门，正要往里走，余光中一个蹲在地上的身影有些熟悉。谈青回头看去，这家伙竟然是宋明昊，看样子又在办公室偷偷取暖。

两个人大眼瞪小眼。

“阿青，你快来，这个角落特别暖和，离空调最近。”他主动邀请。

谈青委婉地谢绝他的好意。

“程东昀被车撞了。”

她心里猛然一紧，脑中一声响。她有些不敢相信：“什么？”

宋明昊像是说着一件普通的八卦：“嗐，胳膊伤着了，嘴巴附近缝了几针。其他都没什么大问题。”

她神情没有太大变化，她还没有接受正在谈论的出车祸的人，是程东昀，那个骄傲的程东昀。

最后，她连手中的作业也忘了是怎样送过去的。

谈青只记得自己镇定地打开办公室的门，走出去，关上，朝着教学楼走去，没几步，消失在办公室门口的视线时开始奔跑，鼻头酸涩，眼角的泪来回打转，不敢掉落。

因为她要回到教室，不能让别人看出异常。

至于为什么是奔跑着回去的，谈青很长时间也没想明白。

那个时候，似乎理应在外面慢慢走着，留给自己多点的时间，让自己一个人静一静，去消化这件事，去发泄出情绪。

可那个时候，大脑的第一选择却是奔跑。

谈青似乎对任何事情的反应和接受速度都太慢，早晨那段情绪忍住后，接下来的一整天，一如往常。

下午化学课的那份往年的试卷，谈青做得很顺手，时间也比从前快了许多。

内心像无风吹拂的湖水一样平静。

这般毫无波澜的湖水最终还是被打破。

晚自习放学，谈青在夜色里静静地等待林源。

冬日夜晚的气息格外清冷。或许就是谈青深深吸着这份孤寂的气息时，心里的某处突然起了回应。

程东昀受伤的面孔浮出心中的水面。

压抑感袭上来，吞噬着谈青。

他那般骄傲的人，如果脸上留了疤，如果胳膊有后遗症，他的骄傲会被摧毁吗？

他现在是不是在难过着，会不会叹恨？

一个个问题占据谈青的大脑。

她的悲伤，来自于他的悲伤。

回家的路上，谈青心中依旧说不清的悲伤和压抑。

路旁的树枝只剩下零零散散未被吹落的枯叶。这个冬天，异常地凄冷。

谈青再次见到程东昀是那月的十号，周五，距离那年期末考试不到十天。

这些天，生活并没有什么影响，每个人还是忙碌地学习着。只是谈青视线里少了程东昀的身影，学校少了一个特意从食堂北门回教室的女孩。

下周五，再次在食堂见到程东昀谈青并不惊讶，在这之前，已经从宋明昊口中打听到了最近他会回来的消息和时间。

程东昀顺着人流而来，和旁边的人还说说笑笑。他的精神很好，面容也没有什么疤痕，和往日几乎没有什么异常，只不过胳膊缠着绷带。

谈青与他相隔太远，也只是远远地看上一眼，那也便心满意足。

程东昀住院期间，九班的一节体育课和周五最后一节课的物理对调了。

临近每周末尾，课堂效果实在太差。物理刚上十分钟，书包就都收拾好了，一个个争着往外赶。

一班的体育课也有一节是周五最后一节课。下午，谈青便又在操场见到程东昀。

初三后，学习紧了许多，为了放松，楼下的一班到三班，利用出门就是广场的地理优势，展开了羽毛球运动。

谈青和周佳月同样加入了他们。谈青从家里杂物箱中找出了闲置将近一年的球拍，带到了教室。楼上的班级在平台上看得手痒痒，却也没办法。

想着体育课是个打球的好时机，谈青就把球拍带了出来。

九班的人在体育委员的带领下开始跑圈热身。一班早已开始了自由活动，谈青和周佳月找了个地方，准备打球。

九班零散的队伍从两人面前经过，放眼望去，程东昀并不在队伍中。

周佳月指了指斜前方：“那儿。”

谈青顺着她手指方向看过去，程东昀似乎正朝她们走来。

一步，一步，越来越近，来到她的面前。

“谈青，球拍能借下吗？”他神情懒散，温声道。

她不假思索便答应下来：“可以。”语气甚至有些快，像是旁边还有别人抢着要借给他球拍般。

话音一落，她也反应过来自己语气仿佛要暴露出来自己隐藏极深的心思，心中暗自懊恼。几天没见，之前伪装得很好的自然也生疏许多，大脑也不会转了一般。

程东昀根本没在意她的语气，用那只没有受伤的右手接过球拍。

看着他的伤，她轻声问道：“伤怎么样了？”

程东昀低头看了看手臂，笑说：“没什么大事。”

谈青点头，眼神认真地仔细看着少年的脸，并没有印象中缝针的痕迹。

程东昀被她这举动搞得有些不自在，头往后退了退。谈青注意到他的动作，也有些不自在，她确实是有点唐突了。

程东昀看出她的刚刚的心思，解释道：“美容针。”

“原来是这样。”谈青笑了起来，那些天的牵挂和担忧都一笑而散。

程东昀没多停留，说了再见，转身走了回去。

看着渐行渐远的他，谈青舍不得挪开目光。

周佳月凑过来，道：“球拍就这样借了？你不玩了？”

“他都来借了，那就给他吧。”

周佳月用手指捣了一下她的脑袋：“你呀你，那我玩啥啊？”

“郑宇博好像带了，咱找他去。”

（五）

谈青接到电话是在周六的中午。放了学，同学们结伴回到教室收拾书包。

“青，你带的什么书复习？”周佳月问道。

“历史复习资料，语文书，还有今天做的物理题，没怎么懂，我打算拿回去，视频问问我爸爸。”

放学回到家，按理应该下了班的谈母却不在家。谈青没有太在意，心想母亲大概是出去买东西了。

六点多，母亲发来消息。说亲戚家有事，她坐车赶了过去，让谈青自己做些东西吃。

谈青给母亲打过去电话，谈母语气有些低沉，简单几句便挂了电话。

第二天中午，谈青刚刚下了辅导课，在步行街的面馆正吃着面。手机响了，显示是父亲的来电。

面馆很嘈杂，谈青匆匆走了出去，接了电话，那头是母亲的声音。

她心里隐隐约约猜出了什么，昨晚打给父亲的电话，父亲没有接通。

“妈妈给你说件事，你爸爸突发急病，现在在医院，还昏迷着。”

谈青眼中直接布满了泪。

“你要做好心理准备，你爸爸的情况不太好……”谈母声音平稳，她知道母亲在极力克制。

谈青直呆呆地站在街上，此时根本顾及不上路人的目光，脸上早已满是泪水。

彼时，程东昀从斜对面的一家店走出，和朋友一起，在门口站了站。谈青一眼便看见了他。

程东昀似乎也往这儿看了看，很快，又转过头去，和朋友一起朝她这侧的一家店走去。谈青的车就停在那家店门口。他们来到那家店的门口后，程东昀留下了朋友，自己上台阶，走进了店，她的目光也挪移回来，盯着自己的脚下。

“妈妈本来想瞒着你的，你马上就要考试了，但怕留下什么遗憾……”耳边是母亲的声音。

谈青回过神儿，抬起头，语气坚定：“妈，这次我不考了，我去找你们。”

“好，你舅舅马上给你订票，青青你抓紧回家简单收拾一下，这边冷，穿厚点。”

谈青挂下电话，往程东昀他们所在的地方，去找自己的车子。她步伐凌乱，透露出着急，同时，也有些摇摇晃晃。

程东昀的朋友站在门口等待，谈青经过那个人的时候，程东昀正好从店里走出。他没有和谈青打招呼，谈青也不知道他是否注意到了她，是否注意到她脸上的泪。

这段感情的后半程都是她在努力付出，他们的感情，其实早就不对等了，但潜意识中她是很想能得到一份同等的回报。

这一刻，谈青无比希望程东昀能够走上前关心她，问问她出了什么事，安慰着她，哪怕是一句。

前几天和父亲的对话忽然出现在脑海。

父女俩打着电话，谈父语气温和地主动提起了程东昀：“还对程东昀有好感吗？”

她“嗯”了声，像个小孩一样慢慢解释：“爸爸，我知道这份感情并不成熟，但，我想，这就是属于青春的悸动，这一刻它是很美好的。”

心底对程东昀产生了不知名的怒气，爸爸前些天还这样问起他，而今，接到爸爸病重的电话，他就在她的附近。

而这个情绪持续了许久，年少的谈青不明白原因，长大的谈青也不清楚原因。这是一个迷惑了她许久的问题。

如果那天接到电话看见的不是程东昀，或许谈青心里便不会产生这份感情里的隔阂。

那时，谈青再也不想理程东昀，再也不想把大多数的目光都聚集到他的身上。真的值得吗？她突然提出质疑——自己是真的完完全全喜欢程东昀吗？

不是的，不是的。她在心中道出了隐藏已久的话。

喜欢只是对他感情中的其中一种，或许更多的，应该是对那段美好岁月的耿耿于怀。

当天夜晚，谈青赶到了杭州，第二天清晨，父亲在重症监护室沉睡。

她没有勇气去看父亲的遗容，打进去的蛋白根本无法吸收，父亲整个人都有些浮肿。父亲生前是那样注意仪表的人，而死去的模样却是这般。

谈青对父亲突然的离世根本没有反应过来，泪水并不像母亲一样止不住。

她整个人呆滞着，整个人只剩下无法形容的疲倦。守着谈卫民的冰棺时，她的心像是被轻轻抚摸着，如此安稳。

是父亲抱住了她吗？

守灵的那几天，是几个堂叔陪的。和父亲关系最好的那个叔叔，根本无法提及父亲，眼角通红。

“我从小就跟他玩，真的，我对不起大哥——”

按照习俗，在外边去世的人，尸体运回来的那天，灵堂的门不能关上，要打开着。

冬夜的风格外刺骨，灵堂的烛光飘飘闪闪。

每个人都裹上了厚厚的袄，却依旧手脚冰凉。

是夜，寒风呜咽，灵堂的门被刮得开开合合。约莫是凌晨，两扇门猛然被风刮得合上。

谈青和几个叔叔抬头，一个叔叔眼角湿润，有些无奈地笑了。

“大哥还在，怕我们冷，把门给我们关上了。也真是的，既然放心不下，干吗要离开——”

泣不成声。

葬礼上，谈青几乎哭不出真的泪水。母亲说，是你爸还没走，他最疼你，舍不得你流泪。

尸体要拉去火化的那天，隔间的奶奶默默来到冰棺前，眷恋地看着儿子，接着泣不成声。

附近的亲戚们看到，赶忙上前安慰搀扶着，奶奶却越哭越猛，不舍得离开。

亲戚们见状往回拉着奶奶，怕她伤心过头出了问题。奶奶敌不过众人，一步步被拉开。

老人不停地试图和亲戚们抗衡，却于事无补，伤心得直跺脚。

她嗓音嘶哑，不断地喊着：“卫民，我的儿子啊，让我再看一眼啊，我要看我儿子。”

旁边的谈母也泣不成声，两眼已经肿到极致。

在外面操办各种事情的爷爷，显得有些平静。

谈青看着他，她知道，老爷子都是在角落里偷偷抹眼泪，在外都是极力克制。

周围嘈杂，谈青显得很平静。她迈步走到冰棺，脸贴上冰棺的玻璃。

“爸爸，我爱你。”

——我曾经常常对你说这三个字，可都没有这一刻诚恳。

“下辈子，我还做你女儿。”

——这一生的时间太短了，我还没做够你的女儿。

火化场的上空扬起不断的烟。谈青拿到火化盒，旁边的叔叔哭着：“大哥那么高的人，就变得那么点了。”

骨灰盒放进了棺材里。看着棺材，谈青恍惚在参加其他人的葬礼，里面也不是父亲的骨灰。

谈青很清楚，等待她的不是一时的悲痛，而是头脑反应过来后一生的痛苦。

一直以来整宿失眠的谈卫民解脱了，可活着的他们又该如何?

直至寒假，谈青都没有去过学校，书包里准备问父亲的那道题也就这样搁浅着，再也没有解决。

期末考后，周佳月就带着几个朋友赶来，手上都拎着大包小包的好吃的。尤其是宋明昊、关飞飞两人，直接提了两筐鸡蛋。

谈母收下，不禁觉得这两个孩子咋那么可爱。

听郑宇博说，周佳月这姑娘骑上电动车速度直接就飙上去，根本不理会不认识路的他们。

“这家伙周一来的时候就一直哭，问她原因她还不说。”郑宇博说着。

谈青对父亲的离世还没缓过神儿来，潜意识里父亲还在外地工作，很快就要回家过年了，明明票都抢好了。

周佳月陪谈青坐着，从到的那刻，拉着她的手就没松开过。如果不是考试，周佳月恨不得早就来了。

两人安静地坐着，嘴上闲聊着周边的事情。

几个男生对安慰人这种事完全不擅长，见谈青还能不时向他们微笑，却还是有些担心，只能静静地在房间坐着。

周佳月见状，似是想起一件趣事，笑了笑，开口道：“谈青，你不知道，郑宇博主动和咱英语老师单挑去了。”

郑宇博有些不好意思，见谈青有了兴趣，按捺下去又没说什么。

“英语老师在班里暗示了你的事情，说让大家珍惜父母之类的。虽然她也没有恶意。

“郑宇博在后面罚站着，他知道你不想让班里人知道你的事情，那可给他气的啊，下课直接找到英语老师，特猛地说了句‘你爸妈死了你不难受，想让所有人都知道吗’，把英语老师给气得不行。”

谈青有些诧异，虽然郑宇博这家伙脾气不怎么样，也一直被周佳月说没有男人味，竟然为了她，主动“刚”了起来。

“那，英语老师没和你吵？”她好奇地朝着郑宇博那边看过去。

“没有，我估摸着她也觉得自己这样不太好，也可能是不屑于和我吵。毕竟，好像当时她那个表情，应该是希望我从她身边马上消失，对，就是这样。”

此刻，谈青很幸运，有一群这样的朋友。

父亲走后，谈青常常梦见他。

梦里都是些起死回生、一切如初，这样类型的。最后的结局，都是父亲还在，现在所发生的一切都是假的。

办完葬礼的一周后，是她第一次梦到去世的父亲。

那是一个雨天，她穿着雨衣去外面买东西，雨势很急，母亲放心不下她，出门来找她。

当六点多，母女两个人回到家的时候，父亲正坐在沙发上看着报纸，询问着两个人怎么回来得那般晚。

就好像，什么也没发生。

她第一次如此希望梦是真的。

第五章 / 隔阂·遗憾·河畔少年·

（一）

寒假很快便过去了，谈青也回到了学校。

马上就迎来人生第一个分水岭了，班里的学习气氛浓厚了许多。

办公室里来往的学生多了许多。有的拿题询问，有的排队背书，有的搬凳子做着试卷。原本宽敞的年级办公室也显得拥挤起来。

每个人都在为学习忙碌起来。

谈青似乎和从前一样，偶尔和朋友开着玩笑。但周围的朋友总觉得她和之前有些不同，却也说不上来。

谈青整天奔波在教室和办公室之间。

她的学习并没有受到什么影响，只是翻开物理书时，父亲的面容常常浮现出来。

谈青其实对物理并不感兴趣，这一点与父亲正相反。

她也想过以后学个和物理相关的专业，但无奈自己的物理头脑并不突出。

谈青和程东昀几乎没有了交集。交集是需要两个集合有共同的元素。那个元素，放在他们身上叫作“主动”。

她的心里总是有个小疙瘩，关于程东昀。

那天在街上，他究竟看没看见她？她的心里默认的答案是“是”。

不过是她作茧自缚，因为心底的这个答案困住自己罢了。

她以为这个疙瘩从一月长到将近五月的时候已经消失，多年后才发现，并不是如此。

每次去办公室的路上，她不时抬头看着二楼，却很少见到程东昀的身影。

她常常想起初二那年的他们。

他在上面朝她招手说着“哈喽”，依旧有很强烈的画面感。

四月的一模很快就结束了。这天是周五，模拟考已过去三四天了。

“成绩出来了。”范乐乐从外面走来。

“气坏我了，刘国庆不让我在他那儿看，我又跑到老徐那儿。我500分，咱班第三。”

周佳月站了起来，有些兴奋，当然，兴奋中带着紧张：“成绩出来了？怎么办怎么办？青，要不咱去看成绩吧？”

谈青表面神色自若，心里却紧张万分。

纠结过后，两人决定喊上郑宇博一起去。

三人行，壮胆焉。

成绩出来的那天，永远是办公室人潮拥挤的时候。

几人踮脚眺望，老徐位置上只有他一人。他们心惊胆战地走过去，老徐见几人也猜出来意，打开了电脑。

“老师，我们想查个分。”

老徐点头应允，手上不断滑动鼠标，说着：“郑宇博你小子没考过人家范乐乐啊，比他少5分，495分，佳月、谈青她们两个发挥比较稳定。把你的心思放在学习上。”

郑宇博尴尬地笑笑。

“佳月这次有些进步，489分，物理还是有点薄弱，这点多问问谈青。谈青这次物理考得不错，只有四班一个孩子比你高一点。谈青总分 518，挺稳定的，一模大家的分数都会低一点，也算正常。”

两个姑娘都喜上眉梢，其他科的成绩也都没有看下去的兴趣了。大局已定。

谈青其实对物理成绩有些惊讶，毕竟她的物理并不是平时强项。她发自内心地笑了，这是父亲喜爱的学科。

旁边一位老师开口：“这次物理总体考得都不好，谈青考得不错，继续朝这个方向发展，看下次能不能超过我们班的方正扬。”

“欸？你们班那孩子具体比她多多少来着，我这有些忘了。”老徐说道。

“差一分满分，按这家伙头脑，满分不是问题，又粗心了吧。”那位老师隐隐开始夸赞起来。

郑宇博三人对于他的成绩有些惊讶。

出办公室，郑宇博说着：“我和那个物理贼拉好的人在一个考场，他就坐我前面。这家伙每科做得都特别快，还特狂，做完就睡，根本不见他检查的。”

周佳月“啧”了一声：“神人就是神人，吾等凡人不可比。”

再过一周就是体育中考，满分 40 分，计入中考总分里。

下午最后一节的体育课，大家都换上学校里特定的速干衣，未到五月，一出门，便冻得哆哆嗦嗦。

九班的人也到了操场，穿着统一的服装，零散地站在他们班的指定位置，谈青一眼便望到程东昀。

暗恋就是，庸庸众人中，我总是第一眼望到你。

谈青想，这算不算是一个技能？

目光中的程东昀意气风发，露出小腿很有型。

谈青不明白，为什么看到他那一刻，这些天那些纠结却又似乎烟消云散。她的青春似乎总是为他悸动。

从上一个学期末开始，两个班这节体育课赶上一起。她总是能在体育课见到程东昀，但两人却没有什么机会能说上话。谈青也不愿主动去往他们班级的训练区域靠近。

他们这学期，第一次说话，也是在体育课上，那一次，确实是一个偶然。

那天，开学大概过了一个半月，学校订的速干服也到了，大家都纷纷换上衣服来到操场。而谈青和周佳月还在班里帮着班长一起数大家交的衣服钱，体育委员李晓明直接把收钱的事扔给了他们几个，现在，衣服都到了，一班的钱还没有交给老师。

“钱都对上了，我得去趟班主任那儿，你们先带着钱去体育老师那儿。”范乐乐说完，便先离开了。

两个姑娘揣着钱，一路来到了艺体楼一楼的老师办公室。

此刻，老师正在里面训着其他学生，她们只得靠在门口的墙上等着。

走廊外传来声音。

“舒服，实心球我算是终于及格了。”

“我早就达标了。”

第二个，明显是程东昀的声音，谈青的心开始上蹿下跳。

她低头不安地看着脚下走廊的白色地板，忽然两道影子从西边移来。她缓缓地抬起头，朝西看了看，彼时，她和程东昀他们只是一米多的距离。

两个人对视着，逃不过打招呼。程东昀还是那副有些吊儿郎当的样子，朝她笑了笑：“哈喽，熟人啊。”

“哈喽，熟人。”她微微笑着，不太自然。

程东昀越过她们俩，和朋友推开门，猫着身子朝着里面看了看。

“不在。”他们说着。

随后，合上了办公室的门，程东昀扭过头看了眼谈青，道：“走了。”

没等她回应，他便和朋友迎着斜射进走廊的夕阳离去，地板上的影子也渐行渐远，最终彻底消失在一楼的走廊。

她只是，看着地板，心中存着那个中午留下的别扭，不愿像从前一样，目送着他的背影离去。

谈青和周佳月的体育都能及格了，离下课还有六七分钟时，老师也回到离办公室。

“佳月，咱去买瓶水吧。”两人慢慢往在操场东南的小卖部走去，途经九班。

九班的男生正在轮流练习着实心球，谈青怕别人发现端倪，看了一眼便转了头。

谈青来到商店，打开冰柜，拿了瓶水：“给郑宇博他们带几瓶吧？”

“拿吧，要不然这家伙又啰唆。”周佳月想起郑宇博那副模样，有些害怕。

两人手中各自拿着两瓶，走出小卖部。

九班的人都移步去了足球场，实心球训练的场地就剩下几个男生。程东昀刚刚扔完手中的实心球，双手叉腰，懒散地站着歇息。

因为太阳位置的问题，实心球练习场地正处于阴影。周围都是冷色调，少年的肤色被衬得白皙。

谈青和周佳月正巧经过他，程东昀看到了她。

他眉眼带着笑意。

谈青鬼使神差地扬起手中的水，笑问：“喝不喝水？”

“你怎么知道我渴了，给我买的吗？”

女孩没有想到他会问出这句，似乎两人关系很近。

“是啊，有你的。我掐指一算就知道你渴了。”

少年笑了起来：“那就不客气了。”

少年接住了水，拧开瓶盖喝了起来，喉结滚动。

谈青道了再见，转身拉着周佳月离开。

“真是给他买的？”周佳月故意调侃。

谈青不好意思。

“给的是谁的那瓶？”

“我的。”

这一刻，心里的疙瘩似乎消失了，下一刻又深深藏在心中，谈青无比清楚。

接到父亲病重电话的那天中午，认真数来，是谈青第二次对程东昀产生怒气。

第一次的时候，还是在他们关系闹僵后的一年。

她记得很清楚，那天是广播操比赛。学校的广播响起，通知大家到操场准备。她穿上比赛服，随着人群一路下楼，刚来到二楼楼梯口，认识她的大队辅导员老师叫住了她。

“谈青，跟我过来拿国旗，待会儿升一下。”那天有雨，前一会儿下了两滴，国旗也就降下收了起来。

老师又看了看她后面，招着手：“程东昀，你也过来。”

谈青这才发现，刚刚，程东昀在她后面。程东昀也走了过来，两个人一同跟在老师的后面。两人之间的间隔很远，像是在刻意保持距离。

老师在办公室，把国旗交给了他们：“你们俩在比赛前把国旗给升了，比赛完再降下来。”

程东昀接过国旗，走出办公室，中途两人没有一句交流。而谈青就默默地跟在他的后面，心里想着，看来今天他们必须一起把国旗升了，也找不出其他人了，猜测着升旗时他的态度。

在去一趟办公室的时间，操场的人已经快要到齐了，只剩他们和其他一些零散的学生往操场赶。

天还是阴着的，几片沉色的云慢慢朝同一个方向驶去。看来，雨是必不可少。

程东昀步子比她大，走得也快。谈青就在他的后面不时小跑，努力追上他的步伐，努力让他们的距离没有那么遥远。

就在刚到升旗台下时，程东昀停了下来，忽然把国旗塞到了谈青的手中，随后扭头说了一句什么，但是迎面吹来的风模糊了他的声音，谈青听不到具体内容。随后，他便丢下风中傻了神儿的她，一个人径直走向操场的队伍里。

操场上的队伍几乎站整齐了，比赛马上便要开始。谈青站在操场前，看着他离去的背影，顿时慌了神儿，紧张无措，身上像是开始爬满了冰蚂蚁一样。那是一种被抛弃的感觉，身上一丁点儿的安全感都寻不到。

主席台上，校长正在和几位来评分的裁判员说着话。

“你们学校孩子的精神面貌真好。”

“哈哈，快要开始了。”

谈青的手心冒着汗，面前和自己一样的学生此刻都已经准备好，自己傻乎乎地站在这儿像是在闹笑话。她不知道自己该怎么办，靠自己一个人，根本无法在比赛之前完成升旗这件事。此刻的她，进退两难。

头顶的天变得更阴沉了，这个季节明显显得有些闷热，也让她的心更焦急。

她不明白为什么这种节骨眼儿上，程东昀连和自己一起升旗都不愿意。就算不愿和自己一起，为什么不提起告诉她一声？如今冷不丁地把她扔在这里，连丝毫准备的时间都没有。

她在那里站了其实不过一分钟左右，但大脑中经过短暂的空白后，开始涌入无限遐想。那一分钟，漫长得不像话。

一分钟后，宋明昊从队伍里跑来。谈青的心也随着他的出现，渐渐平缓，自己也从那种恐惧的漫长中脱身。

刚刚程东昀走时说的那句，应该是“我去叫宋明昊”吧。

不过那面旗最后并没有升，因为就在他们要升的时候，校长开了口：“回去吧，快开始了，就不升了，这又滴雨了。”

雨，确实又下了。

前两分钟，被无限恐惧笼罩的她，抽不出精力在意。

宋明昊也和谈青一起在细雨中跑着回到了队伍里。

最后的比赛，谈青整个过程都心不在焉，还有些回不过神儿来。

比赛结束，队伍散去。路过主席台的时候，谈青走上去拿走国旗，准备送回老师的办公室。她刚下主席台，便和程东昀遇上。程东昀往这边走了几步，想要伸手帮她拿国旗。还没等他拿，她就气愤地把旗塞到了他的手里。

程东昀大概也发现她的情绪，有些愣住地看了看她，欲言又止。她没有理会，大步从他的身边绕过，独自走回了教室。

谈青从回忆中拉回神儿，那时，她真的生气了。让她生气的，最根本的原因，是他让她感受到了那种没有安全感和无措的恐惧。那是她很害怕的。

看着手中剩余的几瓶水，谈青目光渐渐黯淡，她缓缓道：“佳月，喜欢他的这些时间里，我真的没为他做过什么事，这水也是少数送给他的东西。”她扯起嘴角笑了笑，“说实话，我连我自己都没有打动。”

她的喜欢，是那种从来没有想过和他在一起的喜欢。

（二）

盼了许久的春天彻底覆盖大地。春天到了，夏天也就不远了。

平中八点半下晚自习。回到家后，洗漱完已经九点多。谈青每晚几乎是十一点后才合上书本睡下。

谈母见了，自是心疼，常常劝道：“别给自己太大压力，妈妈不祈求你上多好的学校，咱能上什么上什么，健健康康快快乐乐就行。”

谈青也总应着好，第二天依旧如此。谈母也无奈，只能每晚想着办法给孩子添些营养。谈青看着母亲，眼神中也是心疼。在父亲走后的这些日子里，母亲老了许多。从前，大家常说，母亲要比真实年龄要年轻许多。现在，母亲的状态，甚至要比真实年龄还要差一些，眼睛都提不起劲儿来，丢失了许多神采。

二模很快伴随夏天的脚步到来。

这晚，谈青清理好抽屉里的书，为明天的考试做准备。

谈青抱着一摞书，走向门口的林源。两人漫步着。

楼上有些嘈杂。平中初三的教室位置排得有些乱，一班二班三班、四班五班六班、十班到十三班这几个班分布在二号楼。而七班到九班三个班在三号楼。

谈青两人刚刚走出二号楼，晶莹剔透、五彩斑斓的泡泡从楼上飘落下来，夜色做背景，浪漫得不像话。

谈青昂头看着这些泡泡，伸手试图去接住。

这般紧张枯燥的学习，看到这些，整个人都不由自主地放松下来。

“源源，你看上面。”

林源抬了头，顺着泡泡的方向看去，淡淡开口：“别看了姐，是你得不到的人。”

女孩纳闷儿地回头看他，并未理解他的意思，然后抬头向楼上看去。

是十三班的那个女孩，正鼓着腮帮子吹着泡泡。身旁的程东昀低头看着她，眉眼温柔，满是纵容的意味。

像这温柔的夜一样，纵容着她的爱恋。

谈青有些苦涩地笑了笑：“走吧，我想回家了。”

电动车骑在熟悉的路上，发丝被吹起。

风温柔得不像话，这算是夏夜吗?

夏天似乎到了，今年的春天可真短呢。

二模，谈青还是稳定发挥，也对接下来不久的考试信心倍增。

中考这一个关键点，越走越近，谈青也开始按照老师说的，逐渐进入调整心态的阶段，在周末的时候，也留给自己放松的时间。

中考前两周的一个周末，洗漱好的谈青，闲来无事，看着前几天从书柜拿出来的一摞书还没有放回，抱着书来到书柜前，一本本归放。

其中有大一些的画册，按照原位置，是放在最上层的。

谈青搬来板凳，慢慢踩了上去，来到另一种高度。她用手移开书柜的防尘玻璃，把书放到了原本的位置。

一旁的一本厚厚的册子吸引了她的目光，那是她从前的同学录。临近毕业，白天的时候，也有一个熟悉些的同学来找她写同学录。谈青看着那本外面塑料保护皮还没拆的同学录，随后，缓缓将它拿了出来。

她站在板凳上，一页页翻开，幼稚笨拙的字迹浮入眼前。写这本同学录的人很少，也就是宋明昊、郑宇博几个人。当时，找她写的人也很少。很快，这本同学录就已经看完。她随意往后翻了翻，一张折叠起来的同学录夹在后面的纸张中。她停下来翻页的动作，拿出了那张折叠起来的同学录。

那是，毕业时想送给程东昀的一张。

几年前那天，放学的路上，她跟在他的后面，手里拿着这张同学录。那天，他们班放学得很晚，路上已经没有什么人，旁边的一些小摊子也开始收起，那天的一切都在收尾。

路上吹来的风是温热的，天上的云也是染上色的。

周围不算静，但对她来说，很静。

当她深吸一口气，终于打算走上前时，前面的他突然转了弯，进入了一条不太经常走的小巷。她的计划被打乱，刚刚攒满的勇气也随云烟散去。她站在巷口，望着那个似乎再也无法和解的小少年，看着他的背影，在巷口一点点变小，最终只是一个黑点。手里的那张同学录，也随着风摆动。

如今的谈青，拿着同学录，从凳子上走下来，手里的那张同学录载满了回忆，头顶的白色灯光照得同学录很清晰，上面的空白也袒露着。

今年呢？

送出去吧。

也该结尾了。

周一清晨，停车场上，谈青从林源的车上下来。

“来得挺早。”

谈青转过身，神情中的惊讶难掩。看起来程东昀是刚停好车，正在往校门口赶，手里拿着书和钥匙，彼时就站在她的斜后侧。

“你也是。”

程东昀看了眼她，没再多停留：“先走了。”

谈青看着他离去，直到两人有了快十米，她才恍然想起同学录的事情，急急忙忙来到车篮子前，从里面拿出一大册同学录。

“源源，我先走一步了。”说完，她抱着同学录，小跑着离开停车场。

林源看着她，大致也猜出了什么，没多问，推着车子朝里面空下来的一个地方走去。

一路小跑的谈青终于追到离他有一小段距离的位置。前面的程东昀并没有发觉到几米外的谈青。

紧张和担忧一直捣着谈青的心，一刻不停。她没想到，早晨会碰到程东昀。原本，她是打算在食堂找个刷碗的时间，假装偶遇地交给他。或者，接下来的这些天，找其他机会。

而现在，老天直接大方地交给了她时机，让她连一味退缩、做个胆小鬼的机会都不给。

早晨的校园空气带有着花坛植物上的露水和泥土的气息。东边露面没多久的太阳此时耀眼温暖，让她想起去年清早停车场的阳光。那会儿，她不是鼓起了勇气从后面来到了他的身边吗？当时，也不是没什么吗?

对自己说，谈青，不用害怕，不用担心。

今天，就不当胆小鬼了。

她从同学录的册子里，抽出那张搁置了三年的纸张，小跑来到了少年的身边。

“程东昀，给，同学录，抽空写一下吧。”她装作自然洒脱。

程东昀看过来，有些奇怪：“我不是你们班的。”

“一定非要是同班的吗？”谈青说着，担心他不会收下，“你认识我，我也认识你。”

见她如此，程东昀伸手接过了她折起来的同学录，低头前后面看了一眼，点了点头，道：“行。”

一旁的谈青舒了一口气，叮嘱着：“写完记得给我送来。”

想说的事情终于了结，此刻，谈青这样干愣愣地在他的身边有些不知所措，她总觉得有些尴尬。

“那，你先回班吧。”

程东昀应下，大步往教学楼走。

谈青看着他把那张折起来的同学录夹进书里，整个人也彻底放松了下来。

她抬头看天，仿佛在说，我今天没有辜负你的用意。

接下来的时间，谈青都在等待着程东昀。

从一上午到一天，从一天到两天，从两天一直到一周。她都没有等来程东昀，没有等来他的那页同学录。

谈青的心底大概明白了，她不会再等到那张同学录了。

（三）

平中为了迎接中考，从五月开始，周六又增加了一天的课。六月的幕布一被拉开，离中考也就没几天了。

中考前一周的星期六，空气中有些闷热潮湿。谈青打开窗户，感受了眼外面，就来到衣柜前，陷入沉思。衣柜里当季的衣服，只有两小摞在那静静待着，衣架上还挂了两件，一件是去年买的长裙，一件五月初买的棉麻套裙。确实显得有些寒碜。

一般来说，在学校都是要求穿校服的。可是周六这天，算不上是正式上课，校服也都洗了，大家都是穿着自己的衣服。前些天，谈母刚刚把春季的衣服收拾出来，换成夏季的衣服，看着女儿能穿的衣服也不多，也提出几次要带她去添，不过她都以等忙完中考而拒绝了。

现在，倒是有些犯了难。毕竟是在学校，不允许穿短裤，只能穿长裤，而她的长裤有点短了，穿着也怪怪的。

目光落在那身套裙上，简约日常，带些文艺气息，自从挂在衣柜里，她还没来得及穿出去。

上周六，她在学校里见了几个女生是穿着裙子去的。她不禁有些动摇，一咬牙，从衣架上拿了下来，换在身上。

几分钟后，她渐渐纠结起来，内心的强烈愿望和规矩做着抵抗，一会儿这个赢了，一会儿那个赢了。

就这样，直到她吃饱今天的早餐，林源已经在楼下等着，穿着睡衣。

今天他本是没有课的，不过还是迁就她，早起送她。

“快点儿吧，人家都在楼下等着了。”谈母边收拾着碗筷边催促着。

“哦，好！”心底的斜杆彻底偏移，谈青跑回了卧室，出来时，还是简单的短袖长裤。

她深呼一口气，有些埋怨自己的胆小，拿起书包便出了门。

昨天晚上就下了一场大雨，早上却还是不见晴，一路上那些坑洼不平的路面上都是水坑，林源的速度也都放慢了，不过她的白色板鞋上还是溅了些泥点。

一上午，总共四节课。午饭后，谈青和周佳月刷完碗便直接从食堂东门下去，这几个月，她们走北门的次数很少。

食堂外面，有好些树。似乎有虫子在那儿叫着，大概是蝉，却又不全是。这会儿气温正高，闷热感很重，有些压得人喘不过来气。

两人先去了小卖部，为了降暑，各买了瓶冰饮料，贴在脸上，格外凉爽。

学校里，楼下的学生人来人往，气氛有些热闹，也有着一些被隐藏的紧张感。这是他们最后一个周六周日，大家都有一种不约而同的放肆，趁着最后一次。

谈青注意到，今天好多女孩都穿着好看的裙子，比平时要显得娇嫩。她低头看了看自己和周佳月，两人大眼瞪小眼。她们俩确实很中规中矩。

豆大的雨点从天而降，转眼间，便是倾盆大雨。

小卖部门口的走廊此时站满了被这雨阻挡住回班的路的学生，周围叽叽喳喳的。大家为这挡住去路的雨抱怨，也为它呐喊。

人群很挤，不知究竟被困住了多少人。

谈青扭头看了一眼，却在后面的人群中捕捉到了程东昀，两人间隔很近。刚刚在商店她并未看到他，她猜他应该是从这栋楼的走廊那头走过来的。

程东昀也看过来，往这边走了走，站在了她的身边。谈青心里即刻因为他的到来而变得不自然。

“下雨了。”她这样说。

“嗯，挺大的，不过还是得回去。”他说。

“我给你的同学录，你写完了吗？”

周围雨声嘈杂，像是要将她的声音吞噬。

程东昀看了她一眼。

“第二天想写的，不过找不到了。”他的声音，在此时显得隐隐约约。

面前的雨更急了，谈青看着逐渐成帘的雨，没有看他。

“找不到就算了。”她很平静地说。

反正早就知道结果了，不是吗?

在这边躲雨的大家也没再等待，有外套的用外套挡，没有的则用手挡，当然，也有没有遮挡的。

看着一个个从雨中穿过的身影，谈青拉上了周佳月，两个人互相为对方遮挡，踩着脚下的水，穿过了大雨。

到达教学楼的走廊，不到十秒，两人的身上便已经布满了已经变浅的大雨点。她们对视笑着，谈青微微转头瞥了一眼，程东昀刚刚从小卖部的门口跑向教学楼。得到答案，随即和周佳月一起回到了教室。

这是今年下的第一个称得上是大雨的一场雨，窗门来回摇晃，雨水伴随着风，从窗户扫入教室。雨滴在地上打得啪啪作响，灌木的叶子也低下头。

少男少女都从座位上出来，不是跑到窗户那儿，就是来到走廊外的通道。

谈青和周佳月选择后者。不时有男生冲出去，痛快地淋了几秒雨，搞得头发湿淋淋的，然后再弯着腰钻进来，一脸笑嘻嘻，手在湿发上下胡噜着，嘴里说着什么。

几分钟后，陆续有人开始往校门口跑。

刚开始谈青有些疑惑，后来看到有人手里拿着车钥匙便明白了——他们是去挪车的。有时候，大家为了图方便，直接就随便在停车场最前头的空地停了，那边的位置最方便。

女孩们，大多数都是打着伞，许多都穿着裙子，不疾不徐地往外面走过去。而男生们，则都是直接就冲了出去，在水坑里踩出一个小涡，那水一个比一个要溅得高。

如此肆意张扬。

他们赶在雨中的情形，越看，越觉得是在赶着毕业季。

雨有很多场，但是，在这个校园，于他们来说，大概就这一场了。下一次，人就换了。

谈青转头看着旁边的楼梯，还是不断有人从楼上下来。她有种冥冥之中的预感，大概还会见到一次他。

果真，没多久，程东昀就快步从楼梯转角出现，额前的发晃动着。他穿着一件拉链式的运动外套，袖子被撸到上臂处，小臂的线条被勾勒出。

在小卖部时，人很多，她也没注意到他今日的穿着。

程东昀走得很快，也没往这边看，出了走廊就在雨中跑着，很快就消失在她的视线中。

心中似乎有了波动，似乎又没有。

鬼使神差地，她没有回教室，一直在走廊尽头，想再见他一面。很奇怪，她突然觉得，似乎没几次见他的机会了。明明，前一会儿见他，还没有产生这种想法。

这一会儿，旁边有好几个一楼的学生在这边站着，说说笑笑。一个二班的女孩儿拿着伞来到这边，身上是一件碎花收腰连衣长裙，到脚踝，身形是一种少女青涩的曼妙。她的长相清秀中带着些骨感，很清纯的一个姑娘，正巧配上今天的裙子，气质完全凸显出来。

大家在周围都赞叹着，拉着她左瞧右瞧："呀，郑伊文你真好看，裙子在哪儿买的啊？"

"对啊，瞧瞧，这小腰瘦的，哎，我要是有你这身材多好。"和谈青同班的一个女孩用手比画了郑伊文的腰，语气里满是羡慕。

周佳月和谈青也围上去，盯着郑伊文左看右看，都是邻班同学，自然也都是认识的。两个人都忍不住笑着，今天学校里穿裙子的女同学中，郑伊文绝对算是其中的佼佼者，让人看了都很难挪开目光。

周佳月捣了一下谈青："哎，今天咱俩也该商量一起穿裙子来的，都是最后一次补课了。"

外头的雨势渐渐小了，树上的绿叶也逃过被打弯腰的命运。稀疏的雨滴落在地上，在石砖地面上留下圈圈圆圆，就像那首《江南》里的词一般，"圈圈圆圆圈圈"，现在的场景，就像是歌里描绘的一样。

周围的人渐渐开始回教室，周佳月也先回去了，通道的人也只有零散的几个，谈青依然站在那儿，来回转着圈，等待着什么。

远处，那个所期盼的人出现在她的视线中，心中的那片湖面很是平静，却有些习惯性被掩饰的感觉，湖水的最深处，波涛不断。

程东昀打着一把湖蓝色的伞，手中拎着一个袋子，和伞下十三班的那个穿着蓝色连衣裙的女孩说说笑笑。

谈青没有等到他走近，便转身躲回了教室。

"当梦被埋在江南烟雨中。"

（四）

中考三天，天气很适宜，温度也降了些，不时伴着夏风。

谈青直到最后一天才发现，程东昀的考场与她仅仅相隔一个考场。

最后一天上午，是英语。

谈青的考场在三楼的东边，她总是从西边的楼梯上去。走廊里几乎满是排队进考场的学生，程东昀排在队伍的末尾。谈青一如平常地从他身边经过。

一步，两步，三步。

她知道他远远地看到了她。但他没有出声打招呼。

谈青不敢回头看，她怕。

怕什么呢？是怕回头被他撞见，还是自己会留恋纠结着什么？她总是不明白自己对他的感情。

那年的英语试卷出奇地刁钻，走出考场，周围都是对英语试题不满的声音。

不过，他们也解放了。

谈青从初一开始就盼着毕业，似乎从小时候那件事开始她就期待早日结束剩下的学业，她害怕再受到之前同学们的态度。即使现在身边的几位朋友待她都很好。

仔细想来，整个初中交的朋友只有周佳月和关飞飞。宋明昊、郑宇博都是小学就交好的。

还有七年，她有些迷茫。

她漫不经心地走下最后一节台阶，一阵熟悉的清香气味飘来，让她的发丝微微扬起。

程东昀快步从她右侧经过，等她反应回来，入目的只是少年的背影。

人流往南边去，周围独独谈青停了下来，一动不动。

她紧紧注视着那人的背影，直至他被人群淹没。

暗恋者，爱意只敢袒露于背影之下。

谢谢你，程东昀。

谢谢你曾让我在那几年如此快乐，谢谢你曾像对待妹妹一样呵护我，谢谢你愿意给我一段那样的时光。

真的，我不是多怨你最终没有相信我。

我们缘分太浅了，也再也回不到从前那般了。

谈青笑了，却有些疲惫。

只是，我还是无法放下自己的执念。

为什么呀？

六月底，中考成绩出炉。

谈青总分“595”，第一志愿陈中十拿九稳。那年许多人都止步590分，600分以上的比往年少了许多。

周佳月总分“527”。填志愿时，第一志愿原本就是跟着范乐乐直接填的，压根没想到能考上。原本的计划，就是第二志愿六中的实验班，最后却出现在了第一志愿的录取名单中。

本来不被老师看好的郑宇博，最终超常发挥，被仅次于陈中的鼓中录取。而宋明昊和关飞飞也进入了心仪的学校。

在这一阶段，少年们以完美的结局收尾。而程东昀，谈青打听许久，得知他去了十中。

成绩出来后，便开始了狂热的辅导班报名。

周围的老师们都建议去补习，毕竟初中和高中完全就是两个不一样的阶段，内容的深度简直就是海的跨度。

谈青也找了一家课程不紧的辅导班，和周佳月一起报了名。

郑宇博听说两人报了名，特意要来了校长的联系方式，这才发现这位校长身兼多职，还是他之前吉他机构的校长，便托校长把他们三个安排在一个班。

果真，辅导班开学那天，几个人确实在一个班级。

因为，整个高一只有一个班级。

周佳月听了此事，感慨这位校长办事的周到。

假期里，上午上课，下午在家里待着，谈青觉得生活挺充足的。偶尔中午下课还会和周佳月来一场说走就走的电影院之旅。

只是，这个暑假没有谈卫民的陪伴。

谈卫民离去的事实随着时间越来越明显。家里落了灰的茶叶盒，清新的没有烟味的空气，书桌上的空位，一切的一切都在无声陈述着这个事实。

反反复复。

谈青常常在半夜无声地痛哭，不断地在床上翻滚着。她常常向黑夜伸出手，期待父亲掌心的温度。

这夜，谈青的日记本恰好用完。

她总觉得日记很沉重，细细摩挲纸张，从最后一页回顾起来。

她喜欢从后往前记。

自己的字迹实在有些潦草，看得着实费劲。

“周佳月今天还是主动来找我了……”

“……对于她，我不太清楚怎么办……”

“那就试试吧。”

“……勇敢一些吧。”

……

“下一次早上再遇到他，一定要对他说，那时候我真的没有说过那些话。今年的他会信吗？”

谈青愣住神儿了，已经过了一年，她还是没有说出口。每一次话将要说出口时，她总是退缩，想着还有很长时间，下次吧。

储藏着关于程东昀的酒窖又被打开了，气味弥漫。

似是成瘾，内心不断被挠着。

胸中沉闷。

谈青合上了那本厚重的日记，打开窗子。

扑鼻的夏夜气味，她大口地吸着气，想要摆脱胸闷。

不知过了多久，她关上了窗户，来到了书桌前，翻找到那沓特意买的信纸，落下了笔。

第二日，托郑宇博送信。

每日去辅导班的路上，谈青都会经过程东昀的小区。小区是平镇最早的小区，规格并不大，一共十栋楼。

据郑宇博所说，程东昀在第九栋。

黄色的围墙有些起了皮，不知名的枝叶伸出围墙。谈青总是望着那最后一列的两栋楼，猜想哪一栋是他在的九栋。

她经过的时候，离他最近有多少米?

谈青希望那栋紧靠西墙的是九单元。

这个夏天，她期待一封回信。

程东昀:

展信佳。

不知道你会不会有些诧异会收到这封来信。暑假过去了十多天了，你最近怎么样呢?

有些话很想对你说，却一直没有说出口。

不知道，你还记不记得曾经我们关系还是很好的。说起来，还是要提及那件事。已经四年了，却还是想和你解释一次。我从未说出过那些话，直至后来，我才知晓传达室有个女生目睹了当时的一切。

或许你已经不在意当年的事情了，我却耿耿于怀。这些年也没能见到阿姨，很想和阿姨解释一番，却没有机会。不知你现在是否能信我一次。

对于从前总归是有些遗憾。我也不明白自己为何如此执着于从前的事。其实，对我而言，你一直都是一个很重要的人。这几年，我们有时熟悉得像朋友，有时却生疏得像是陌生人，还挺让人捉摸不透的。

谢谢你，从前给了我那么多的快乐。你还记得多少曾经的时光。那时我们都太小，谢谢你曾经护着我那么多次。真的，程东昀，那是我很喜欢很怀念的一段日子。

很开心，从前能成为你的朋友。

未来的时光会是什么样的呢？我不太清楚，如果非要说的话，我想做一份安安稳稳的工作，总想生活静下来。你呢，这三年我们之间的距离似乎很远，对于你的事情，多数只能从宋明昊口中听到。如果你有了自己的目标，就朝着方向努力下去吧，如果累了，便歇一歇。挫折会过去的，说不定转眼就晴空万里。如果认为正确便坚持下去吧，不要在意他人的眼光。我相信你。

谢谢你曾经的出现，我的朋友。我们都在往前奔了。

我所盼望的未来，平淡简单就好。希望你的未来能按照自己所期盼的方向发展，坚守所爱之事，爱护所爱之人。自诩为你的好友的我，相信着你。如果可以，能否回信一封？

再见，程东昀。

愿你今后顺遂平安。

谈青

7.11

胆小鬼，还是没有说出喜欢。

（五）

谈青并没有等到那封回信。

八月中旬，大家陆续开始军训。

八月底，军训结束，再次相见的几人，被彼此黑黝黝的肤色逗得笑得打滚。尤其是宋明昊和关飞飞，直接变成黑人了，不知道的还以为去南非种可可了。

周佳月捧起谈青的脸，总觉得她消瘦了几分。

“佳月，陈中的食堂真的不好吃。”她显得有些委屈。

“唉，你转来我们学校吧，肯定欢迎你。”

九月开学后，谈青算是正式踏入了陈中的校园生活。

她常常盯着窗外的天，想着日子到头的那天。

陈中的学习气氛很紧张，都是挤破头进来的学生。谈青的班里，几乎没有平中的。

又是一个陌生的环境，一个陌生的谈青。

同桌是一个爱讲话聊天的女孩，总是主动找谈青说话。谈青总是挤出一点点笑，嘴巴却很难张开说上一句，她似乎越来越疲惫。

后来，同桌郑繁渐渐发现这一点，也找到了新的话友，很少和谈青主动聊起什么，她总觉得谈青对什么都淡淡的。

宿舍，食堂，教学楼，谈青每天三点一线。

晚上，舍友们的晚间夜谈，谈青也只是偶尔附和。女同学有时亲切地拉她的胳膊，她也会反射性地不动声色地避开。

谈青有时也会无奈，她也有些厌恶自己这副模样，却又回到这副模样。

高中的学习和初中截然相反，谈青的生物和物理急速下滑，根本无法控制。

她也很想念母亲，想念家带来的安全感。

寒假回来，几个人在烧烤店小聚。晒黑的肤色都回到了原样，谁也没有机会取笑。

关飞飞笑着打趣认真吃羊肉串的谈青："你前面羊肉串的签子幸亏不一起称，不然又要多个几斤。"

谈青瞥他一眼："王八念经，不听不听。"难得食欲不错，她自然要大快朵颐。

宋明昊笑了，看着谈青，不禁说道："明明吃得不少啊，怎么感觉瘦了，你是不是在学校偷偷减肥了？"

谈青装作没听到，继续吃着羊肉串。

周佳月见谈青这副和平时一样的模样，也知道她不会说些什么的，担心的话也咽了回去。

谈母发现女儿瘦了，整个寒假几乎每天都要熬汤给孩子补补，嘴里不断埋怨学校：

"什么学校啊，天天就那么赶吗？孩子身体累垮了怎么办？"

这样熟悉的温暖，也是几个月来难得觉得有些放松。

很快，又回到陈中。

天气渐渐暖和起来，谈青眼下的黑眼圈也重了。

在宿舍的床上，常常凌晨三点就醒来，胳膊和背总是觉得发凉，再难以入眠。渐渐地，后半夜谈青总是来到阳台站着，静静吹着风。

后座的两位男同学渐渐和她成为饭友，两人很热情，总带着谈青一起去吃饭。早饭，谈青买了碗粥。刘斯天不禁问道："谈青，你怎么不再买别的，吃鸡蛋吧，我给你买一个。"

谈青微微笑了笑，摇着头，说吃不完。午饭虽然也会饿，但吃了一点便总是吃不下。也就无所谓了。

暑假回来后，周佳月找到谈青，两人在步行街头的万河边的小道上漫步着。

走得有些累了，两人趴在围栏上，面朝西。

“谈青，阿姨找我了，去年暑假。她很担心。”

谈青没敢转头，微微愣住，没想到妈妈早已经发觉出什么，却从没在面前表现出来。

她眼角湿润。

“跟阿姨去看医生吧。”周佳月缓缓道。

河边的柳枝被风吹起，夕阳落在她的脸上。

张芳芳带着谈青去了医院，手紧紧拉住女儿，像她小时候一样。

做了心电图、测题之类的。初诊为抑郁状态。

医生嘱托按时复诊，开了几种药。

按时复诊，就这样到了高二。心理的折磨，谈青满是疲惫，却也只能坚持下去。

十二月底，是个周四下午，谈青独自一人走出了家门，这是她喜欢的冬天。走了许久许久，竟到了步行街东西两道的尽头，她蹲在一棵树下，望着地面发着呆。

风带着寒气，谈青把脖子往衣领里缩了缩，却不想起身。

“谈青。”一个陌生好听的男声。

谈青抬起头，一个有些面生的男生正站在路对面。穿着一件黑色长款羽绒服，烟灰色的卫裤，背着黑色书包，翩翩少年。

她面露疑问，不断在脑中搜索。似是有些踪影，却难以捕捉。

少年穿过街道，来到她的身边。

谈青缓缓站了起来，酸麻的感觉强烈。

“一起去河边走走吧。”

谈青就这样呆愣愣地跟了去。

夕阳映在河面上，水波粼粼，温柔静谧。栏杆的倒影和两道身影。

“我们初中是一个学校的，实验班的。”男生语气温和。

谈青的疑问解开。

“这样啊。”怪不得见他，她心中却没有任何抵触感。

同一个初中，谈青感到有些亲切。

“没去上课吗？今天周四。”

“你不也是吗？”他笑着反问。

谈青也笑了。

“有些好奇你是怎么认识我的。”

他面色坦然：“之前见过你。”

“我生了病，最近刚查出来。今天去了医院。”他忽然说起自己的事情，仿佛在讲一件很平常的事。

谈青目光停留，久久才说出一句：“会没事的。”

他们都清楚事实。

“坐下来吧。”少年开口。

两人坐在了旁边的草坪上，面朝夕阳，面朝黄昏。

“你每周都会请假。”他双手撑着后面的草坪，看向斜上方的霞云。

谈青有些纳闷儿。

“告诉你一件事。”他转头看向谈青，有些意味深长，“我也是陈中的。”

谈青似是想起什么，平中，实验班，陈中，男生……

“四班有个男生，直接考了区第四，竟然没去一中，去了陈中。在咱区啊，第四！多少年都没有了，咱第一名都得是好几十名。据说他中考前受了伤，体育直接保留的是及格分。你说他平时考试怎么都没显露出来……”

这是郑宇博之前在辅导班说的。

“区第四？”

少年有些惊讶，惊讶于谈青竟然能猜出。

“听说四班有个同学考了区第四，却去了陈中。直觉是你。”谈青解释道。

他笑了：“是我，不过我们班朱西，区二十，还是去了河中。”河中在平镇，是重点高中里末尾的学校。

谈青怔住。

两人躺了下来，太阳越落越低，彩霞浓重。隔着羽绒服，草地的冰冷还是能感觉到。周围除了车鸣，很是宁静。

不知过了多久，谈青缓缓开口：“我今天也是从医院回来的，每周都要去。”

旁边的人并不惊讶，似乎早就知道了。他学着她的话：“会没事的。”

“对了，还不知道你的名字。”谈青笑着说。

少年坐了起来，从书包拿出笔和笔记。

谈青也起来，看着他手中的动作。他拿起笔，缓缓写下“方正扬”三个字，字体娟美却不失力道。

“我叫方正扬。”

方正扬。

第六章 / 重逢 · 坦白 · 前行的旧信 ·

（一）

“……说起来也是好笑，那时都不认识他，就跟着他一起在河边走，根本没有什么顾虑。”谈青拿起茶杯。

周佳月佯装思索：“我觉得吧，主要还是方正扬长得好，谁会对帅哥有抵抗力？”

阳台上的两人笑了起来。

“时间真快啊，算起来有六年了。”周佳月感叹，回想起方正扬的面孔，干净美好。那是一个无论是谁见了都会喜欢的人。

谈青摸索着手腕有些旧了的红绳。

“昨晚梦到他了，他却不和我说话，只是看着我，好像在怪我。”

周佳月目光关切，嘴巴微张，却不知说些什么。

“阿姨最近给你安排相亲了？”谈青抬头看周佳月，嘴角微笑，转移话题。

周佳月见状立刻接上话题：“我小姨给介绍的，是她好友的儿子，下周在她家聚餐，我们正好见见。”

“就看能入你的青眼不了。”她语气调侃，“‘初恋小哥’‘周五小哥’‘心动男嘉宾’……能达到哪个标准呢，能比得过排第一的男神吗？宋宋对吧？”

“真是的，你能保证你那时候没跟我一起看？”她回怼着。

谈青吃瘪，低头小口嘬茶，小声道：“我可没见过你那宋宋男神。”

两人是在初二那年才成为朋友，而男神比她们大两届，那年刚好高一。

周佳月无奈。

“最近上班怎么样？”她问。

“我下周搬回家了，不在南区租房子了，在十七中也有大半年了。”

周佳月主动邀请：“把一部分行李放我这儿吧，有晚自习就住在我这里，陪陪我吧。”

周佳月住的这个两室一厅，是佳月父母从前瞒着她买的，去年还完贷款才告诉她。

正巧这边离她工作的地方很近，就搬了过来。

谈青也不推托，这边离十七中确实挺近，坐公交车不到十分钟的车程。

四点多钟，谈青坐上回平镇的公交车。

刚入十一月，白日渐短，云彩开始晕上红晕。

她喜欢这趟 71 路公交车，总会途经本市的南风湖。

南风湖是本市最具盛名的景点，平静安谧，又不失大气。尤其是傍晚，静谧温柔，临湖而建的南风公园渐渐响起二胡声和隐隐的双人舞音乐，浓浓的烟火气。

谈青望着波光粼粼的湖面，仿佛陷入其中。

她仿佛看到了两个青涩的身影。男孩放下背上的琴包，握上她的手，伴随着旁边的音乐，带着她迈出一步一步曼妙的舞步。而女孩总是很笨拙，练习几遍后也不协调，心底有些紧张。对面的男孩依旧眉眼温柔，耐心地说着没关系，继续教她一遍又一遍。

那首曲子很熟悉，但直到现在，谈青也不知道那首曲的名字是什么。人都走了，也不会有人那样耐心地带着她跳舞。

没有意义了。

余光中忽然略过一道埋藏在记忆里的身影，谈青猛然转头，隔着一层玻璃看着车驶过去的地方。

那人背靠一辆停在湖畔的车，深深地望向面前的湖水。

本就难以看清的侧脸随着公交车的行驶愈加模糊不清，渐渐消失在夕阳下。

谈青第一次希望公交车可以慢一些。

是程东昀吗？

她低头无奈地笑了笑。说来有些好笑，明明两人家不过十多分钟的骑行距离，明明在一个小镇，初中毕业后却再也没有见过。明明近在咫尺，却相隔甚远。

听宋明昊说，他接手了已逝小姨的饭店，还没结婚。这些年来，关于他的事情，也只是偶尔听宋明昊提一嘴。

算起来，他们已经十一年没见过了。

71 路公交车转了弯，车窗外不再是波澜不惊的南风湖。

徐徐秋风吹拂衣角，程东昀低头点起烟，星星火光微闪。

烟雾缭绕，随风散去。

头靠着车子，他缓缓闭上双眼，许久没有这般宁静了。

周围响起一阵轻快的脚步声。

“快点，我生物作业还没写完，我妈晚上回家要检查。”

“生物作业有什么写头，去我家打游戏。”

“唉，不行，下年要考地理和生物，我妈……”

两个十四五岁的男生经过，程东昀看着他们，不禁回想起往事。

初中那会儿，和宋明昊几个也总是不爱复习地理和生物，窝在一起打游戏。

他微微摇头，为曾经笑了起来。

脑中忽然捕捉到谈青的面孔，仔细想来，谈青那时候生物极好，老师也常常拿她做比较。

程东昀目色渐渐柔和，转身打开车门，发动引擎，离开这个黄昏。他没去盛园，母亲已经三番五次打电话叫他回家吃饭，不得不回去。

回到家，程父正在厨房忙碌着，探头看了一眼："回来了。"

程母闻声从洗手间出来，见到儿子满是欢喜。

程东昀走过来抱了抱母亲。

"回来了，妈。"他轻轻拍动母亲的背。

"给你买了东西。"说着，他又扬起手中的礼盒。

饭桌上，程母慈爱地给程东昀夹着他爱吃的糖醋里脊，轻声道："多吃点，都瘦了。"

她不动声色地碰了碰程父。

程父轻咳，已然明了，微微开口："最近要是认识什么姑娘，可以谈一谈。"

程东昀吃着饭，敷衍一句："放心，爸。"

见儿子不上心，程父有些无奈。

"前些年你还不是个单身狗，自从你接了你小姨的饭店，就没见过你对哪个女孩上心。"

他无情地嘲笑起来："单身狗呀单身狗。"

程东昀仿佛已经习惯，面无表情地继续吃饭。

九点多钟，程东昀擦着头发来到书桌前坐下。微微泛黄的信纸还是放在那儿，被笔记压住一角。

程东昀总觉得它似乎有了思想，十二年的尘封，足以让它生根发芽。它总代表着谈青那个姑娘。

无声似有声。

他静静地看着它。

十多年前那个夏天，他收到了这封信。

曾经的那件事，已经被时间渐渐消磨。没想到她却一直执着着，没有放下。

面对结尾她期待的回信，却不知如何执笔。这封信也被随手搁浅在书柜里。

前几年，一生未婚的小姨去世，他接手了小姨的饭店。随着周围重新规划，附近的商铺开始拆迁，人流量也越来越少，饭店也渐渐亏损，几乎濒临倒闭。

那段时间他抽烟抽得最猛。周围的朋友也露出狐狸尾巴，生怕他借钱，卷着尾巴能离他多远就有多远。

他看中了小景区里的一处中式院落，院落正要盘出去。家里人并不支持，投资太大，对于他来说实在冒险。

两难之间，他回到家决定和父母再商议，却和父亲争执起来，一气之下摔门回到自己房间。

那是五月，他站在窗前，清凉的夜风一阵接着一阵，渐渐抚平焦躁的内心。

忽然想起，宋嵩问他要的那本落在这儿许久的书，转身来到书柜翻找着。他不停翻找着，却寻不到，忍不住低声骂道。他随意抽出一本书，一张纸随之掉落。

他弯腰捡起，打开后是一页信。他隐隐约约记得是谈青写的，信的内容也早已忘记。

他坐了下来，再次翻读。

“谢谢你曾经护着我那么多次。真的，程东昀，那是我很喜欢很怀念的一段日子……

“很开心，从前能成为你的朋友。”

“对我而言，你一直都是一个很重要的人。”

“如果你有了自己的目标，就朝着方向努力下去吧，如果累了，便歇一歇。挫折会过去的，说不定转眼就晴空万里。如果认为正确便坚持下去吧，不要在意他人的眼光。”

……

“我相信你。”

眼角竟悄悄落下一滴泪。

曾经那么多朋友，唯在岁月中舍弃真挚热忱的她。

她说累了可以歇歇，她说会过去的，她说认为正确就坚持下去，她说不要在意别人……

是啊，朝自己的计划坚持下去，犹犹豫豫，何来结果。自己却不敢选择下去。最后错了就错了。

她还说：“我相信你。”

（二）

关飞飞从外地回来了，周佳月订了一家菜馆，约着一起聚一聚。周佳月几人到得早些，谈青还有一节晚自习，晚上七点多下课。

宋明昊接到地址有些惊讶，还是开车来了，前台服务员熟悉地和他打了招呼。

他笑着应下：“你们老板不在吗？”

“出去了。”

“我先进去了。”说着，他走出茶厅走向后院，推开包厢门，“怎么订这儿了？”

“离我家和谈青学校近啊，我俩又没有车。这儿风景不挺好的吗？”

“呃，我以为你知道这是程东昀的店来着。”

“他的店？”周佳月有些迟疑，片刻后又开口，“要不咱换个地方？不行，订金都付了，这样吧，一会儿别告诉谈青。”

宋明昊关飞飞几人并不太清楚谈青和程东昀的事情，这些年权当谈青对程东昀有所芥蒂。

却也感觉到不像是芥蒂。

他们没有多问。

谈青下课后是宋明昊开车来接的。

饭店离学校并不远，只不过上次搬家时还落下两箱子书，正巧蹭一趟他的车。

租的房子在六楼，没有电梯。宋明昊争着搬，谈青也争不过他，站在旁边看，预想着一会儿他累呼呼的模样。

搬完最后一箱，男子忍不住开了口，气喘吁吁，上气不接下气。

“阿青，下次别买那么多书了吧，怪费钱的吧，电子版的多好，便宜又好使，买个 kindle（电子阅读器），多方便。”

主要是怪费人的，下次指不定自己就变成一小盒灰了。

“好几百块买个 kindle，最后只是盖泡面。那可不划算。”

宋明昊把车停在了门口就先让谈青下来了，自己去停车。

这是谈青第一次来这边，如果不开车，走小路的话，离十七中就七八分钟的路程。古色古香的中式建筑，被四周的竹子环绕，不远处就是南风湖。确实是一家不错的饭店。

谈青迈步走进去，是一个茶厅，大致地看了看，就被热情的服务员引路带去后院。

茶厅角落里的男子懒散地靠在椅子上，带着几分笑意看着谈青，直至身影消失。前不久，他回到饭店，得知宋明昊来的消息。去后院时，他看见了从厕所出来的周佳月。

大致也能猜出来谈青会来。

饭桌上，气氛欢愉。朋友相聚，彼此打趣。

他们许久都没有见过关飞飞了，关飞飞自从毕业后就留在上海发展，每年回来也只是在春节，前几年甚至都没回来过。直到后来关飞飞才吐露，那两年身上实在没钱，根本回不来，这两年才渐渐好起来。

“还准备回去吗？”周佳月问起。

关飞飞还是有些犹豫：“不回去了吧。我爸我妈年纪也大了，只有我一个孩子，咱这儿最近几年发展也不错，我这一行应该可以做起来。”

宋明昊看了看关飞飞，没说什么话，他不觉得关飞飞真的能在这边待住。关飞飞在那边上大学、工作，加起来也得有七八年，早就习惯那边快节奏的生活。

这几个中，虽然关飞飞和周佳月认识的时间长，但他和关飞飞说实话要更亲密些。他足够了解关飞飞这人。

“也好，在这边也挺好，大家离得近，有事也能帮忙。”谈青说着。

“对，装修房子有宋明昊帮忙，找对象有周佳月物色，以后孩子上学就送谈青那儿，给你治得服服帖帖。”郑宇博在一旁半开着玩笑打趣。

几个人都笑了起来。

后半程，服务员又端上来两道菜。周佳月神色惊讶，看了看宋明昊。宋明昊眉毛都撇成了八字，也是满是困惑地看向她。两人相视几秒，似乎是知道了什么，收回各自的视线，假装自然。

“快尝尝这两道菜怎么样，哥几个。”宋明昊招呼着。

关飞飞纳闷儿：“刚刚是不是没点这两道菜？”

“是我点的，我想吃还不行了？”周佳月抢着说。

服务员看了看，想起老板刚刚叮嘱的，没有多说什么。

“你们慢用。”服务员转身走出包间。

晚上八点半，几人起身，离开盛园。

秋日的风透着凉意，颈部清凉，谈青才反应过来，自己的纱巾落在了包厢，和众人打了声招呼又折了回去。

茶厅的程东昀透过玻璃，注视着这一切。

“谈青。”

谈青穿过前厅，正要踏进后院，身后传来一个声音，与记忆深处的那个声音重合。她背后一僵，心中沉了一下，迈出的脚收了起来。

深吸口气，谈青缓缓转过身来。

面前的男子褪去青涩，一双桃花眼在时光中变得更加性感，吸引人。

“好巧。”

“从小到大，你总是这句。”程东昀调侃起来。

谈青心中不断鼓动着，脸也烫得厉害。

在停车场、食堂、走廊……那年，她时常不经意地遇到他，说上一句“好巧”。

程东昀仔细看着眼前的姑娘，笑着说：“怎么比从前瘦了许多？”

谈青垂目，盯着地板，没有说什么。

“坐下来聊会儿吧，那么多年没见了。”

“不了，我就先走了，大家还在外面等我。”谈青扯起嘴角微微笑着，心底只想逃离这个地方。似乎心里期待再见，临场却又忍不住逃跑，很矛盾。

“下周有空吗，一起吃顿饭吧？”他在身后冷不丁地开口。

急促离去的脚步停了下来，她心里一跳，嘴上竟然忍不住答应了下来。

“好。”她转身匆匆离开，也忘记自己回来的目的。

程东昀望着她落荒而逃的背影，无奈地笑了笑。今夜有风，她的发丝在夜中轻轻扬起。

“程哥，你朋友的包厢里落下一条纱巾。”从后院来的小郑拿着纱巾过来。鹅黄色为底的，印着朵朵小花的一条纱巾。似乎不像是谈青会围的颜色，和他所认知的她有很大差异。

程东昀看了看，接了过来：“给我吧。”

谈青匆忙赶了回去，周佳月已经先被关飞飞送走。

她坐上宋明昊的车。

“阿青，你拿的纱巾呢？”

这一提醒，谈青也才想起，却只能假装，说：“放包里了。”

“回家把程东昀的电话给我一下。”

谈青是喜欢夜景的，一路上却心不在焉，懊恼不已。

那是二十岁那年，方正扬送的。她犹记得，那是二月的寒假。那段时间方正扬的情况也好了许多。两人约着去电影院，他们都有些羞涩，只是拉着彼此的手。

方正扬为她买了爆米花，抱着大桶的爆米花，她笑得眼睛都是眯起来的。这是第一次看电影买了爆米花。电影院的爆米花比外面的贵上许多，谈青和周佳月来时没舍得买过。

方正扬看着女孩笑成这样，忍不住也扬起嘴角：“一份爆米花，怎么开心成这样。”

说着，他揉了揉她的头发。

“阿扬，头发被你揉乱了。”

方正扬使坏地又揉了下，看着她有些哀怨的眼神，动作温柔地替她一点一点整理好。

电影的内容也记不清楚是什么了，只记得电影还没结束他就先出去，说接电话，先在外面等她。

想到这点，谈青忍不住笑了起来，哪是接什么电话，不过是他的鬼话罢了。

等电影结束，她出来时，他手里却多了一个袋子。

“你往常是喜欢围围巾的，天气快暖和了，试一试纱巾吧。”

她心里暖暖的，今天来得有些急，忘记戴围巾了。

方正扬拿出袋子里的鹅黄色纱巾，轻轻地绕过她的脖子，为她围着。

那天她穿的是白色羽绒服，轻薄的纱巾并不太搭配。

他也似乎发现这点，轻声解释：“我想，春天的时候，围着会很好看。”

谈青笑了，低头看了看：“为什么是鹅黄色？”

“像你。”

驾驶座的宋明昊看着旁边轻笑着的谈青，着实有些摸不着头脑。

“阿青，有什么好事吗？”

谈青回过神儿来，沉吟很久：“你还记得方正扬吗？”

“记得啊，从前打篮球就没打过他，我心里惦记好久了。唉，就是他……真的很遗憾，天妒英才吧。”

篮球?

谈青忽然想起什么，问：“初二那次暑假，就是我和佳月去看你们打篮球那次，是不是他也在？”语气有些急切。

宋明昊看着前方的路，想了想，毕竟已经过了太久。

“好像是吧。”

原来，他们早在初二就见过。

她记得，他篮球似乎打得很好。

“怎么了？”

谈青转头看向外面，缓缓说道：“我高二认识的他，他真的很好很好。”

好到，对他动了心。

（三）

回到家，谈青就给程东昀的号码发了短信。她知道这样的举动，无疑证实了自己刚刚的慌不择路。

谈青：“我是谈青。”

程东昀很快就回复。

程东昀：“我知道。”

程东昀：“你的纱巾落在这里了，已经替你收起来了。”

他主动提起这件事情，也让谈青悬着的心放了下来。

谈青：“谢谢你。”

程东昀：“下周什么时候有空，一起吃顿饭，顺便把东西给你。”

谈青：“周五晚上吧。”

程东昀：“想吃什么？”

谈青：“我都可以。”

程东昀：“那就在店里吧。”

谈青：“好的。”

谈青放下手机，躺在床上，直直地盯着天花板。

心中如同绞丝。

周五那天早晨，谈青打开衣柜，翻翻找找，最后穿了件长款的针织毛衣开衫，配了件浅色打底，下身是一条微喇的深蓝色牛仔裤。

每到周五，学校的气氛都比较活跃。放学铃打响后，满校的嘈杂，学生们吵吵闹闹地相互拥簇着走出校园，口中聊着新发生的趣事。

每每这时，谈青仿佛又回到了初中时代。互相等彼此放学，偷偷看某个男生……她也不由得想着，方正扬那个时候是什么样的呢？又在做着什么？也会每天期待着周五放学吗？她后悔没有关注到之前的方正扬。

今天下午的她，却放慢了收拾东西的节奏，到了下班的时间，又磨磨蹭蹭地等办公室的老师走光了，才背起包下班。快到校门时她才发现拿给程东昀的茶叶没带，又折了回去，那是周三下班买的。

路上走走停停，六七分钟的路程，硬生生被磨到十五六分钟。

望着盛园，谈青深吸一口气才迈步进去。

程东昀已经在茶厅等着她：“来了。”

见谈青手中拎着的茶叶，他挑眉笑道：“怎么还带东西了？那么长时间不见，你倒是变得客气了。”话语中，带着隐隐约约的调侃。

谈青把茶叶递过去，程东昀倒也没有推托，大大方方地收下了。包装外并没有标注茶叶的名字。

程东昀看了看包装，不禁问道：“什么茶叶，包装倒是不错。”

“铁观音。”

程东昀想到了什么，笑了：“铁观音，绿叶红镶边，七泡有余香，”语气停顿，对上谈青的眸子，一双桃花眼直勾人，“倒是像你。”

谈青面色微动，很快躲过那双好看的眸子，心不在焉地看向别处。

程东昀也不再逗她：“走吧，去后院吧。”

似乎又回到了从前，她在停车场跟着他的时候。他的步伐依旧很快，谈青渐渐落下距离，努力地加快跟上。

唯一不同的是，一段路后，他放缓了脚步，与她并肩。

二十八岁的他和十六岁的他终是不同。

程东昀带谈青来到了一间窗子朝着南风湖的雅间。包间不大，中式的设计满是韵味。

他主动为她拉出椅子，谈青却有些不适应。

两人坐了下来。

记忆中程东昀的手修长好看，谈青看着那双为自己倒茶的手，比从前骨骼更显分明，却也有力。他的手腕处比从前多了一串佛珠，不禁让人好奇，脖子上的观音玉坠是否还在。

“在哪个中学教书？”他温声问起。

“十七中。”

“离这儿倒是挺近的，教生物吗？”

谈青小口喝着茶，淡淡开口：“历史。”

说完，转头看向窗外。

湖水平静，不见波澜。

她不知道怎么去面对他，那封信的事情，总是让她很不安。

他没有回信，现在的举动，谈青想了许久，也没有明白，心里有些怒气。

程东昀靠在椅子上，边喝着茶边看着女子的侧脸。

自从两年前再次读过那封信后，于他而言，谈青似乎成了一个特殊的存在。

像是一盏星星，在夜空中。她不是最亮的，当你望去，却总能为你传递着永恒的温暖。

无声却有声，一遍遍地说，我一直都在，我相信你。

他常常也想着，是时机的巧合，让他在那个时候再次读到她的信。

如果，是在他生命中其他阶段读到呢，或许不像这般了。

时机是个奇妙的东西。

谈青忽然开了口："那封信，你看到了吗？"

程东昀回过神儿来，谈青依旧看着窗外，没有转过头来。

"看了。"他有些惊讶她会那么直接问信的事情。

谈青的指尖在茶杯上小幅度地摩挲，心里不断打鼓。

"那你，为什么不回？"情绪附在语言上，极力掩饰却也无法遮挡。

纠结、埋怨、不解、遗憾……

年岁长久，却久久不能释怀。

包间很静，外面有些嘈杂的人声却隐隐能听到。

程东昀凝视着她，眼神中是很少见的认真，语气温和："谈青，那个时候，我并不知道如何提笔回信。你太赤诚，让我觉得，不管如何回信似乎总承接不住你的那份感情，所以就没有回复。"

"至于那件事，对不起，谈青。"

"两年前，遇到些问题，无意间再次翻到你写的信。"男人停顿几秒，"真的，你的信让我确定了方向，真的，谢谢你，谈青。"

想起那段日子，程东昀有些苦笑，嗓音低了些："那个时候，你的信是唯一的鼓励，只有你会说相信我。"

"真的，谢谢你，谈青。"

谈青眸中显露出震惊，缓缓地转过头，看着对面的男子。

鼻头微微酸涩起来。

自己为曾经的感情种下一粒被诊断为没有生命的种子，作为了结。却在之后的日子默默生长，长出的果实又被他摘下。

原来一切还没有结束。

这一刻，谈青忽然发现，现在的程东昀和自己记忆中的他有了差别，他变了许多，也丢失了曾经身上的一些亮点……

记忆中的他，不会语气低沉地向人道歉。

心中的执着不断推搡着她的心，嘴中忽然吐出这句，不假思索：“我们和好吧，程东昀。”

尽显稚嫩的一句话，却是谈青的执念。

程东昀被这句话，引得笑了。这句话用在他们身上，说怪也不怪，说不怪却也怪怪的。

他看到了，谈青的身上保留的青春里的影子。

果敢，稚嫩。

程东昀眉目温柔，声调上扬：“好啊。”

谈青看到了曾经的他，转瞬即逝。原来，过程比想象的快。在她对他的感情中，爱情却不是占比最大的。

唯一紧紧缠绕她的，是那段情谊。这也是她和许多暗恋者为数不多的差别。

这一刻，她以为自己释怀了。十多年的积压，等待无果。又怎么会释怀？

她所祈求的，并不多。

包厢的门被打开，菜开始端上来。

“菜是你来之前我点的。”程东昀帮忙布着菜，几道菜都是谈青爱吃的。

谈青盯了眼那道色相极佳的糖醋里脊，然后将眼神移过去。

“想着问你，你总会说着‘都可以’，我就去问了宋明昊。”他轻声解释道。

谈青笑说：“对，都是我喜欢吃的。”

整顿饭，两人开口说的话并不多。谈青还沉浸在自己惊魂未定的世界。

饭后，程东昀把纱巾还给谈青。

“倒是不太像你的风格。”

“不像吗？送我的那个人说很好看，说很像我。”她微微笑起，带着几分纯真。

（四）

第二天，谈青醒来，依旧惊魂未定。

回想起昨日的坦白，不可磨灭的事实。她舒心地笑了，内心并没有想象的开心，执念有了了结。

打开窗享受这清晨的暖阳，闭上双眼。

如释重负。

微信响了一下，谈青过了一会儿才离开窗台走到手机前。

是一条好友申请，程东昀的。

一下又被拉到昨日，谈青点了接受。

紧接着，周佳月发来一条消息。

周佳月：“我在去相亲的路上，有点紧张。”

谈青：“加油加油，好运。”

她笑着放下手机，前去洗漱。厨房的油烟机隐隐作响。

“妈，咱今天早饭吃什么？”

谈母的声音从厨房传出来：“你昨天打包的汤热着喝行不？”

“行。”她喊着。

这是周六，是周佳月去小姨家的日子，手中拎了些礼物。实话说，这是她第一次相亲。

周母陪在女儿的身边，看了看女儿在门前犹犹豫豫的，不按门铃。

她无奈地叹了气，一副恨铁不成钢的样子，只得自己上前按响门铃，瞥了瞥不争气的女儿。

是小姨来开的门："来了啊，快进来。"

周佳月用余光去瞄小姨的后面。

客厅的人见她们来，都站了起来。

小姨笑着介绍："这是你刘姨，和他儿子，许怀旭。"

两家互相问好，很是客气。

许怀旭微微打量着不敢正视看他的周佳月。面前的姑娘肤色白皙，长相是那种偏向于淡颜系的，让人看了比较舒服。

他和善地开口："你好。"

"你好。"周佳月轻声道，有些忸怩。谈青有时也调侃她，看起来以为是个外向大方的女孩，一在陌生男性面前，根本内敛得不能再内敛，很快就慌了神儿，也没有勇气主动。

周佳月这二十六年来，感情经验几乎为零。唯一一次勉强算得上心动，还是初中时，在宋宋男神身上。

午饭时，长辈们说着话，热热闹闹的。面对长辈的询问，许怀旭每次都能笑着得体回答，并不拘谨。

饭后，长辈们想泡些茶，周佳月小姨嘴里嚷着找不到茶杯，支出两人去买东西，特意为他们制造独处机会。

午后的阳光明媚，暖洋洋地洒在两人身上。周佳月的发丝也爬上几分光的温暖。

"听说你是电台主持人？"

"是的。"周佳月轻声回答，"大学专业就是播音主持。"

"我听过你的频道。能感觉出来你很喜欢播音。"他的声音温润。

周佳月微微看向他，渐渐放松下来。

“高中时候就发现自己比较感兴趣，进入了广播站。”说着，她笑了。

“我高中的时候喜欢逃自习课，在操场看蓝天。”许怀旭回忆着。

“没有被抓到过吗？”

“我隐藏得比较好。”他低头看了看周佳月，眉眼带笑。

眼前的男子翩然俊雅，五官柔和，透着些成熟。

周佳月有些失神，微微怔住，不自然地低下头。她其实是比较喜欢那种剑眉星目的面孔，许怀旭并不是这一类的，他的长相很舒服，如沐春风的感觉。

许怀旭见她如此，觉得有意思，微微笑了。

来到超市，许怀旭推着车，周佳月站在货架前挑选着。两款茶杯，她有些拿不定主意，两只手各拿一个转身：“你说哪个杯子……”

旁边的许怀旭也面向货架，两人现在不过咫尺，她能闻到他身上的清香。

周佳月即刻低下头，不与他对视。

许怀旭自然地抽出她左手的那款：“这款吧，简单素雅。”放入购物车，推起车继续往前走。

“走吧，好像还有东西没买。”

周佳月回过神儿来，放下另一款杯子，紧跟上前。

“……你说我和他这……”周佳月一回到平镇就奔到谈青家里。

谈青单手托腮，手肘撑在桌面上。

“你俩谁大？”

“许怀旭比我大三岁。”

“年龄挺好的。长相呢？按你所说，他是‘周五小哥’的那个类型？”

周佳月摇头，又微微点头：“一点点点点。”说着比画着。

“‘周五小哥’的好看需要一束光，但他不是，第一眼就觉得好看，很舒服的感觉，春风一般。他的性格感觉也稳重，很让人放心的感觉。”

谈青不禁笑了：“那不都合你的点嘛，还是个设计师，收入也可观。你们发展试试看。”

“哎呀哎呀哎呀。”周佳月挠着脑袋有些烦心，没想到爱情这东西到了自己身上竟然那么让人焦虑。她无力地趴在桌子上，“不说我了，你呢，还没来得及问你和程东旳昨晚怎么样？”

想起昨晚，谈青有些平静：“我们和好了。”

“啊？”

“我们说清楚了昨晚，算是有些释然了。”

“那他知道你之前喜欢他的事情吗？”

“我没告诉他。现在这样对我来说已经很好了，这样就可以了，真的。”谈青对上周佳月的眼睛。

周佳月没有说话，其实她也认为，谈青和程东旳两个人这般是最合适的结果。

她不太希望两人最终走到一起，两人这些年来付出的感情是不均等的。如果不是顾及谈青，她早就想在背后套程东旳麻袋了。

如果方正扬多被眷顾些，谈青应该会比现在幸福。周佳月想着。

“下周我准备去趟阿扬家，和朱西约好了，去看看叔叔阿姨。”谈青开口。

“他的忌日，还要半月吧。还是不去他墓前看看吗？”

“不去了，总觉得他还在。”谈青停顿几秒，“他生命最后那几天，我去看他，他却不愿意见我。他有他的骄傲，我知道的，他不想让我看到他那时候的样子。”

（五）

周佳月离开谈青家是在四点多。谈青坐在沙发上，外面的天气正好，万里无云，秋高气爽，阳台上零散的衣服架左右摇晃，上面的一层涂漆闪着太阳的金色光芒。

这样的天气，总想叫人出门散散步，谈青思索了两秒，起了身，走出了家门。

还是像许久之前的那个下午一样，来到步行街东西道的尽头的那棵枫树下，枫树已经开始烧红，随着街角的风随风而落。她越过路，走向空荡的对面。站在当初那个人的位置上，往那棵枫树看过去，幻想着自己蹲在树下的场景。

这应该就是他当初看到的画面吧。

她笑了笑，移过身，漫步到万河边。

此时，彩霞遍布，西边的天就像是被黄调的刷子染过一般。河边的垂柳也随着这个秋季开始泛黄，整体看来，却还是带着些绿调。它总是黄得慢些。

那天，她就是在这儿认识他的，他也是在这儿说出他的名字："我叫方正扬。"

"方正扬。"谈青呢喃道。

一阵风拂过她的面，荡起垂下的条条柳枝，像是要带她回到那两年的时光。

那天他们离开前，留下了各自的联系方式。几天元旦假期结束后，谈青回到了学校。每当饭点一到，她走出教室，总是能在楼道里遇上拿着饭卡的方正扬。刚开始的几次，他们就像是偶然碰到般，后来熟悉些后，方正扬便直接不加掩饰地在楼道等着她。和程东昀不一样，他总是规整地穿着校服。

方正扬的身上，于谈青而言，有一种熟悉又亲和的感觉，从在万河见到他的那时便是如此。对于方正扬的一切，她从未有过排斥，心底总是有个声音在告诉她，她认识他的时间太晚。

他其实是一个安静温柔的人，平时相处时，能看出来，他不是一个话很多的人，但在她面前，却总是会多说两句，讲一些有趣的事情或者笑话，想要让她笑一笑。距离寒假开始的短短两周左右的时间，是她第一次在这个校园感到些许放松，绷紧慌乱的心也舒缓许多。

寒假时，方正扬会主动却不冒失地发消息关心她的生活。有一次，谈青正被一道生物题扰得心烦时，脑中突然闪现出他的面孔，回放着他放假前来到她班级门口，说过的那句话："如果有烦心事或者是学习上不会的问题，都可以发消息问我，我看到后会回复的。"

鬼使神差地，她的潜意识把他当作是这个题的救命稻草，甚至，是她这个人的救命稻草。她发过去了题目，等待变得很漫长。约莫五分钟后，电脑上熟悉的消息铃响起，方正扬发过来了一张图片，她点开一看，是一张字迹工整的解析。随后，一条语音进来，点开，是他清和的嗓音，正按照上面的解析给她讲着题目："谈青，你看，这道题其实可以用这一种思路，把……"

那天很冷，外面还飘着雪，她在屋子里开着"小太阳"。已是傍晚，天色渐暗，屋子只有"小太阳"射出的温暖光芒，照在她面前的题目上，纸张被熏得暖黄。耳机里是他耐心讲题的声音，而她的心被轻轻挠着。

那是谈青对他的第一次心动。

后来的日子里，方正扬一直陪在她的身边。带她去寻找食堂里好吃的窗口，带她去水杉林的长廊里乘凉放松，给她整理生物难点……耐心地开导她，温暖她，陪伴在她的身边。

放假时，他们会一起去南风湖，他会在那儿拉小提琴，拉着她的手轻轻舞动。也会相聚在平镇，还是坐在万河边，欣赏着夕阳，幻想着未来的生活。

方正扬的陪伴，是一种治愈。

那时，谈青总是想着，方正扬是不是父亲派来拯救她的？

爱上方正扬，是一件很容易的事情。她记得，高考后，就是站在万河边，大喊着他的名字三遍，诉说着爱意。那是她少有的勇敢。

迎面的风又增了几分凉，原本湛蓝的天空开始蒙上一层黑色纱布，色调越来越深。西边的夕阳也只剩下小半个身子。

谈青从口袋里掏出一张叠好的旧信纸，上面已经有了多次摩挲的纹路，在这风中慢慢展开。

谈青：

展信安。

近来可好？你看到这信时，我大概已经不在你的身边了。我会过得很好，勿念。

我本不愿留信给你，担心你会执着于曾经这段时光。后来想了想，还是找来笔写了这封信。

请原谅我，最后那段日子里将你拒之门外，算是我自己的一点小心思，当你日后回想到我的时候，脑中浮现的会是我样貌精神好些的模样。

告诉你一个我一直隐瞒的小秘密。初三下雪的那晚，你还记不记得我在二楼过道拉了一首《梁祝》，其实那是想拉给你听，圣诞雪夜配上《梁祝》，很适合。在大家起哄的时候，我捕捉到了楼下你的身影，那时，你也被二楼的起哄声吸引过来，转过了身，朝我这边看，我看着你，便想着让你听到这琴声。

阿青，这些日子里，我总是后悔，后悔自己在高一的时候没有勇敢些，走到你的身边。我知道你那段日子过得很辛苦，却只敢跟在你的身后，犹豫不决。现在想想，其实也没有什么好犹豫的，原本不长的生命，在这犹豫中，浪费了太多。这段日子我总是在想，如果当时是另一种选择，会不会不像现在这样遗憾。

其实，那时从医院刚刚检查出结果时，我便有一种预感，预感自己的生命很快就会结束，自己最终会变成一片云彩，当风来的时候，便会离去。阿青，和你在一起的这两年，我真的很开心。

阿青，今后我不在你身边的日子里，一定要努力往前走。我无法再去感受未来的日子，能否代替我好好生活下去，感受未来的每一天？阿青，我把我的希望交给你，带着我的希望努力往前走吧。

你会有一份自己喜欢的工作，有一个爱你的人，你们会有一个美满的家庭，你会过上自己想要的那种安稳和平静。就像我们在万河边说的那句话，会没事的，一切会越来越好的。

阿青，永远记住，你从不黯淡。

阿青，要像太阳花一样，朝着阳光和温暖。

阿青，虽然我已经走了，但还是想说一句，我爱你。

方正扬

谈青拿着这封信，趴在河边的栏杆上，轻轻开口："我会努力带着你的希望活下去，我会好好生活的，我真的会努力的。"

会像你说的那样，做个太阳花。

刚到的晚风，捧起了她的发。

第七章 /不快乐的圣诞雪夜·

（一）

周四中午，谈青关上微机室的电脑，坐在凳子上闭上酸涩的眼睛，有些出神。

“谈老师，和我们一起去食堂吗？”王老师开口。

谈青礼貌地笑了笑：“不了，我还要去趟办公室拿饭卡，你们去吧。”

几位老师笑着走了。

来到外面，王老师小声道：“谈青还没有男朋友吧？”

“应该没有吧，上次我问她，她说没有。”

“我瞧谈老师性格还不错，温温和和的，就是不太容易亲近。”

“这性格就不错了，怎么着王丽，想介绍给你弟弟？”张老师八卦似的靠近她几分。

“的确有这个想法，改天旁敲侧击谈老师，看看她是什么态度。”

“行。唉，下午还得再来改卷子。”

“你物理还好，我还是语文，那一个个孩子的字根本看不下去……”

两位老师的声音逐渐消失在走廊中。

谈青在位置上坐了会儿，起来时整个人懒洋洋的。

刚下楼，来到小广场，手机就响起。是一个没有备注的号码，熟悉的号码——程东昀。

“喂？是我。”熟悉的嗓音。

“嗯。”

“吃饭了吗？”他轻声询问。

“还没，正要去。”谈青低头踢着地上的细石子。

程东昀看着远处的谈青，嘴角扬起：“我在门口，出来一趟。”

远处的姑娘抬起头，在原地呆愣片刻，转身看过来，他站在门口，抬手朝她挥着手。

谈青满心惊喜，看到那人，身体似乎不受控制朝门口奔跑过来。披散的发丝被撩起，扬起的眉眼，无法掩饰的热情。即使对他，心中有着岁月积淀的隔阂，却依旧忍不住奔跑。

见她来到身边，程东昀笑意更浓：“跑那么快，是我魅力太大吗？”

谈青喘着气：“是啊是啊，你难道才知道吗？”

程东昀微微摇头，“啧”了声。

谈青看向男子手中的保温袋。

“你的午饭。”他淡淡说道。

“好心人啊，里面有什么呀？”

“清炒、鱼汤、糖醋里脊。”

谈青接过保温袋，昂头笑着看他。不知是不是程东昀的错觉，有那么一瞬间，谈青似乎笑得有些勉强或苦涩。

“明晚来吃饭吗？”他语气温和。

“不了，周六还要出门，明天早点回家。”

“行。”

谈青转身看了看钟楼，说：“先回去了。”扬起手中的保温袋，“谢了。”

程东昀双手插兜，目视着她离去。

王老师、张老师回到办公室，谈青正慢慢拿出保温袋里的饭盒，一个一个地打开。

两位老师正缓缓走过来。谈青见了，主动招呼着："王老师，你们吃点吗？"

"谈老师，你带的吗？"

谈青微微一笑："不是，朋友刚刚送的。"

王老师和张老师对视一眼，问道："是常来找你的周主播吗？"

"不是她，是另外一位朋友，正巧在附近南风湖开了家饭店，今天顺便给我送了点饭。"

"对你真不错。"

王老师拉着张老师回到自己的座位，张老师窃声道："你要想介绍给你弟弟得抓紧了。"

"唉，再看吧再看吧。"

周五晚上，程东昀闲情大发，几个催命电话直接给了宋明昊、田一郝、张深几个人。

田一郝和张深两人都没开车，全指着宋明昊开车捎上他们。

宋明昊一路上骂骂咧咧。

"天啊，你们就不能开车吗？都多少次了，我每次都要绕老远的路来带你们，一个个没良心的，问你们要个腊肉都不给，抠死得了！"

田一郝小声嘟囔"唉，不听不听，王八念经，不听不听，王八念经。"

"你给我闭嘴！你谈了一个又一个，就不能给我介绍一个，呸，小气。"

田一郝无奈，宋明昊那么多年还像是个小孩。

"你身边不是有谈青和周佳月吗？这两个哪一个不都挺适合过日

子吗？”张深缓缓开口。

田一郝觍着脸凑过来：“兄弟，谈青介绍给我呗。”

“田一郝你有完没完，多少年了，还惦记着？要是真介绍给你，我都没有脸去见谈青。”

田一郝，名副其实的渣男，整天一身花蝴蝶的浪漫男子打扮。

其实，田一郝很少主动过，不知道他身上有着香妃一样那般吸引人的香味还是如何，一直以来，总是有人主动找他表白。这家伙，也没怎么拒绝过。当然，分得也快。

田一郝这人，天天脑子一根筋，人单纯些。根据张深几个人私下猜测——大家看上他的无非就是两样，第一，长得顺眼，穿得潮流（毕竟是理发师嘛）；第二，家庭条件不错，父母做钢材生意，家里还有三套房和一个商铺。

哪个是根本，也很明显。

不过哪一个女友的时间都不长。这一点也实属奇怪。据说有人嫌他太不上进，所以甩了他。

当然，田一郝本人也直接大大方方坐实这称号（即使自己并不是严格意义上的渣男）。他更是给自己打着口号——大家主动，我也没办法，我也只是想给所有女孩一个家。

张深也直接在网上找了句话回他：“总有一天剑在手，杀尽天下负心狗。”

真的是旱的旱死，涝的涝死，嫉妒的嫉妒死。

一路上吵闹着，车子来到盛园。

几个人下车走向常去的包厢，走廊里，碰巧遇到陈子曜。陈子曜之前也是在平镇上学的，几人很久前就认识了。

田一郝递了烟：“曜哥，今天得空了？”

“嗯，晚上回趟平镇。”

“明天有事？”

“送对象和她朋友去趟西区东边，先走了。”说完陈子曜挥挥手就离开了。

宋明昊盯着远去的陈子曜，独自开口：“我要是有他这张脸多好。”

陈子曜的长相，是广大男同胞羡慕的。

张深无奈：“下辈子吧，走吧。”

他们常来的包厢面积大些，放着台球桌。他们都抽着烟，从隔间端来菜的新来的小刘姑娘，还不适应，上菜时恨不得脚上踩着风火轮。

“谈青不是在附近吗？你们不是也缓和了吗？把她也叫来呗。”饭桌上的宋明昊说着。

程东昀今天没有什么喝酒的心思，拉着张深打着桌球。

他轻弹烟身，叼进嘴里，拿起杆子，边找准位置边说：“这个点儿，谈青早就走了。我问过她，她说她明天有事。”

宋明昊想起什么来：“的确，明天她得去她朋友家。”

台球桌前的程东昀挑眉道：“朋友家？”

“方正扬家。”

程东昀停下了手中的动作。

张深不解：“方正扬？他不是不在了吗？”

“这事我也不太清楚，上周也才知道一点。谈青高中和他一个学校的，两个人认识，而且关系挺好的，我知道的就这些，反正感觉谈青挺重视他的。”

“是吗？”程东昀又点了一支烟，吐出一团团烟，模糊了他的面孔。

“谈青和周佳月这些年，两个孩子可算是凑到一起了，把身边追求她们的人可算是拒绝完了，老大不小的了。”宋明昊感慨。

“谈青介绍给我呗，哥们儿我让她幸福。”田一郝又凑上来。

张深和宋明昊不屑说他什么。

程东昀瞥了一眼，嘲弄道：“车都不会开的人想安稳了？”

张深也笑了起来，多少年了，田一郝愣是把人家驾校耗到倒闭了。这玩意儿太笨，科三就是过不去。这都成了人人皆知的笑柄了。

田一郝这次难得没急，语气有些正经：“玩了那么些年，真的挺累的，每天回到家，都是自己一个人，冷锅冷灶的，爸妈那儿也不好意思总去。你们难道不想安稳点？”

程东昀站着，拿起杆子，语气淡淡：“谁不想呢！”

只是他们都清楚，在这个血气方刚的年纪，作为男人，必须要放手一搏。

为了以后。

（二）

谈青认识朱西还是因为方正扬。

朱西家和方正扬姥姥家是邻居。方正扬小时候是在姥姥家长大的，和朱西也算是青梅竹马，初中两人还是同班同学，情谊深厚。谈青有时候挺羡慕两个人从小到大未被撼动的情谊。

想着方正扬那个人，总是无奈地笑笑。

朱西脾气性格很好，方正扬在的时候总是撮合两个人一起。谈青明白方正扬的用意，朱西也主动和谈青说着话，分享生活，关心着她。这大概是除去周佳月后，谈青唯一能从心底接受的女性朋友了。

周六这日，朱西的男友陈子曜开车送的两人。

在路上，朱西主动问起：“阿青，最近工作还好吗？”

“还好，没有什么糟心的事情。”说着，她笑着看了眼开车的陈子曜，“你们两个多久了？”

“几个月吧。”

“没想到，最后还是陈子曜。”

前面的男人对着后视镜朝后面笑了笑。

谈青认识陈子曜，陈子曜是谈母表弟的孩子，是她的表哥。不过两个人见面次数少。

“表妹啊，你也该谈个恋爱了。”

朱西也挂念着这件事，见陈子曜开了口，才说着：“那么多年了，遇见合适的就谈吧。”

谈青笑着：“会的，你们要是见到不错的就介绍给我。”

几个人笑了。

车子经过位于西立区与东也区边界的陈中。

谈青曾经也有些好奇，为什么方正扬会报考陈中，却不选择一中。

直到后来谈青去找班主任开请假条，可他不在办公室。谈青只好满校跑去找值班主任，路过方正扬的班级，方正扬跟了出来，直接带她去了从未去过的校长办公室，开门第一句：“爸。”

屋子里只剩下呆愣的她，后来才知道，这件事情其实几乎尽人皆知，只不过她那时候不和班里的同学交流，也就没有听闻。

而方正扬家其实也是在东区的，不过方母是平镇河中的教导主任，晚上要值班，从平镇到东区要四十多分钟，便在平镇租了间房。

方正扬也一直在平镇陪着母亲，小学、初中都是在平镇上的。

过了陈中，没多远就是方家所在的小区了。谈青和朱西下了车，迎面就碰到了方父方母。方叔一身唐装，方母也一身舞蹈服，看样子是刚从公园回来。

“青青和小西来了啊。”方父面色和蔼。

“叔叔，阿姨。”两人礼貌地打着招呼。

“走吧，咱上去吧，那么冷别在外面杵着了。”方母热情道。

来到家里，方父给她们泡上各自喜欢的茶。

“来，青青的铁观音，小西的白茶。”他笑着小声道，“最近得的茶都不错，早就给你们留着了。一会儿拿走。”

两人也不客气，笑着应下。

两位老人待她们像是自己的孩子，爱屋及乌。方母拉着她们的手，嘘寒问暖。谈青和朱西看着老人慈爱的面庞，鼻子不禁酸涩。

这六年来，他们越发老态。谈青犹然记得第一次见方姨，她还是一位保养良好的女人，完全看不出年近五十。

而现在，眼角爬满深深的纹路。即使时光渐渐抚平他们心中的伤痕，却也永远无法抹去。

“你们两个最近谈没谈男朋友？”方姨催促道，脸上带着些老人家的可爱。

朱西一脸洒脱：“阿姨，我这次来可是脱单了。”说完瞥了瞥谈青，故作小声，“阿青还没呢。”

谈青有些局促。

方母语重心长道：“青青，也该找个对象了。”有些老人斑的手轻轻抚着谈青的手。

方母看着她，想起自己的儿子。

她依然记得，儿子生命最后几个月的一个傍晚，谈青从医院回去。

正扬走到窗前，注视着楼下谈青的身影，目光柔和，余晖蒙在他的身上。

“爸，妈。如果我能活到二十二岁，我想娶她，真的。”他缓缓闭上眼，泪从眼角慢慢流出。

可惜他没撑过那个冬天，二十岁的冬天。

上天赋予他丰满的羽翼，却在他即将启航时狠狠折断。

“阿姨，我去趟卫生间。”谈青起身，朝卫生间走去，路过那个紧闭的房间停留许久。

几分钟，洗完手出来，又停留在房间门口。

“进去看看吧。”方父已站在不远处。

谈青没有动，深呼口气：“还是不了。”

方父无奈地叹了声气，走回了客厅，谈青紧跟其后。

午饭，谈青、朱西两人本是不打算留下来的，却还是拗不过方父方母的热情。

“正巧家里买了条鱼，你俩不都爱喝鱼汤吗？中午炖汤喝。”

方姨和方叔一前一后走进厨房，谈青两人见状进去帮忙，却被撵了出来。

“你们两个小姑娘就别进来，别呛着了，去去去，在外面自己玩。”方叔摆着手。

谈青在客厅走动着，目光停留在墙上的照片上。照片有的没有做保护，开始氧化，色调老旧。上面青涩的面孔依旧生动。

朱西走过来：“正扬小时候很可爱。”

“是啊。”

谈青目光又落在那张初中时的照片，照片上的少年笑得灿烂，腿上打着石膏，上身还穿着体育中考的运动衣，意气风发。

记忆随之呼唤出来，谈青皱了皱眉头，陷入回忆。

她穿着平中的运动短袖短裤，一瘸一拐地从操场也就是考场出来，下了台阶。她内心激动不已，三项内容全都满分。

那天膝盖比较疼，开跑时更是突然一阵刺痛，出来时便是一瘸一拐的。

她抬脚跳着沿着六中主干道向北，奔向大部队。余光一个男生坐在椅子上，腿上打着石膏。按照要求，受伤缺考的人都需要到考场再次验伤。

她没有多看，继续往前跳着。

只是匆匆一面，只是一个身影。

原来，那天，经过了他。

“这伤怎么来的？”

“和别人打了架。”朱西笑起来，“打赢了，骑车回去的时候，路上人多，和他打架的那个人骑车又赶上来，突然骑车挤他，前面正好有人，正扬没有别的办法，最后让自己摔下去，你也知道的，那条路高一些，他直接从坡上摔下去了。”

谈青扭过头，眼神有些诧异。

她不禁又笑起来，少年该有少年的冲动。

许久，她缓缓开口：“朱西，有时候，我很遗憾没有在初中就注意到他。”

明明那么多次擦肩而过，听过那么多次他的名字，却不认识他。

命运真是捉弄人。他们在这个狭小的圆圈里打着转儿，总是谁跟在谁的身后，总是有个人看不到。

餐桌上大多都是按照两人的口味来的。

朱西的红烧肉、干煸菜花；谈青的茄丝、土豆牛腩。还有两人都爱吃的鱼汤。

方母看着朱西长大，对她的饮食自是有些了解。而谈青，来他们家的次数少，方母记得谈青十七八岁第一次来的时候，方正扬特意同他们说过谈青爱吃的菜。

“快吃，许久没做这些了，不知道味道怎么样。从前正扬爱吃些清炒，我们也就依着他，现在也习惯了，总是做些清淡些的。”方母说着。

她们笑着应下，边吃边夸赞着方父方母的手艺。

下午走的时候，方母给她们带了自己做的酱，方父则从柜子中拿出两种茶叶，全都递进她们各自手中，没给自己留下一点。

出门时，两位老人不禁叮嘱：“下次来，我们想见到你们各自的对象。”

这可是难为谈青了。

（三）

十二月，田一郝死缠烂打，还是从宋明昊那里得到了谈青的微信。

面对好友申请，谈青没有多想，很快就同意了。那头的田一郝却㞞了起来，没有了动静。

小吧台的水壶跳了闸，亮起的提示灯灭了。宋明昊拿起水壶倒着水。

“你这家伙也真是的，微信都给你了，自己没点动静。”

“你别净说风凉话，收了200块钱，给我出出主意。”

“别别别，那是另外收费的，为了这200块我已经对谈青够不仗义了。”

田一郝给自己倒了杯水，故意似的泡了宋明昊最喜欢的花茶，动作粗鲁。

宋明昊瞥了一眼，淡淡说道：“喝完茶就回你的理发店，大晚上孤男寡男的。”

“店里有最近新招的理发师，女生，是个厉害脾气，在那儿坐镇呢。”

“你也是，没法说你，怪不得一个个都嫌你不上进。”

对面的田一郝没理会他的吐槽，忽然想起什么，眼睛一亮：“你把周佳月的微信推给我呗。”

“你又要出什么幺蛾子？”

十二月下旬，平安夜前夕，天空雾蒙蒙的，预兆着雪意。谈青刚从盛园送完饭盒出来，外面就飘起了雪花。

这些天，谈青大多数午饭都被程东昀承包了。有时是他亲手交给她，有时候是提前一会儿放在了传达室。

她推托过几次，第二天还是一如既往地送来饭盒。渐渐地，她也就接受了。

白捡来的，味道还好，便宜不占白不占。她在心里偷偷想着。

年少时的辛酸苦涩换来午饭，还是值得的。

这样的歪理由深深占据谈青的脑袋。可，这般，究竟是在隐瞒什么呢。

谈青迎着飘来的点点雪花，坐上了公交车。手机上显示着周佳月发来的微信。

周佳月：“明天你下班一起去剪头发吧。”

谈青直接拨了电话。

“喂，青。”

“想起来剪头发了？”

“该打理了，有些毛糙了，去不去？”

“去吧，我也想理理了。”

“明天下班去十七中等你。”

“好。”

“明天晚上弄好估计就不早了，别回去了，在我那边休息吧。”

“行。”

挂了电话，窗外的天几乎彻底蒙上黑色幕布。回到家，张芳芳已经做好了饭。

“快洗洗手吃饭。”

谈青洗完手来到厨房：“妈，还有什么要忙的吗？”

谈母正盛着汤：“把你旁边那碟从正扬家带回来的酱端过去。”

“哦。”

谈青拿起小碟走了出去，放在爱吃的菜旁边。谈母也端着汤走过来，母女俩坐了下来。

“妈，等放寒假，我带你去外面玩。”谈青看着母亲眼角越发深沉的皱纹。

“好啊，妈妈等着。”谈母慈爱道，看着女儿又心疼，“快，多吃一点。”自从女儿那两年状态不好后，之后怎么补，体重几乎没有变化。当父母的，总觉得孩子圆润些，不要太瘦比较好。

谈青也知道母亲的心思，可也无可奈何，体重不听她的控制。想起和周佳月明天的约，她开口道：“妈，明天晚上我就不回来了，和佳月约好去剪个头。周六上午再回来。”

第二天早上，谈青出门时装备很齐全，围巾、手套都戴上了。一夜，雪铺满了厚厚一层，冷色的白，无尽的寂静。

谈青出门得早些，天半黑着，巷子里的雪还没来得及铲。雪地靴踩着雪的声音很治愈，一步，一步，小路上压出一个个相似的脚印。

她将脸深深埋在围巾里，却还是冻得通红。直到上了公交车，通红的劲儿才渐渐缓回来。

上午，她给程东昀发着消息。

“今天午餐不用送了，我在食堂吃些就行，路上太滑。”

一上午，程东昀都没有回复。

直到中午，午饭铃声打响。办公室的老师纷纷去食堂。谈青收拾一下，刚起身便收到程东昀的微信。

“去传达室。”

她无奈地笑笑。

刚进传达室，就闻到一阵红薯香，门卫大爷正啃着红薯。见她来，大爷和蔼地笑着：“谈老师来了啊，你男朋友刚走没几分钟。”

“大爷，那只是我朋友。”谈青失笑。这件事，她解释了好几次了。

“唉，我瞧着那小伙子不错。”

谈青拿起保温袋，上面还有一个热腾腾的红薯。谈青以为那是大爷的，拿了下来。

“怎么拿下来了，是你的。”

谈青有些困惑。

“刚刚门口来过一个卖烤红薯的，我就买了一个。刚坐下吃，你朋友就来了，问我在哪儿买的，我让他抓紧出门看看人走没走远，他就马上跑了出去，幸亏赶上了。接了一个电话，匆匆放下就走了，这不，前脚刚走你就来了。”

谈青看着冒着热气的烤红薯有些愣神儿。

放学时，又飘起了雪。周佳月到的时候，谈青正巧刚出来。

两人挽着彼此的胳膊，缓缓走向路口打车。谈青有些累了，微微靠在周佳月的肩上，片片雪花落在脸上，片刻，丝丝凉凉。

周佳月微微仰头：“咱这样似乎回到初中的时候，那两年，生活简简单单，也有趣得很。”

“是啊，如果要问我最喜欢哪个阶段的校园生活，一定是初中的时候。”

高中那几年，唯一值得回忆的只有那一个人。

“对了，佳月，你的爱情怎么样了？”

“发展缓慢，我们约着一起吃了几顿饭。”

“他怎么样？”

“也不知道是我爱情经历太浅薄还是他的原因，我觉得他挺好的，每次见面都比较顾及我的感受，感觉吧，很细腻的一个人。年龄也合适，比我大一点，你也知道，我不想找一个比我小的。”

“当然知道，你一直以来的择偶标准不就是要比你大一点，性格沉稳点，你说你跳脱点，想找一个能包住你的。”谈青很熟练地回忆起。

“你记得那么清楚。”

“觉得不错就处处看，你啊你，对爱情应该大胆一些。”

“咱俩啊，半斤八两，不过，你确实比我果断些。”话音一落，周佳月有些心不在焉，沉吟很久，才开口，“你知不知道，林源高中和我是一个学校的。”

谈青有些奇怪：“知道，怎么了？我记得你俩大学离得也不远吧。”

“嗯，那会儿有时候周末还会一起吃个饭，他从来没有拒绝过。虽然一顿饭几乎都是我在滔滔不绝地说话，但他也会认真听，附和几句。”

谈青想起这个男孩，嘴角不禁上扬：“的确，林源就是这样，生人面前挺冷的，但是在熟识关系不错的面前还是挺礼貌可爱的。佳月，你想说什么？”

“林源是不是不喜欢女孩？”周佳月小心翼翼地抛出这个问题。

谈青僵硬地扭过头：“你为什么会这样想？”

“他在学校里可受女孩欢迎了，表白墙上他的照片都快被贴烂了。”周佳月八卦着。

“然后？”

“体育生、高冷、硬汉小生，这三个是他的标签，追他的女孩蛮多的，他都不理，据我所知，他没谈过女朋友，整天只顾着玩着他的乐高。以前就有人猜他不喜欢女孩。”

“那个人是你吧。”

“呃，好吧，是我。”

谈青一脸无语。

“说起乐高，我以前总以为，他迟早有一天会对乐高没有兴趣，没想到兴趣还是不减。和郑宇博那家伙有一点倒是像。以前，林源知道正扬也爱玩乐高的时候，每一次我们出去，他都会主动带我。明明是奔着方正扬去的，一见正扬，那崇拜的眼神都掩饰不住，不爱说话的那张嘴一直动个不停，拉着正扬左讨论讨论，右摆弄摆弄。”谈青回忆着。

“啧啧啧，之前喜欢他的那些女孩知道后，也不知道是什么反应，你说……”周佳月睁着大眼眨巴眨巴，想要说着什么。

谈青大概明白她的德行：“停停停，我也不说。”

周佳月要去的那个理发店离十七中并不远，打车五六分钟就到了。

这家店外面的装修，蛮独特的，都是粉调的颜色，卡哇伊的图案和台阶两侧的大红大粉花篮。

两个人迷茫地站在店门口，有些错愕。

“佳月，你这是从哪儿找的？”

“前几天有个人加我，估计是哪个朋友帮忙推的。我瞧着他在朋友圈发的图都不错。”

“不会踩雷吧？”谈青小心翼翼地问起。

“应该不会，吧？”周佳月语气有些不确定。

直到看见了店里穿得花里胡哨的田一郝，两个孩子心里直打鼓，“完了”两个字充斥着大脑。

田一郝眼尖，语气兴奋：“预约的是你们吧。”

谈青礼貌地笑着，咧着牙小声地说：“我大概知道了是谁推给你的了。”

旁边的周佳月也按照专业标准露出牙齿：“宋明昊，我回去剥了他的皮。”

田一郝这只花蝴蝶给人的感觉从初中来就不靠谱，加上平时宋明昊的无限吐槽，谈青和周佳月都给他贴了“不靠谱”三个大字的标签。

田一郝喜得合不拢嘴，半个多月的努力果真没有白费，果然，智者要学会从侧面入手。他要来周佳月的微信，删去了朋友圈一张一张的美男自拍，隐藏了自己的身份。每天发型视频的发布，彻底营造出专业优秀托尼的形象。

将近十年的渣男经验，告诉他，蓄谋已久绝对没错。

机会是用双手创造的。

（四）

周佳月“舍己为青”，主动把头发交给了田一郝，而谈青则是由店里一位漂亮张扬的女理发师打理。

“您有什么想法？”女理发师轻声问。

看着镜子里的长发，谈青似乎早就打好了主意。

“肩下十厘米左右吧，我还想烫一下，您看哪种卷发适合我，不用太夸张。”

“好的。”

旁边的田一郝正给周佳月修剪着，嘴巴一直没有闲下来。

“佳月啊，你这发质有些不太好啊。”

“是的。”周佳月礼貌地附和。

“没关系，待会给你做个护理，我们店的护理绝对够好。”

“太期待了。”敷衍至极。

周佳月对田一郝这样的风骚男子一向避之，评价不高。而现在，这个美男子穿着一件粉色休闲衬衫在她面前晃来晃去，实在……

“谈青，你是老师对吧？”话题又落到谈青身上。

“听说你没有谈恋爱吧。你喜欢啥样的？”

周佳月敏觉地察觉出田一郝的不对劲：“你这是？”

“哈哈，就是问问，问问。”

田一郝真的像是宋明昊说的谈过许多对象吗？怎么不太像，这直白的样子……周佳月不免想着。

“谈青，你就放心吧，优丽绝对能给你弄得好看。”

优丽笑了笑。镜子里的优丽五官精致，像个精致的洋娃娃，眼尾有些上挑，增添些张扬个性。谈青想着，优丽绝对称得上漂亮，不禁怀疑，田一郝是看脸招人的。

优丽主动和她聊起天，这是作为理发师的必备技能。

“你和田哥是高中同学？”

田一郝一听见他的名字，兴奋地转了头：“不不不，我们是初中的。”

被他修剪头发的周佳月，觉得有些好笑：“我们和他是同校，不同班。中间隔了八个班，一个广场。”

说话间，外面的声音忽然明显起来，店门被推开。

“田一郝，晚上……”刚推开门的程东昀抬眼看见什么，声音停下，“李优丽？”

优丽转头，谈青听着熟悉的声音，也微微扭头。

看着李优丽旁边的人，程东昀更为诧异：“谈青？”

“你们认识？”田一郝问起。

“前女友。”

“不认识。”

程东昀和李优丽同时开口。谈青瞳孔微张，呆呆地看着他俩。周佳月则一脸看戏的样子，不禁想着：曾经暗恋对象的前女友给你剪头，天大的缘分。

谈青随后却因这奇妙的缘分笑了起来，程东昀看了看她，有些不太自在。

“什么时候的事？我怎么不知道？”田一郝质问他。

程东昀：“你在外面上学，忘告诉你了。”

程东昀坐在店里的椅子上，直勾勾地盯着优丽和谈青两人，越看越觉得别扭。两个人根本不像是在一个次元里的。前女友给……理发？

谈青透过镜子看着程东昀这副样子，说：“程东昀，你别看了，太让人发慌。”

“那么明显吗？”

“嗯，你今天不忙吗？”

“还行，正好经过。”

手机铃声响起，程东昀接了电话。

“怎么了？那个不行吗？行，我马上过来。”

“要走了？”田一郝问起。

“嗯。”说着，程东昀看了看谈青和周佳月，“谈青，周佳月，你们待会儿弄好来店里吃饭，今天宋明昊几个都在。”

说着，他推门走了出去。

两个人弄好也要快九点了。田一郝特意送了两个人卡，为以后创造时机。

店里又来了个顾客，田一郝便让她们先走。

这边离盛园并不远，下了公交车，再走五分钟就是了。

雪又停了，地面满是雪和冰。两个姑娘彼此拉着，秉承着同甘共苦的思想，要摔就摔两个。平安夜，路边的小店都做了装饰，红色绿色的装饰，配上外面的雪，满是圣诞节的气氛。

快到盛园门口，谈青忽然想起什么：“佳月你先进去，我去趟学校，宋明昊让我给他捎的书落在办公室了。”

“我和你一起吧。”

“不用，你先进去，我十来分钟就能回来。”说着她就小跑着走了。

“欸，你慢点！”

周佳月目送她离开，踏上盛园的台阶。

盛园也应了圣诞节，在院子里摆了圣诞树，上面挂着串串彩灯。

周佳月推开包间的门：“程大老板，院子里那树不错啊。”

程东昀笑笑：“别人送的。”朝周佳月身后看，却不见谈青，“谈青呢？”

“回学校拿东西了，很快就来。”

程东昀点点头，却有些放心不下。

包间南角的宋明昊招招手，旁边还站着一个人，看不清面孔：“佳月，过来打台球。”

周佳月放下包应着：“今天打赢你。”

程东昀看了看手表：“我出去等她。”

“她估计得十多分钟，你等一等再去也行。”

“没事。”程东昀不在意，拿起外套，推着门走了出去。

外面的温度和室内完全相反，冷风袭来，程东昀穿上手中的外套，大步来到盛园附近的路口，来回踱步。

事后，他有些后悔没有往前多走几步。

（五）

将近九点的学校几乎空无一人，几栋教学楼只是亮了几盏灯。

门口大爷那边还有着备用的办公室钥匙，谈青打开办公室门，拿走桌子上帮宋明昊借来的书便匆忙锁门离开。

不知是心理作用还是什么，她总觉得背后凉飕飕的。

“大爷，钥匙给您放这儿了。”谈青从窗子递过去钥匙，放在桌子上。

大爷正在里面的房间拿着东西，传来的声音被墙隔得小了许多。

“好嘞，谈老师注意安全啊。”

谈青推开小门，裹了裹衣服，吸气时鼻子都被冰凉的空气刺得通透。

盛园在十七中的西南方。她没有直接抄近路回去，对面的小公园这会儿根本没有人。

沿着路继续向东走，一百多米才向南过了马路，沿着公园边绕到它的南侧沿湖，再向西走。

昏黄的路灯将沿边的雪上了颜色。所经之路都是比较滑的石板路，谈青不得不放慢脚步。

迎面是一位老人，通过路灯能看出他衣着得体，身形偏瘦，戴着一副眼镜。

谈青不禁看过去，目光难以挪转。规整花白的头发在路灯下格外明显，擦肩而过的那一瞬间，一股熟悉的感觉。属于父亲的。

谈青眼中一阵酸涩，怔住。几秒后她迅速转身，望着那个背影，久久才转过身。

她无奈地笑笑，如果父亲还在，大概也和这位老人差不多吧。这些年，她在许多陌生人身上窥探出父亲的感觉。

谈青停了下来，趴在栏杆上，凝望着结冰的湖面。莫名的感情涌出，即刻退去，残留的水渍一点一点啄食心脏。

无尽的思念缠绵。

“你们在哪儿？”她有些失神地呢喃。

“在哪儿，在哪儿呀，为什么，看不见呢。”

从前，她不信鬼神。

后来，却期盼鬼神的存在，亡魂的说法。

“信仰是伟大的绝望，绝望是伟大的信仰。”——《素履之往》

许久后，湖边的冷风吹得脸生疼，谈青缓缓转了身，心不在焉地走回去。

附近忽然有人喊了句话。

随后，程东昀听到“嘭”的一声，手中的烟还未点燃，随即抬起头。隔着四五十米远的距离，一个人跌坐在石阶前。

仔细看去，程东昀很快辨认出谈青，什么也不顾地直接跑上前去。

未拉上的外套扬到身后，随着他急促的奔跑动作左右摇摆。

“谈青！”

谈青脸色有些惨白，听出程东昀的声音，皱着眉头抬起头。

“怎么样？”他声音有些焦急。

“可能扭着脚了。”谈青痛得连声音都小了许多。

“其他还有哪儿受伤吗？”

“好像哪儿都挺疼的。”

“我带你去医院。”说着，他捡起她的包，直接打横抱起谈青。

谈青很少摔倒碰到，突如其来的疼让她有些吃力。她靠在程东昀怀里，属于他的味道依旧熟悉，一直以来。

程东昀走得很快，谈青小心抬眼看着他，下巴线条完美，肤色在这夜显得冷白。

谈青有些不太好意思：“程东昀，你累不累？”

程东昀往下瞥了她一眼：“你猜。”

“那我不猜。”

“谈青妹妹，我比你大，叫全名是不是不太尊重？”他故意说着，试图逗她。

“好像是啊。”

“小时候还叫哥，现在长大了，啧啧，女大不中留。”

“小气鬼程东昀。”

“胆小鬼谈青青。”

谈青心中不禁一动，谈青青，他还记得。

“谈青青，这是你的十块钱吗？”

“三个汉堡，你要的生日礼物，谈青青。”

“谈青青，蹭咱爷爷的车哈。”

“老师放心，我放学等谈青青一起去。”

脚上的疼痛依旧，谈青说起话都要吸口气。

“小气鬼，真的很疼。”

“胆小鬼，长个教训。”

“程东昀，我总是不理解。”

“不理解什么？”

不理解，对你有的执念；不理解，为什么总是沉溺过往种种；不理解你的态度；不理解生活的种种；不理解我们的挣扎；不理解世人的言语；不理解……

可是，我已经对如今的你开不了口，能解答我问题的人也不会是你。

谈青故作轻松，抬眼凝视他。

“不理解，你怎么那么丑。”

程东昀眉宇中透着无奈：“小没良心的，前些天给你送饭的时候还夸我好看。”

“哦……好吧，那你现在又好看了。”她又说，“程东昀，我之前喜欢一个男生，比你帅。”

程东昀神色微动，不太自然：“那不错，后来呢？”

“程东昀，你给咱俩关系打个星吧。”怀中的谈青避开那个话题。

“一共几颗星？”

“五颗。”

“那就打七颗。”

“你这人不按套路。”

程东昀已经来到车位，侧位打开车门，小心翼翼地把谈青放在车座上，顺势把车座往后调了调。

关上车门，他绕到另一边的驾驶位，引擎发动，车子慢慢驶出去。

到了医院，挂了急诊，折腾一段时间，最后确认是骨折，打了石膏。

医院灯光明亮，谈青手心被地上尖锐物品划的伤口也明显起来，进行了包扎处理。

包扎时，宋明昊打来电话。

“程东昀，你和谈青怎么还不来，这都多久了。”

“谈青摔着了，现在在医院。”

等谈青打完石膏，几个人已经慌慌忙忙赶到。

“我的青，怎么摔成这样？”周佳月满脸担忧。

谈青微微笑着：“下台阶没注意，路上有点滑，没事了，没事。”

“阿青，你这哪能叫没事，唉。”宋明昊看着石膏说道。

旁边还有两个谈青不太认识的人。

程东昀淡淡开口：“张深，给你提过的，毕业后认识的。”指了指那位眼窝深的男子。

程东昀又看向另一位，谈青顺势看过去，总觉得有点面熟。

“这是我表哥，宋嵩。”

谈青恍然大悟，脸上净显惊讶，来不及掩饰。宋嵩笑笑：“怎么今天一个个见我都那么惊讶？”

另一个震惊的姑娘躲在谈青身边。谈青悄悄用那只没有擦伤不用的手，握住了周佳月的一只手。周佳月明白她的意思，轻轻捏了下她的手指。

“从前初中成绩榜单上有你的名字，看多了见到真人有些惊讶。”

“是吗？我就在这个医院上班。”

“那真是挺巧的。”

“宋嵩，这得弄台轮椅吧？”程东昀问道。

“对，跟我来。”

程东昀几个人都跟过去了，剩下周佳月和谈青。

“怎么样？”谈青问起。

“那么多年没什么感觉了，他和从前变化太多。而且我当时也不是喜欢他，只是欣赏，听说他也快结婚了。”周佳月面色轻松。

“真的挺巧的，像是个圆一样。”谈青感慨道。

“唉，说实话，见到他真的感觉岁月如梭，青春不复返喽。记得当时注意到他是因为他和我喜欢的那个歌手神似。其实下午你问我和许怀旭的事情，我也只是简单说几句，那个时候还不清楚自己对他究竟是什么感觉。直到见到宋嵩，我脑子里就很快确认了，我喜欢上许怀旭了。”

第八章 / 休养生活的点滴 ·

（一）

一行人从医院出来时，时候已经不早了。

宋明昊几个人在盛园多少都沾了点酒，宋嵩直接打车回去，剩下的几个人都上了程东昀的车。

谈青坐在副驾驶，剩下三人挤在后座。

平安夜，街道上依旧热闹。谈青头靠着车窗，望着外面的夜景。

宋明昊的视频电话响起，是田一郝打来的。

“你们人呢？我刚忙完，怎么一个都没有了？”田一郝的背景正是盛园。

得知谈青摔伤的事后，他在电话里嘘寒问暖，啰唆不断，最后还是程东昀给他直接挂断。

周佳月笑嘻嘻地附在宋明昊耳边，小声地问：“田一郝是不是喜欢青？”

车内就那么大的空间，五个人都听到了，宋明昊笑着打岔。

“宋明昊，你别笑，我和谈青的微信是你推给他的吧？”

宋明昊语气不自然：“哈哈，你怎么知道的？”

“你难道不知道好友申请时会显示是谁推送的吗？我当时没在意下面的小字，谈青可注意到了，就是你这家伙。”

张深在一旁笑着：“老程，这事你估计不知道，宋明昊收了田一郝 200 块钱。”

“怪不得呢。”驾驶座的程东昀带着调侃的语气。

副驾驶的谈青没说什么，还是盯着窗外看。田一郝的心思实在是太明显，短短几个小时的接触就能让人发现。

但是今天几件事下来，她确实累了。

程东昀先把两个姑娘给送回去。这个点，谈母早已睡了，谈青不愿再折腾她一夜，便去了周佳月家里。

程东昀几个人直到她们都安顿好，才回去。宋明昊和张深也直接在程东昀那里睡一夜。

理由是打车费钱。

几个人走后，周佳月在厨房下了两碗方便面，端到谈青房间，又折回去，在角落找到折叠起来的床上小桌，拿到房间，打开放在床上。

“来吧，吃喽。”

“吃到周佳月亲手做的方便面，莫大的荣幸呀。”

“就你会吹彩虹屁，这么多年了，一点没变。”

两个人抄起面，哧溜哧溜地开吃。一晚上，都没有好好吃些什么。

程东昀刚刚提出在这做好饭再回去，被周佳月给婉拒了。这样再捣鼓五个人的饭，不知道几点才能消停。当然，主要原因还是那空荡荡的冰箱。

哪个姑娘好意思。反正周佳月和谈青不会好意思。

周佳月捧起碗喝了口汤，目光停留，陷入思索。

“十多年前咱俩就在宿舍吃泡面，十多年后咱俩还是吃着泡面。”

谈青笑了："之前就是在床上弄个小桌子，现在还是在床上弄个小桌子，真是一点没变。"

周佳月伸了伸腿，换了一个姿势："也不能说没有变化，咱现在可以开着灯，可以自在地讲话，不用担心宿管来突击。"

说完她又想起什么，嘴角扬起："还记不记得，你那时候很认真很坦然地告诉我很有可能咱俩分开后会放弃我，要抛弃我来着呢。打脸了吧。"

"你那么好哪舍得，我心里一直犹犹豫豫，很纠结，你对我实在太好，可是我很难去把一个同性放在很深的位置。犹豫呀犹豫，"说着谈青昂头思索着，"让我想想究竟是什么时候开始改变呢，嗯……是初三那年冬天，我爸爸走了，周一你在学校给我打来电话，一直带着哭腔，小心翼翼，却不知道该怎么安慰。之后直到周五，你每天都会给我打电话，晚自习打了上课铃，下节是数学课，你却没有在意，依旧和我打着，问我好不好，最后和郑宇博两个人迟到许久。周六放假直接冲到我家，还给我买了一大包零食。

"大概就是那个时候，我的犹豫开始变小，六月的时候，终于给了自己一个答案：这一辈子都不会松开你。"

"那么偏爱我的你，怎么会舍得放下。

"与众不同的你，怎么会舍得放下。

"真诚热烈的你，怎么会舍得放下。

"你曾经护着我的身影，岁月不会模糊它，一直都印在我的脑海中。

"所以啊，我把你放在了仅次于父母的位置，那个位置一共有两个人——方正扬和周佳月。"

周佳月温柔地笑着，望着对面的谈青，不争气的眼泪又滑过脸颊。

"这些年，我常常想，为什么我们两个可以一直走到最后。不光是因为我们有许多思想、喜欢的事、彼此的性格，还有一个原因，我们身上还有一些奇怪的地方类似，有些奇怪的想法如果别人听了，会很鄙夷，不会理解，而我们却可以彼此理解。而且，我很难去接受自己最好的朋友不止我一个最好的朋友，会很害怕。而你却只有我一个最好的朋友，其他人，你总是会很抵触。”说着，她认真地注视着谈青的双眼。

“你身上这一点看似缺陷，却给了我最大的偏爱和安全感，对我来说，你是完美的，这一点并不是不好的。不要再因为这一点感到抱歉，这不是你的错。”

错的是曾经无知幼小、八卦成性、推卸责任、嫉妒自私、冷暴力一年多谈青的她们。

错的是猜测质疑、犹犹豫豫、冷暴力谈青的程东昀。

年龄从来不是犯错的挡箭牌。

世界上这样的事情究竟影响了多少人？又摧毁了多少人？数不胜数。

它不会彻底消失，在受害者的心里发酵、腐烂，却留有遗臭，继续熏噬着剩下的人生。

“有你就够了。”

多少人能及一个周佳月。

“我看程东昀最近对你很上心。”

这不太像是对一个时隔多年才和好的朋友的态度。

谈青弯了弯唇：“我只会把他当作是朋友、兄长。我的确爱他，但是，这爱并不单纯，几分执着，几分友情，几分亲情，几分喜欢，已经掂量不清。小时候，总想要个哥哥陪我，对我好，带着我玩，而他的出现，我似乎有了一个哥哥。那时候年龄太小，很容易定义一些关系和感情。那个时候，他对我来说是那个迟到的哥哥，一个寄托吧。我总觉得他更像是亲人。至于那几分喜欢，也是那件事后才产生的，赶的时期太巧了。”

十五六岁的年纪，正是情窦初开的时候。而程东昀本身就是一个有魅力的人，那个时候，在种种情绪的推动下，对他很难不会有几分心动。

很晚很晚，外面也只剩下灯光，四周的车鸣也少了许多，周佳月才回到自己的房间。如果不是因为谈青的伤，她指定会留下来。

“晚安。”

“晚安。”

周佳月跑出去，谈青躺在床上开始酝酿睡意。没几分钟，房门又被打开一个缝，周佳月的小脑袋探了进来，然后麻溜地跑到她的床头，放下一只色彩斑斓的袜子。

“不要想我，快点睡，晚上圣诞老人会来。”

谈青笑笑：“知道啦。”

周佳月这才合上门，回到房间。

外面的风不时拍打着窗户，谈青渐渐入睡。夜里，她似乎醒了一次，朦朦胧胧，好像看到了方正扬和父亲。

圣诞老人真的来了。

（二）

第二天早上，谈青醒来时，窗外还是阴沉沉的，雪白得刺眼。

谈青想起周佳月冰箱里没有什么，便打开手机点了外卖。“咔嗒”一声，房间门被打开，周佳月穿着睡衣，睡眼惺忪，很快钻进谈青的被窝，平躺在她身边。

“起那么早？”

“为了你，感动吧？”

谈青装作一副感动得热泪盈眶的样子。

“欸，过了，过了。”

“在点外卖，想吃什么？”谈青的声音还带着几分睡意。

“包子，辣汤吧。”

“得嘞，周小主。”

两人平躺着，眨巴着大眼睛盯着天花板，十多分钟后，做了足够的思想斗争后，从被窝爬起来。

房间里没有暖气，仅是空调，不仅不舒适，而且效果一般。

周佳月耐心地扶谈青下床，坐上轮椅，来到卫生间。刷牙，洗脸，上厕所，换衣服，一一照顾到。

谈青享受着，脸上美美的。

两个人洗漱好，外卖也到了。两人对坐着，周佳月嘬了口汤，味道偏咸，口感也不是那么好。

“唉，还是平镇那家汤好喝。想起来，高二那年暑假，方正扬来他外婆家，那段时间，我们几个经常去那家包子铺吃早点。”

“还记不记得，你有一次还摔了一跤。”

“怎么可能不记得，彻底把我骑车的自信摔得一点儿不剩。”

那会儿，方正扬病情还没那么严重，趁着暑假来到外婆家，陪陪年迈的外婆。

有时候，人总会有种预感。现在想起来，他在那个暑假一直在不停歇地做了好多事情，像是要一股脑地弥补未来的遗憾。

那一小段时间，方正扬总是和谈青约在步行街的那家“亮岩早点”吃着早点。那是附近味道最好的一家，几乎都是满座，打包带走的两个窗口，挤着满满当当的人。

酷暑天，都想赖在空调屋不想起床。他们往往都是约在八点半在“亮岩早点”的门口见。

谈青每天八点准时从床上坐起来，简单收拾到八点十分，然后骑着那辆林源常带她的小车。考虑到本身技术的问题，她都是以蜗牛般的速度来到早点铺。

方正扬总是站在店铺附近的石头台阶上，面向她来的方向，早早地等着。

偶有一天，八点三十分，女孩并没有出现在视线中。直到十分钟后，他才接到谈青的电话。

电话那头的女孩声音中有些无法隐藏的委屈：“阿扬，我摔坑里了。”

方正扬心中一紧，眉头紧皱，边拿着电话边骑上自行车：“摔得怎么样？还能起来吗？你在哪儿？我这就去找你。”

“我……不知道，没站起来。我，我在学校门口那条路上。”她整个人还处于混沌状态。

他一路飞速踩着自行车，脚踏板都要冒火花。清晨的风吹不散他满身焦急担忧的汗。

来到那条马路上，路上不见她的踪影。他放慢速度，在路边那条坑里找她。

最后，在坑里两棵大树之间找到了灰头土脸的谈青。谈青抬起头，傻乎乎地看着他，头发上还沾着土和一片叶子，眼睛周围是未消散的红。

方正扬站在一旁，又看了看周围，目光柔和地笑了：“谈青，咱俩真是赶到一起了，地方都一样。”说完，蹲了下来。

地上的谈青不明所以，直到许多年后，看到墙壁上那张照片，才明白他指的意思。

在同一个坑摔倒，也是一种奇妙的缘分。

他轻轻帮她拿下头发上的绿叶："哪里疼吗？"

谈青盯着近在眼前的俊美脸庞，心底突然有些不好意思，大脑胡乱绞成一团。

"好像，没什么太疼的。"

他忽地笑了："那还在地上坐着？站起来试试哪里摔得严重。"说着，朝她伸出手。

谈青撑在地上的手伸起来，握住那只纤细好看的手，那只手稳稳地握住她，缓缓地将她拉起来。

他的手包裹住她的手。她记起了程东昀的手。从前，她总觉得他的那双手已经很好看，可和方正扬的比起来，还是有些逊色。

谈青好好地站在地上，浑身上下，说不上哪里疼，却又哪里都说得上疼。总而言之，少不了瘀青。

方正扬走上前，帮她拍着衣服后面的尘土和杂叶。

方正扬帮她扶起了车子："从前骑车技术也不太好？"

谈青站着，呆呆地点点头。

"你啊你，也不早点说，什么话总是憋着。有些话，是需要说出来的。"

早点说，他也不会让她每天自己骑车来。

她嘿嘿地笑着，直勾勾地看着他："我知道啦。"

"真的没事？"他还是放心不下，目光不断在她身上打转，确实没有什么擦破的皮肤。

谈青伸伸手："看，真的没事，骗人是小狗。"

他被这句有些幼稚的话逗得低头轻笑，随即轻轻点头："好，骗人是小狗。"

"咱走吧。"

"刚刚不是还坐在地上都不愿意起来吗？"

“那是刚刚。走吧，我饿了。”

“不怕摔倒了？还是别骑了，找个人来帮忙吧。”

之后，谈青拨出去两通电话。

十五分钟后，一个像风一样的男孩骑着车驶来，身后还带着有些“娇羞”的周佳月。那个男生自然就是谈青的好邻居——林源。林源这时已经开始初长成，比前年少了几分稚嫩。

仅凭周佳月一个人，肯定无法同时骑两辆车，只得路过谈青家那边，带来林源。这样一会儿，林源直接可以骑着车带走谈青。

车停下后，周佳月直接从后座跳了下来，林源下车后，一手插着兜，懒洋洋的，整个人还有着些睡意。刚刚接到电话的时候，他还在梦里拼乐高来着。

他的目光停在方正扬的身上。

谈青介绍着：“源源，这是我朋友。”

“哥。”

干脆利落，大大方方，脸上有一丝难以捕捉的少年局促。

方正扬温和地笑了，一手搭上少年的肩：“没吃饭吧，走一起去喝辣汤。”

最令人没想到的是，之后的日子里，林源和方正扬会那么熟络，原本不爱说话的他，在方正扬的面前像是个小话痨，整天都是眉开眼笑的。他很喜欢和方正扬待在一起，很喜欢和方正扬一起玩乐高。

头上的树叶随着风沙沙作响，光影落在他们的身上，夏季的太阳永远明媚灿烂。

就像所有人常说的那句——一切都是最好的安排。

后来的一段日子里，有时是林源带着谈青去，有时是周佳月带着她，有时候是他们三个人和方正扬会合吃早餐。

方正扬有时也会叫上朱西和他们一起。

永远都是在那家“亮岩早点”喝辣汤吃包子，似乎永远都不会腻。

谈青回想到这里，浅浅笑了：“阿扬他太喜欢那家的胡辣汤了。”

方正扬对某个喜欢的东西会一直喜欢，就像那家的胡辣汤，他格外偏爱，时间再长也不会嫌腻。

那个夏天，是她经历过的最痛快的一个夏。

（三）

九点半，程东昀按响了门铃。

“哟，来了。”说着，周佳月起身去开门。

门口的程东昀手里拎着一个保温袋。

“快进来。哟，程老板还带东西来了。”

“做了些东西，你们两个人一人一份。”

周佳月丝毫不客气，爽快地接了过来，走向厨房。

程东昀看向客厅的谈青：“昨晚还好吗？”

“挺好的。”

厨房里的周佳月本是打算把汤和菜倒出来，刚拿出碗，思索片刻又放了回去，打开冰箱，把一个个饭盒放了进去。

“让你以前净欺负人，渣男。”她嘴里小声嘟囔着，可不打算还给他。

一套动作下来，心情好了许多，呼吸舒畅多了。

三个人一起来到了谈青家，张芳芳看到女儿腿上的石膏，尽是心疼和担心。

“怎么能那么不小心，唉，昨天也不告诉我。”言语中透着些许气愤。

谈青只好缩了缩脑袋，嘿嘿应下。

谈母转头看向旁边的两人：“佳月来了啊。这是程东昀吧，很久没来了吧。”她看着程东昀手上的礼盒和保温袋，“那么客气，中午姨给你做饭。”

程东昀笑得标准，谈青和周佳月扫了眼他今日的穿着，简直就是“长辈见了都爱”的标准配置。

“不了姨，改天再来，待会儿还有些事。”说完，他放下礼盒和保温袋，没多久就离开了。

谈母打开保温袋，里面的汤还热乎着，也快到了午饭点，来到厨房热了菜和汤，又做了两道菜。三个人坐在餐桌前气氛融洽地吃着饭。

谈母喝了口汤，味道很鲜，开口道：“程东昀这孩子真不错，青青，你和他从小学就玩得好吧。”

“妈，你这都还记得。”谈青也尝了口汤和菜，味道和之前他送的饭菜口味并不同，更家常些，心中微动。

“能不记得吗？你一回到家总是念叨学校的事情，念叨着他。这孩子很多年没来了，我还以为你们关系淡了。”

谈青语气自然：“我们不都一直联系嘛，他总是忙些。”

一旁的周佳月怔住了，扭过头看了看谈青，眼神中尽是不解，嘴微微张起。

谈青看着她，不动声色地摇摇头，眼中是恳求。周佳月一瞬间明白了什么，瞳孔微微张大，替换刚刚不解的是震撼。她缓缓转过头，压住心头的情绪，喝着汤，假装若无其事，假装她说的是真的。

午饭后，周佳月就离开了，下午的天渐渐放晴，阳光逐渐洒满整个阳台。

谈青在阳台坐着，泡了杯茶，茶杯上的热气丝丝缕缕往上飘，直柱状。

阳台满是母亲种的盆栽，一个个绿油油的，昂首挺胸。她望着这些充满生机的花，自己仿佛也被它们感染。

谈母来到女儿身边坐了下来，顺着她的目光看着这些花草。

“这些被我照顾得不错吧？”

“真不错，妈妈真棒。”

谈卫民生前总是希望年纪大些后，事业好了后，就在家养养花，平常仔细照料着它们。

她知道母亲的心思。父亲这一生起起落落的，实在太过坎坷，怀才不遇，最后怀着那没有完成的心愿被死神夺去生命。

活着的时候，他实在太痛苦。追求和思想不被亲人理解，小镇无法彻底容纳他的创造。他这一生啊，没有算得上朋友的人，没有遇到自己的伯乐，没有碰到一个好的机遇。

他被传统派的父辈教导长大，却有着不同于周边人新生的思想和能力。

自从谈青记事，父亲就处在一个痛苦的边缘，不断挣扎。那个时候，父母之间也有矛盾，家庭的气氛也太过低沉。

所以，她是一个见证者，一个被影响的见证者。

一个缩影。

高中后，她在那些痛苦中漫步，理解了他的痛苦。

所以，迎来的依旧是痛苦。

她失去了一个最为契合的灵魂，一个赋予她灵魂的灵魂。

晚上的时候，郑宇博、关飞飞和宋明昊三人，提着三筐鸡蛋和别的礼品来探望。

谈母盯着鸡蛋，有种似曾相识的感觉。

之后的一段日子，谈青请假在家休养。和谈母在家聊聊家常，绣一绣搁放在箱子里许久的十字绣，原先谈母是准备绣完给她当嫁妆的，十多年了，只完工一棵树。

周佳月休息时常来看她，有时留宿，两个姑娘躺在被窝里说着悄悄话。程东昀也总带着汤菜来看她，有时会带她去盛园待上一天，晚上再送她回来，也不嫌麻烦。

谈青没有拒绝这个行为，盛园的附近景色很吸引人。

田一郝也来看过她几次，闲空也会给她发消息，左一句关心右一句关心，心思倒是让人一眼瞧出。谈青也耐心地回复他，渐渐发现了宋明昊把自己微信推给他的用意。

田一郝身上尽是真诚。

（四）

已经进入一月中旬，几乎都是凝冻的天气。

这日上午，程东昀开车来接谈青。

“东昀，今天不忙吗？麻烦你了。”谈母道。

“姨，不麻烦，昨天晚上我回爸妈家了，就在附近。”程东昀关上车门，“姨，我就带谈青去了。”

“去吧。”张芳芳挥挥手。

谈青原本是不打算去的，折腾两趟她也嫌麻烦。张芳芳不愿意她一直在家发呆，推搡着谈青只得去了。程东昀几次来谈青家，总是会带些礼物给谈母，不贵重，却讨人喜欢。谈母看着离去的车，心里也期望着程东昀和谈青能成。

自己的女儿，那么多年，她真的不懂。

走一步算一步吧，自己百年之后，女儿总得有个归宿，有个人能一直照顾她、疼爱她。这是她张芳芳最大的愿望了。

黑色轿车逐渐消失，张芳芳转身，步伐有些缓慢沉重，慢慢走回家。

从平镇到盛园，不到半小时的车程，谈青一直盯着窗外的景色看。

在凤昌路的红绿灯前，车子停了下来，等待着绿灯。

斜前方一家有着巨大标志的汉堡店，格外醒目。谈青从车窗远远地看过去，反倒有些嘴馋，早饭也没吃多少，到现在，也有一段时间了。

在程东昀面前，她没有扭捏，开口说道："程东昀，待会儿停下车吧，好久没吃汉堡了，我想买一个。"

汉堡？这个词在程东昀的脑中慢慢有了记忆，模糊地记得谈青小时候似乎比较喜欢，没想到现在依旧如此。她像是一成不变一样，方方面面都是这般。

"多大人了，还喜欢。"嘴上说着，车还是找了位置停了下来。程东昀打开了车门，走向那个有着巨大标志的汉堡店。好几分钟后，他推门走了出来，手中拿着一个纸袋，上车递给谈青。

"趁热吃吧。"

她打开纸袋口，里面是三个汉堡，不禁想起很多年前的生日，他也是送给她三个汉堡。

"三个？买那么多。"

"确实是有点多，今天你能吃尽兴了。"程东昀回答着。当推开门进去那家店时，他的脑中便不由自主地出现三个汉堡，鬼使神差地买了三个。

谈青咬着汉堡，满足感爆棚，眼睛也情不自禁地眯起来，像是一个稚嫩的孩子。程东昀开着车，看了她一眼，也淡淡笑了："你可真是个'三好学生'。"

"吃好喝好睡好。"她嘴里含着汉堡不假思索地接上。

"你还记得。"他心中诧异，像是发现一片未知的领域。

"我一直都记得。"

谈青又来到自己常待的包间，二楼，视野极佳。

窗外的阳光越来越刺眼，刺入小包间，包裹着光圈内的物件。

楼下的人越来越多，小院被热闹人气拥簇。

“嘎吱”一声，门被打开，程东昀走了进来，许是一直在屋内，空调吹得有些热，脱掉了外套，只留一件黑色的高领毛衣，显得整个人很有骨感。

少年趴在桌子上，懒懒地把黑色高领毛衣的领子扯到眼睛下面，半张脸被覆盖着，有些睡意。画面再次浮现，谈青记得，那是一个午后，她去三号楼找老师，故意途经九班，透过窗子看到的画面。

“中午想吃什么，谈青青。”

“随意吧。”

男人靠着门口，有些居高临下，扬着一双桃花眼：“咱能不能换个词？”

谈青歪着脑袋，故作思考，沉思片刻，“嗯……那就米线吧，你这里也没有，对吧。”

程东昀有些好笑：“是小店的失误。”

“去忙吧，我还不饿呢，还想喝喝茶。”

“谈大小姐，我真怀疑了，前两个月的那盒茶不是给我买的吧。”程东昀盯着桌子上的铁观音。

“嘿，才知道吗？晚了晚了。况且这不是你拿给我喝的吗？”谈青不喜欢程东昀这里的茶叶，他只得先把上次谈青送的拿了出来。

“得，走了。”他转身走了出去，反手关上了门。

房间又安静下来，谈青脸上略显疲惫，不知道从什么时候开始，和程东昀打交道会有种从心底漫上来的疲惫感。

微信铃声连着响起，她动作缓慢地打开，回复帮她代课的刘老师的消息。

刚放下手机，房间门又被打开。是田一郝。

“今天得空了？”谈青问着。

“嗯，阿青，你喜欢附近的南风湖吗？”

问题突如其来，谈青有些纳闷儿：“是很喜欢，怎么了？”

“我带你去溜达一圈吧。中午外面暖和，阳光也好。”田一郝语气有些紧张。

“也好，你不麻烦就行。”谈青仔细看了看他。今天他的穿着和之前有些不同，一件深色外套，里面是件白色衬衫，加之他长相偏向清秀，五官柔和些，整个人倒像是个在校大学生。

听到谈青的回复，他放松地笑了，露出两颗虎牙。他走上前，从手中的袋子里拿出一副毛绒手套放在谈青怀里。

“外面太冷了，戴上手套。”

谈青点点头，套好手套。田一郝推着她走出包间，坐上电梯，穿过庭院，来到前厅。

程东昀正在前厅叮嘱着什么，见两人，挑了挑眉：“你什么时候进来的？”

“刚刚。”

“出去？”

“你去不去，老程？”

“这边还忙，”说着，那副毛绒手套引起了他的注意，“谈青等一下。”

他来到角落的椅子前，拿起谈青上次落在那的围巾给谈青绕了圈。

“去吧。”

谈青点点头，田一郝给了个眼神示意就推着人走了出去。

穿过盛园周围的竹子和梅，就是南风湖。

远处的公园尽是人，湖边行人不断，隔着一段距离，还有卖烤玉米的老爷爷，几个家长围在那儿，旁边的小孩巴巴看着。

“外面不错吧？”

“是啊，冬天这边很有烟火气。”

“阿青，你在这儿等一下。”田一郝把她推到靠边相对安全的地方，然后转身小跑。

回来时，他怀里揣了个滚烫的烤玉米：“快吃个玉米垫垫肚子。”

谈青满脸笑意，眼角不自觉地温柔。她接了过来，打开满是水珠的包装，香气扑鼻。

“你不吃些吗？”

“我不饿。”

谈青低头吃着：“真的不错。”

田一郝转了身，背对着谈青，掏出了什么东西，动作慌乱，有些急促。他自顾自地摆弄了几下，转了过来，手上握着一个绿色的树枝。

“阿青，我给你表演个魔术。”

谈青抬头，认真地盯着他的动作。

只见田一郝点燃了树枝尖，双手快速翻转，烛火消失，代替它的是一枝玫瑰。

“阿青……”

田一郝刚要张口，谈青便打断了他。

“花不错，送我吧，带我往前走走吧。”

田一郝没有应下，他明白谈青给他留的余地，但是，有些话必须说出来。

“阿青，我喜欢你，你愿意做我女朋友吗？我会对你好的，房子也写你一个人的名字，车也写你的，理发店收益不错，真的，谈青，你愿意吗？愿意给我一个家吗？”

真挚、诚恳、美丽，少有的单纯。

谈青望着他，微微笑着，许久才开口：“一郝，或许我不是好的选择，对不起。”

这才是今天跟他出来的主要原因。如果说她没被他感动，这是假话。

田一郝似乎早就猜到这个结果，假装自然地笑起来，嘴角有些苦涩。

“玫瑰送你，不是说要往前看看吗，我推你去。”说着他就推起了轮椅，慢慢往前。

湖面薄薄的一层冰在阳光下早已融化，波光粼粼，有些耀眼。

“高中那年我遇到一个男生，那个时候心理状态很差，是他把我拉了上来，督促我学习，带着我去尝试新鲜的事物，生活中不断关心我，冬天也会给我买红薯玉米。所以啊，我很快喜欢上了他。”

身后的田一郝看不清神色：“那你们之后呢？”

谈青静静地望过去眼前的湖面，风一涌而过，她的心也涌上几分堵塞感：“之后啊，我知道他也喜欢我，我们在一起了，可是他离开了。”

田一郝怔了怔：“那个人是方正扬吗？”

谈青愣住了，忽地又温和地笑了：“那么容易猜吗？”

“宋明昊提起过，直觉吧。”

“方正扬喜欢历史，我喜欢生物，他喜欢北大，高三那年他几乎大半时间都是在医院度过的，他还是考上了，之后因为病情却没有来得及去上。”

田一郝明白了什么，没有开口说话，嘴边似是挂了千斤，难以张动。

“一郝，你真的很好，但是如果和我生活在一起，会不快乐的，会很辛苦的。”

方正扬只是其中一个原因罢了。

“所以，谢谢你。”

“我们还是朋友吗？”田一郝问起。

“如果你愿意，是的，手套就不还你了。”

“那好，本来就是给你的。”

到了前面的一棵柳树前，他们停了下来。午风拂过，拂过不断成长的他们。

“阿青，我有些好奇，像你这般的人，会怎样去表白一个人。”

谈青望着波动的湖面，

“我会连续大喊这个人的名字三遍。我是个胆小鬼。”

“会有人明白吗？”

“会。”

他们回去时，已经快一点了。田一郝还有事情，送完她就匆匆下楼，正巧迎面碰上程东昀。

程东昀一眼看出什么，淡淡开口，有些戏谑的意味：“给人家表白了？然后被狠狠拒绝了？”

田一郝正处在低落情绪，听到这话，直接在他的后背拍了一掌。

“以前就告诉过你，她会狠狠拒绝你的，哎，不听劝的人。”

这话一完，迎来的又是一掌。程东昀也不恼，心里偷着乐还来不及。

程东昀上楼找到谈青：“你拒绝他了？”明知故问。

“你怎么知道？”

“这家伙都写在脸上呢。”

“午饭给你热着，你自己在包厢等一等，一会儿小刘给你送过来，我忙完来陪你。”程东昀交代好就走了出去。

几分钟，小刘端着一个大些的碗来到了包厢：“程哥去外面单给你买的。”一脸八卦的表情。

那是一碗米线。

而附近的那家米线不外送。

第九章 / 丢失的自己 ·

（一）

一月底，周围鞭炮声越来越多，小镇上出现许多提包回家的年轻人和中年人。走出家门，马路上到处能闻到炸丸子的味道，油烟也从家家户户的厨房排出。

又是一个春节。

谈青恢复得不错，石膏也拆了下来，虽然还是不能剧烈运动，但站起来慢慢地走走倒是完全没有问题，休息了一个月的身体满是酸涩。

临近春节又是走亲戚的热潮。谈家也不例外，除去家里的几门亲戚，谈青还要去几个好友家，他们几个这些年都是如此。

周佳月、宋明昊几家都去了好几次，认识了那么多年，几位叔叔阿姨也都很熟悉，几趟下来都是很轻松。

倒是程东昀那边犯了难。按理来说，程东昀那边必须要走一趟，脚伤的这些天，他忙里忙外，也来拜访过谈母，几次来都没空过手。

谈青十多年没和程东昀联系，其间倒是偶遇过几次程父程母，无奈他们从前只是寥寥见过两面，隔了几年，他们也认不出她来。

腊月二十八上午，谈青随着宋明昊几个人一起来到了程家。

宋明昊提前打过招呼，当天程东昀也在家。几个人拎着大包小包来，按响了门铃，来开门的是程母。

“来了啊，快进来。”

谈青心里有些忐忑，面对程母。当年的事情，大多只是在班级里发酵，她不清楚程母是否知道，又了解多少，相信多少。

“阿姨好。”谈青在几个人末尾。

“谈青对吧？多少年都没见了，快进来。”程母很是热情，不像是有什么芥蒂。

当年，她确实听到几句传言，只当是小孩子们之间的玩笑，没有在意，倒也不信是谈青传的。儿子似乎很介意这件事，当母亲的自然很容易发现，从此以后在家里就没提过谈青的事情了。

十多年，总有些事情是要被抛却忘记的，她也不记得那几句的言论了。

所以说，谁困住了谁？

谁又被捉弄？

听到谈母的热情招呼，谈青总算放了大半个心。程东昀来到程母身后，笑着看她。

几个人放下礼品，在客厅坐着，和程父程母聊着天。谈青第一次来，整个人不免有些局促。

所幸，程父程母态度很和蔼，不时拉着她问问家常。两位长辈看着谈青，越看越是顺眼。瞧着儿子的意思，很是上心。

当然，每个人的内心都是千姿百态——逮着机会直勾勾盯着谈青的田一郝，余情未了；着急去二大爷家吃腊肉的宋明昊，心急如焚；和程父聊得欢快的张深，乐滋滋。

还有如坐针毡的谈青和笑得灿烂的程东昀。

十点半，程母抬头看看时间。

“中午都留这儿吃饭，别走了。”

几个人忙说不，起了身。程母劝了几次，抵不过几个人出门的速度。

冰凉的楼道里，谈青彻底回到自己所属的领域，贪婪地吸了口气。程东昀跟上来送了他们："你们怎么回去？"

"我去二大爷家，和谈青顺路。张深开了车，捎田一郝一段。"

程东昀看了看谈青："行，路上慢点。"

到了楼下，谈青摆手说道："回去吧，车在外面。"

程东昀没有穿外套，身上只有一件打底衣，停了下来，目送几个人离开，转身上了楼。

打开屋门，涌上来空调的温暖。程父已经在厨房里，准备午饭。程母收拾着客厅的礼品。

"这几个孩子，回回来带那么多东西，自己生活都不容易。"大多是些补品，配上些奶类营养早餐，夹杂里面的一个礼袋有些不同，眼尖的程母打开，是一条梅色的披肩。

程母心中有了答案。

"这披肩是谈青送的吧，倒是有心。"说着她展开叠好的披肩。

程东昀看去，想起前段时间谈青随口问的那句"阿姨平时喜欢披肩吗"，心中明了。

"是她。"

"儿子，妈问你，你是不是对人家谈青有意思？"程母一脸八卦。谈青没来之前，他就嘱托他们多和谈青聊聊。

"妈……"程东昀有些无奈。

"还不让人问了，喜欢人家就追，不喜欢就别骚扰人家。"

程东昀转身回到自己房间，这三个月，一开始似乎是想弥补什么，后来呢？

春节一过，他也快三十了，他记得谈青信上说的"我想做一份安安稳稳的工作，总想生活静下来"。

他也想了。桌子上的那封回信，依旧搁浅着，落上一层灰尘。

客厅传来程母的喊声：“东昀，快出来，妈妈今天想吃你做的饭。”

他看不到程母脸上的小心紧张。

这几年来，作为父母，他们自然知道儿子因为几年前饭店的事心生隔阂，一个城市，相邻的两个区，半小时的路程，每个月回来的次数却寥寥。

“来了。”

餐桌上满当当的菜，出自程家父子俩的努力。

“今天可算是有口福了。”程母看着桌子，满是欢喜。

三口人坐在桌子前细嚼慢咽。

“咱儿子做的饭就是好，不过少了什么。”程父淡淡道。

“爸，少了什么？”

“唉，少口人，一家四口才好。”

一旁的程母默默地给程父比个赞。

“您二老再给我要个弟弟妹妹也行。”

程父满脸黑线：“小兔崽子，没大没小。”随即一口气叹了出来，“你从小就想要个妹妹，你呀，明年带个女朋友回来。”

程母想起什么，微微伸头：“倒是想起来，你小时候上学回来，说在班里找到个妹妹，谈青。整天回家就提她，手舞足蹈讲她的事情，那时候你蛮‘喜欢’人家吧，啧啧，那么小。”

她半开着玩笑。

程东昀倒是愣住了：“我以前总是提她吗？喜欢……”他明白这个“喜欢”不是那种“喜欢”，可心中还是一颤，记忆深处的一个上了锁的箱子又出现在眼前，锁正在慢慢打开，有着“咔嗒”的声音。

“那可不是，我和你爸都一清二楚呢。”

程东昀失了神儿，嘴里味同嚼蜡。

他从前和她关系那般好吗？印象里他们不过是关系近些罢了。喜欢她吗?

想起之前的事情，好像，是有在意的。

小学那些遥远的事情，时光早已磨灭了，脑海中不过有一个大概的轮廓罢了。

那晚，那句“我们和好吧”，听到后他其实是不明所以的，他只是被她身上一如青春的感觉吸引。

原来，原来，有着这样的意思。

忘记的，只有他一个人。

（二）

“千门万户曈曈日，总把新桃换旧符。”

大年三十，一年的尾巴。这是一个承载着人们一个个期盼和愿望的一天，特殊的一天。

人们啊，许多人都感慨年味越来越淡。大家长大了，再也不是那个幼小天真烂漫的孩童。没有了童年看周围的眼睛，缺少童年陪伴的亲人。

成长，是会改变人的认知和双眼的。

长大的我们，心灵更加敏捷，或许可以试试通过现在的自己感受这个年，充实、平淡、烟火气、吵闹……

一番新的模样，不失美丽。

这天早晨开始，街坊邻居的鞭炮声叫醒了谈青。楼后面那家的炮声，吓得她一激灵。

起床洗漱，想着要过年，谈青里面穿件米白色打底，配了件红色毛衣开衫，外面套上白色长款羽绒服。

早餐后，各家开始张罗着贴对联。

谈青拿着谈母交给她的对联，在大门外念着，分上下联。

“旧岁又添几个喜，新年更上一层楼。辞旧迎新。应该是这样。贴吧。”

风有些大，谈青刚把一联的最上边粘上去，放在地上的另一副就被吹得远些。只得停下手中的动作，把下联和横批拾起来，用剪刀压上。再回去贴上联，除去顶端贴好的部分，都扬起来了。乍眼看，贴上的部分有些歪。

谈青不禁有些懊恼。

“要不要帮忙？”

谈青转身，林源手里还拎着垃圾桶，看样子是刚倒完垃圾回来。

“要。”

这些年下来，林源五官的硬朗更为凸显，目测身高也要一米八五以上。

“弟弟，你怎么长那么高？”

“姐，有没有想过是你太矮？”他语气平淡。

有了林源的帮助，对联很快就贴好了，包括那个每年让人头疼的横批，也被他踮个脚轻松贴好，省了搬椅子的工夫。

“谢谢了，要不要姐姐给你介绍个对象报答你？”

林源淡淡挑眉：“你自己找到再说。”

“回去了。”说完，他转身拿起垃圾桶就走回了家。

谈青早已习惯，叹了口气拿起工具打开门，嘴里碎碎念。

“这副拽拽的样子，女孩不得被他吓跑，无聊的家伙，小时候多可……不行，还要他帮忙。”她转身追过去，“源源啊，帮姐姐放个鞭炮好不好……”

“知道了。”

谈青小时候放炮在身上炸了个洞，从此以后，再也不敢点炮。谈母年纪大了，也不适合放炮了，来回跑的，怕摔倒。

这几年，鞭炮都是林源帮忙的，就算不开口，他也会主动在应该的时间来。

邻里间的温情莫过于此了。

挂念。

这年三十，谈家母女没有接受亲戚团圆饭的邀约。

自从谈卫民去世，没有谈卫民的庇护，亲戚言语、态度上常有不敬，谈母本就脆弱敏感，开始时谈青会在年夜饭为谈母找借口离席，后来谈家爷爷奶奶去世后，她直接拒绝了亲戚的邀约。

年啊，没必要惹得一身不快。和彼此珍爱的人一起，简简单单，却不冷清。谈青想啊，年味，重要的一点，是与最爱的人一起。

母女俩一起包了饺子，做了几样三口人爱吃的。

“青青，去买瓶酒给你爸倒上。”

谈青裹着棉袄打开门，沿着印着童年的小路，朝小商店走过去。马路上，高挑清瘦的身影与小巧团团的身影重叠在一起。

商店里，谈青说出酒的名字时，恍惚间，父亲似乎在家中等候，自己还没长大。

店老板不再乌黑的头发，生硬地打碎这个幻想。

拿起柜台上冰凉的酒瓶，谈青揣到了自己怀里，耸着肩原路返回。

白酒是凉的，喝下去却是热的。就像，人走了，灵魂还在，依旧火热。

回到家，谈青打开橱柜，酒杯还是规整地搁置在那个角落。她倒了杯酒，放在遗像前，旁边的饺子和菜冒着热气。

“爸爸，过年了，要好好吃饭，多吃点，酒也喝点，不过你自己得把握好量，我又不在你身边，劝不了你。”身后的母亲进了厨房，谈青往前凑了凑，“还有啊，记得来看看我，看看妈妈。我想你了。”

眼泪流了出来，诉说着一份来自女儿无尽的思念。

窗外烟花四起，绚烂的烟火庆祝着百家团圆。

一种期盼的寄托。

乘着烟花，绽放在夜空。

电视里的春节联欢晚会也拉开帷幕。

谈母熬到十点多便忍不住睡了，剩下谈青一人在沙发上看春晚。

好友们渐渐开始送上祝福，朋友圈里尽是新年祈福。

十点后，外面清静许多，玩着各式各样的鞭炮的孩子们也算是尽了兴，回到了家里。

一切静了下来。

十一点五十九分，随着电视上主持人的倒计时："三，二，一，新年好！"

新的一年来了。

沉寂的外面随着一声炮响又热闹起来，鞭炮声、烟花，充斥着整个黑夜。

谈青呆坐在沙发上，面色有些疲惫。她缓缓起身，轻轻走到妈妈的房间，弯腰道："新年好，妈妈。"

谈母睡得沉，谈青蹑手蹑脚地离开，关上了房门。

她走到爸爸的遗像前，抬起头："爸爸，新年好。"

她起身，打开窗户，静静地趴在窗前，望着黑夜里的绚烂。

"方正扬，新年好啊。"

"我很好，你好吗？"

当我一遍又一遍翻读你的信的时候，你好不好？

当我带着你的希望努力生活下去的时候，你好不好？

过得好不好？

那边有人陪你喝胡辣汤吗？有人看你放烟花吗？有人会喊三遍名

字向你表白吗?

（三）

手机铃声响起，拉回思绪。

是程东昀打来的视频电话。谈青犹豫片刻，还是接了。

“谈青青，新年快乐。”背景是他的房间。

“新年快乐。”

两个人东一句西一句地说着话，各自做着自己的事情，像是直播似的。

“总觉得我们这个场景有些熟悉。”他笑道。

谈青神色自如，淡淡开口：“是吗?”

许多年前，也是春节的凌晨。两个人用电脑打着视频电话，不时闲聊几句，各做各的事情。

似乎这样，才能有趣些。童年总是需要无尽的乐趣。

手机进来一个电话，是林源的。

谈青不明所以，说：“先挂了，我来个了电话。”说完，也不顾手机屏幕里程东昀的回复，就按起了接通键。

“喂?源源，新年快乐啊，这么晚有什么事吗?”

“姐，你下楼。”

谈青有些不解，裹上棉服，穿上雪地靴就下了楼。直到看到林源拿着一堆炮站在楼下空地，才明白他的意思。

往年，晚上七点左右，林源总会叫上她下楼放炮，帮她点燃几根仙女棒让她拿着玩，而自己拿出各式各样的响炮或者放在地上喷烟花的炮放着，年龄越来越大，也不嫌幼稚。

而今年，林源突然有事出去了一趟，他们没放成，现在十二点多，正是家家户户起来放鞭炮的时候，他又拿出炮，补着今年没放的那场炮。

“还是仙女棒？”

“我也只敢玩这个。”

林源弯腰从那个纸箱中抽出几根长长的仙女棒，递到她的手中，侧了侧身，按下手中的打火机，火光微弱，几秒后，“刺啦”一声，烟花炫起。

谈青笑着，拿起手中另一根未点燃的，放在这根的火花上，很快，烟花加倍，两根都已经被点燃。她象征性地双手绕着圈圈，在空中留下绚烂印记。

林源弯腰从箱子里掏出几种其他的炮。先拿着一盒普通的洋火炮点燃几个，制造了几个声响预预热。随即，拿出一个更大一些的炮，点燃，快速扔远。几秒后，“嘭”的一声传来，谈青没有注意到，没来得及捂耳朵，吓得往后跳了起来。

“源源，你下次告诉我一声。”

“好。我要放一个更响的，你准备一下。”

“天地两响？”

“对。”

谈青不由得吸了口气，往后退了退。

林源在地上找了个相对安全的位置，放上那管可以直立的炮，整个人很从容，像是一点都不害怕。点燃导火线，快速往后跑了过来，站在谈青身边，举起手臂捂着耳朵。

这种炮的前戏很长，让谈青以为是不是它哪里出了问题，哑火了？

就在她有些放松的那刻，炮突然在地上像是爆了一下，转圈似的，火光像是鼓起来的大包，随即一冲上天，“嘭”一声巨响，散出色彩单调的烟花，只有一瞬，却是那种爆发性的美丽。

这是每年谈青最害怕的一种炮，也是最喜欢的。

林源又陆陆续续地放了其他炮，都是些响声大的，似乎不只是为了给谈青看，也像是为了发泄心中的压抑和挫败，他通红的眼角在焰火绽起的那刻格外显眼。外面的温度很低，谈青关心道：“源源，要不咱回去吧，太冷了，别冻着了。”

“没事，点完这些吧，没有多少了。”说完，他拿起两个长长的细管炮，塞进谈青手里一个，自己留一个。

他伸着手按下打火机，帮谈青点着。

“源源，为什么每年都要叫上我玩炮？”谈青好奇地问道。

“开心吗？”林源答非所问。

“开心。”

“开心就好，你又不敢点炮，反正也没人陪我玩，咱俩一起正好。”导火线开始冒着烟花，他收了手，点燃了自己的那根。

两个人拿着炮斜对着天空，好几秒后，一簇又一簇的烟花此起彼伏从管中冲向半空，绽放。

那般绚烂。

林源忽然开了口：“正扬哥走之前，托我每年带着你放放炮，他说，你喜欢看别人放炮，自己却不敢。”

谈青怔住片刻，眼角有些酸涩，笑了出来：“他都走了这么多年，你放不放也没事的，不用那么麻烦。”

“不行，他把乐高都给了我，我答应过他的。”掷地有声。

他们都静了下来，谁也没有说话。附近，不知又是哪家放起了烟花，冲向空中，即刻绽放出五彩斑斓的烟花，一声接着一声，一片连着一片。

“姐，我今天才发现，正扬哥已经走了快七年了。”林源忽地开了口，他昂头看着那夜空中的绚烂，没有转过头来，“我还记得，之前有一年除夕夜他来找你，我们一起放着炮。”

“时间真快啊。”她说着一句俗套的感慨，扔掉手中已经结束的炮筒。

“正扬哥人很好。”林源说着。

谈青弯起嘴角：“大家都很喜欢他。”

“我大概崇拜多一些吧。”林源也笑了，“他很会玩乐高。”

“姐，你快点找个对象吧，正扬哥也会放心。总不能一直纠结在过去。”

楼上不知道是哪家的窗户“嘭”地打开，划破气氛。

“你们哪家的？”一个戴着眼镜的男人从窗户中探出大半个身子，“大晚上不睡觉干什么呢？多大人了还玩炮，白天没玩够吗？你说你们放个烟花就是了，逮个天地两响放个什么！就在我这边爆了，我……”

像是机关炮一样，噼里啪啦。

谈青做贼心虚地低了头，林源像是个没事人一样，抬着头直勾勾地看着人，就像刚刚那十多个天地两响不是他放的一样。

“大哥，我这还有两个，你玩不玩？”他把手当作喇叭，放在嘴巴两侧喊着。

“滚蛋吧你！”那人被气得“哐当”一声又拉上了窗户。

“林源，咱确实有点过了，好像是属于扰民，他不会报警抓我们吧？”

“没事姐，趁着警车没来，咱先把剩下的那几个窜天猴给放了。”说着他就拾起一个窜天猴，插在地上特意拿的泡沫盒子上，动作利索又熟练地点燃。

随即，“啾”的一声冲向天空。

谈青：“……”

（四）

大年初六，几乎每家的亲戚聚会也都结束。按照惯例，几个人约在一家火锅店吃饭聚一聚。

本来是定在程东昀那边的，不过几个人也不知道是谁带头，说有些想吃市中心的那家火锅。不说还好，一说都想吃了。于是又定在了火锅店。

今年聚的人比往年多，一部分原因是因为谈青和程东昀关系缓和，另一部分，就有些杂乱了。

田一郝还偷偷惦记着谈青，他们原本四五个人的聚会（谈青、周佳月、关飞飞、郑宇博、宋明昊），他田一郝自然要加入。还是那句，机会是用双手创造的。

而张深，自从之前有一次和郑宇博在一个桌上吃过饭后，两个人格外投缘，都对什么鸿蒙时期、洪荒神话，还有一些宇宙星球之类的特别感兴趣，拉着手就在那儿滔滔不绝，简直是相逢恨晚。

那么些年，热爱丝毫不减。

但是周围的朋友，也没有和他一样爱好的。郑宇博性格有些孤僻，脾气也一般，所以最后常联系的朋友也不多。

这次遇到张深，也算是“高山流水觅知音”了。自此以后，有郑宇博的地方，就有张深；有张深的地方，也少不了郑宇博。

宋明昊也不禁调侃：“你俩干脆凑一起过得了。”

“滚。”两人异口同声。

至于程东昀，懂的人都懂，也不必再明说。

这样一来，人就多了。

不过最想来的程东昀最后没有到场，店里面有点事，抽不出身来，最近年后聚餐的人实在太多，盛园几乎每天满座。

火锅店也是座无虚席，全场爆满，他们这一桌也是提前预订的。

大家来到后，就脱下外套，边吃着火锅，边随意聊着天，拿郑宇博开涮。

吃火锅本就是一件热火朝天的事，谈青喝了许多茶水，饭吃到一半的时候，就附在周佳月耳边：“去不去洗手间？”

“正有此意。”

两个人对几个男人打了声招呼便走出这个用屏风挡起的小包厢。

刚进洗手间，一个女人擦肩而过。谈青愣了神儿，两秒后迅速回头。答案和脑中的猜想一样，仅仅是凭借身影和侧脸，谈青也能丝毫不差地认出她——冯恬璐。

旁边的周佳月伸手拽了拽谈青，不解道：“怎么了？”

“佳月，是冯恬璐。”

周佳月瞬间来了精神，转过身来，顺着谈青的目光看过去：“那个穿白色宽松毛衣的？”来自她的第六感。

“嗯，上次见她还是初中的时候，之后没有听过她的消息，走吧，进去吧。”

说着，谈青就拉着周佳月进去了。

等她从厕所隔间出来时，却怎么也见不到周佳月的身影。在门口等了会儿，也没等到，手机刚刚出来时也没拿，她心里隐隐有了猜测，转身走回餐桌。

“佳月呢？”郑宇博问起。

“马上就回来了。”

话音落下没多久，周佳月就一脸从容地回来了，表情没有什么变化，也没对谈青解释什么。

一如往常。

八点多，几个人走出火锅店。迎着冷风，沿着街道往前走着，消消食。

张深和郑宇博站在一起，两个人侃侃而谈；宋明昊和关飞飞勾肩搭背，抽着烟；谈青和周佳月则挽着手漫步。

田一郝，不用猜测，自甘落单，在两个姑娘旁边站着。另外几个人瞥了眼他，也没多在意，反正大家都心知肚明。

这会儿，街上的人不多，都是些晚上出来逛街买东西的人。

谈青和周佳月就这样挽着手，陪着彼此慢慢走着，谁也没有说什么。一段路后，谈青忽然笑了。

“怎么了？”

“佳月，你那会儿是不是去跟上冯恬璐了？”她眉眼温和地看着周佳月。

周佳月小声叹了口气：“还是被你猜到了，我就知道。”

“她过得很好，对吗？”

谈青话音一落，周佳月就转头看过来。她应该知道的，谈青这人，再通透聪明不过了。

“是啊，她过得很好。我打听了一下，那家火锅店就是她的。听那门口八卦的服务员说，冯恬璐的老公很有钱，给了她几套房。这店也是她老公帮她弄的。”

她过得那般好，是连外人都羡慕的生活。周佳月不明白上天这种安排。

谈青安慰似的拍了拍周佳月的手，慢慢说道：“没事儿的，那家店咱以后不去就是了。”

周佳月却带了些哭腔：“我不明白，谈青，我真的不明白。”

谈青目光柔和，揽了揽她的肩，停在了旁边一家乐器店外。里面的那架小提琴在灯光的照耀下尽显光泽质感，不禁让她想起那个雪夜，在二楼走廊拉琴的那个人，悠扬婉转的琴声仿佛就在耳边。

那个雪夜，那首《梁祝》。

谁又倾诉了什么。

“佳月，我也不明白，却没有办法。总会有人担心挂念着我们，所以，为了他们，生活总要好好继续，他们应该在看着呢。”

她挪过目光，和周佳月继续往前走，街角处有个人站着。黑夜中，即使有路灯照拂前路，但隔得那么远，还是看不清那人的面孔。谈青看着他，苦涩地弯起嘴角，隔了这些年，她还是能凭着身影认出他。

越走越近，大家也认出他，走上前。

“忙完了？今天就缺你。”

连周佳月都向前走了几米，想要看看是不是程东昀。

只有谈青走在后面，没有加速。她摸了摸兜里，还有几颗昨天在亲戚家拿的巧克力。

程东昀背倚着路灯，缓缓走了过来：“今天晚上吃得怎么样？”

“味道一般，下次不来这家了。”她掏出兜里的巧克力，递给他，“你喜欢的。”

他看着那几颗巧克力，怔了怔，接了过来：“难为你还记得。”然后拆开了一颗，剩下的放进了兜里。

“味道还行吗？”

“嗯。”嘴里的巧克力逐渐融化，甜腻的味道味蕾已经不太能接受，他已经不爱吃糖了，也不爱吃巧克力了。

程东昀的心中说不出的滋味。她还是像之前爱吃汉堡，而他已经不爱吃巧克力了。

她的一切好像都没有改变，爱吃的东西，和想要的安稳生活。现在，她也像她信中写到的那样，有了一份较为安稳的工作，生活简单平淡。而他，不知不觉中丢掉了许多。

晚间的风，扑在身上，大脑和风一样清醒。

（五）

万河边的柳树新发了嫩芽，充满生机的春天到了。

程东昀的午饭依旧送着，偶尔谈青晚上有自习的时候，他也会单独来一趟，送来晚餐。

十七中最近举行了一个放风筝的活动，缓解大家开学的不习惯。开学都快一个月了，许是因为春困的原因，大家整天下午都昏昏欲睡。

谈青总觉得自己上课的方式还算幽默，讲课的声音也不算太平缓，应该也不至于让大家睡着。可没想到，开学一周后，最后两排和第一排角落的几个都像是喝醉了般，上课两分钟就睡得不省人事。

她也只得在教室来回绕圈溜达，见一个睡着的就提醒一个，故意打个趣儿，让他们从瞌睡的魔洞逃出来，说话的声音也努力变得更加此起彼伏。

学校每天值日的主任也发现这个问题，于是也不知道是在谁的提议下或者又是效仿了哪个学校，举行了这个“春日风筝”的活动。

春天风大，寒气也没彻底消散，每天总是凉飕飕的。

在谈青的认知里，初春总要比秋末还要冷些。大概像是听感带来的蒙骗，春天寓意温暖，秋天通常都萧瑟。所以当春天寒冷的时候，就会让人感觉格外寒冷。

这次的“春日风筝”活动是在周五下午。

由于是本学期第一次活动，所以十七中的孩子们从周一开始就有些兴奋，校园里的气氛也活跃很多。

午间休息的时候，操场的上空，常常有风筝飞扬，蔚蓝的天空中多了许多生机。明媚的午后阳光温暖，当春风拂过的时候，又有些清爽，已经不再是初春难以看到生机的模样了。

虽然活动还未举行，但十七中的办公室里，老师们已经开始夸赞这次活动的成功。

“这些孩子可算是慢慢提起精神头来了。”

“可不是嘛，昨天下午我去三班上课，那几个爱瞌睡的也比从前好了许多，虽然心思还是没完全在学习上，但总比睡着了要好。”

“对，我们班最近上课也稍微比之前有点活力了。”谈青坐在座位上说着，转头看着窗外的操场，还有着几个风筝在那儿自由飘着。

“我都想去操场放个风筝了。”邻座的一位老师开口。

“走吧，反正第一节课也没课，去操场转转。”王老师从座位上站了起来，拉着办公室里的几位老师就去了。谈青也跟在后面和他们一起，绕着操场漫步。

她还记得，自己小时候，从一个秋天看到有小朋友在草地上放风筝开始，就很想要一个属于自己的风筝，幻想着自己也在草地上奔跑放风筝的场景，却因为一些原因，一直都没拥有一个风筝。

看似自由自在，实则却被牢牢拽住。可如果被放开手，却很快会坠落。

那根困住它的绳，却也是唯一能让它生命继续的东西。

而她就是风筝，被一根绳子牵住，困在这一方，却也依靠它活在这一方土地。

周五那天下午，风和日丽，一望无际的蓝天，几片悠悠的白云在飘着。在十七中校园操场、旁边的公园和南风湖都能看到穿着十七中校服的学生，手拿风筝线轴，往天上看着，手上的动作不断，调整着风筝的位置和高度。也有些学生坐在草坪上歇息着，一旁搁置着风筝，几个人坐在一起说说笑笑，女孩子们拿着手机拍着照，记录这一刻的生活。

谈青被安排到南风湖那边，监督学生的安全。这会儿已经将近四点，活动五点半结束。她坐在湖边的草坪上坡，看着下面跑来跑去的学生，他们总是活力四射，几个小时了也不怎么嫌累。

湖边又起了风，风筝在这助力下高高扬起，她脖子上的鹅黄纱巾也被吹到了后面。太阳光洒在身上，整个人都被晒得有些暖洋洋，不禁打了个哈欠。

肩上突然一重，被人拍了一下。谈青困惑地扭过头，见是那人，随即展开笑颜。身后蹲着的程东昀今天穿了件深灰色的风衣，衬出他的好身形。

“怎么来了？”

他手撑地坐在了她的身边：“来找你。”

“你也是闲的。”谈青忍不住怼了一句。

人家倒是没在意，躺了下来，后脑勺枕着手臂，天上的阳光有些刺目。

“谈青青，现在四月了，下个月郑宇博就要结婚了。”

谈青转头看了看他，也忍不住躺了下来：“是啊，小气鬼你准备随多少？”

“这得看胆小鬼你。”

“也是，地生模拟 28 分的你也不太聪明，别到时候一不小心把家底给人都随完了。”

程东昀轻笑，眯着眼睛捉着光圈：“谈青青，你今天是吃了枪炮？”

“你管我，反正当时不是我在答题卡背后画的王八结婚图。”她语气轻轻。

程东昀一时无话可说。

两个人就这样沐浴着阳光，谈青抱着膝，程东昀躺着捕捉光圈，谁都没有说话。

许久后，程东昀忽然从地上弹了起来，着实把旁边的谈青吓了一跳，心里嘀咕着："这家伙脑子被晒抽了？"

他低头俯视着她，伸出一只手来："起来。"

谈青虽然不明所以，但还是搭上他的手，借着一把力起来："怎么了？"

"想放风筝吗？"

她歪着头稍作思索："好像是有点想去，所以呢？"

"所以走吧，去给你买风筝。"说着，程东昀就往前迈步，朝着湖边的那个风筝小摊走过去。

谈青在后面跟了几米，突然停了下来，再也无法往前走。那个摆满各式各样好看风筝的小摊在她眼里已经不似从前那般吸引人，她坐在这儿上边快一下午，都没有发现它。

儿时一直渴求的风筝，就在不远处，却让她感觉如此遥远，也似乎早就消散了曾经诱人的甜蜜香味。

究竟遥远的是距离，还是相隔太多的年岁和经历。

有个声音告诉她——不要跨过那条"界线"。

程东昀反应过来，转过头，眼神中透着不解："怎么了？"

"程东昀，我不想要风筝了，也不想放了。"她注视着前方的湖面，春风掠过，给湖水漂上一层金粉，不断闪烁着，有种神圣的光亮感。

程东昀听到后，转过身来，一手插在风衣的口袋里，神情认真起来。

"为什么？"他的嗓音有种男人的成熟，谈青觉得，和他从前的声音变化也不是那么大。只不过，得来的成熟，代价往往是不为人知的。

他们之间，遗失了太多年。

"程东昀，你小时候有没有特别想要却没有得到的东西？我想，大家都有。后来明明有了能力，却也没有得到。"

"曾经得不到的东西，以后也不会得到。"

“时间长了，似乎，也没有那么想要了。”

终究还是长大的我们不愿意再去闯入曾经的世界。

他们的发都被这春风吹得有些凌乱，程东昀望着她的双眼，心中也已明了她话中没有直说的那层意思。

那天下午，他没有回应她的话。

第十章 / 后来的后来・

（一）

时间的齿轮依旧滚动着，故事中的人不断朝前走。

五月，郑宇博和相恋几年的女友走入婚姻殿堂。

七月，关飞飞又回到上海，最终还是选择在那边继续打拼。

十一月，周佳月照常下班，天早早就披上黑色披风。许怀旭站在附近路口等着她，一袭驼色风衣，脸上挂着笑。

周佳月缓缓走向他：“怎么想起来接我了？”

许怀旭耐心地把她的手放入自己的口袋，里面早就放了暖手宝。

“周大小姐，哪天没来接你？”

周佳月发自心底地笑着，脸上满是幸福。

手中似乎摸到什么，类似圆环。她心中似乎有了答案。

“我知道你摸到了，所以，我们结婚吧。”

真挚的语气。

第二年三月，两人完成仪式。

婚礼现场很完美，周佳月唯一遗憾的是，抛给谈青的捧花，被别人抢了去。

第三年一月，宋明昊和一位相亲对象闪婚。

第三年三月，宋明昊又闪离，这件事被周围的人念叨了好一阵子。张芳芳听说后，还特意找到女儿：“小宋那孩子是怎么回事啊，虽然我催你找对象，但你可不能学他啊。”

同年年底，田一郝娶了一位娴静乖巧的女孩，慢慢找到了自己想要的安稳。

谈青和程东昀？

两个人依旧不断陪伴着，作为彼此的朋友。

程东昀的感情，周围的人都看懂了，谈青又怎么会不懂？

第四年，谈青四周催促的声音不断传来。

左右两边都是朋友，宋明昊也替两个人急，单独找谈青。

“阿青，也该谈个恋爱了。那个……程东昀那家伙，对你有些不一样，看没看出？要不和他试试？”

谈青装傻充愣：“嗯？他可不喜欢我，他对我好不过是为了我给他们店尝试新品，白送的小白鼠，肯定得留住我呀。”

“得了吧，什么菜您都说好吃，有什么品尝意义。况且法治社会，哪道菜会故意下毒。”宋明昊碎碎念。

“我真的不懂你俩。哎，老程前几年刚接手的时候，真的很难。那年，我和田一郝被搞到传销里，根本帮不上他什么。他家里更是不支持他迁店，那是他小姨半辈子的心血，无儿无女，最后留给了他，大学几年，他在本地上学，课不多，闲空都来店里打杂，帮小姨的忙。他小姨真的好，对他也真的好。他能不知道父母的疑虑吗？不过再不迁店就没有办法。”

见他这样说，谈青也正经起来：“宋明昊，据我所知，程东昀之前谈过的，不说五六个起码也得有三四个，哪一个不是性格开朗明媚，长得漂亮，身材有型？”

“确实。”这是事实，宋明昊也无话可说。

“我这样清汤寡水的，真的行吗？”

“应该吧，程东昀还是靠谱的。欸？你怎么知道她们的？”宋明昊反应过来，瞪着眼睛，不可思议道。

“哦，以前田一郝告诉我的。”

宋明昊在心底暗暗骂了田一郝一句，然后又回归正题：“哎，不说他了，你说你喜欢什么样的，我帮你找找看。”

“要求不高，个子不要太矮，长得好看，篮球打得好，北大的，会拉小提琴，对我……”

宋明昊直接打断：“你干脆报方正扬的名字吧。”

方正扬和谈青曾经的事情，周围的人都略知一二。

不知道也很难，毕竟一见面，谈青总是抱着手机看最近大火短视频平台的一位博主，叫什么什么最后的温柔。大家好奇，凑前一看，和方正扬有几分神似。而且，谈青对自己和他的事情一点都没有避讳，有时说话的时候也用很平常的语气提起，仿佛方正扬还在一般。

几个月后，谈青从一位同学口中得知冯恬璐的事情。不知道具体是因为什么原因，冯恬璐和丈夫离婚，听这个同学说，周围的人有人说她老公家暴她，还有人说她出轨，还有人说她老公在外面有人了，各种说法，天花乱坠的。不过，去年冯恬璐已经二婚了，据说过得很好，生活事业圆圆满满，上个月还生了对龙凤胎。

这年十一月，距离他们重逢足足四年，程东昀也送了四年的午餐。

月底，程东昀一如既往地拎着保温袋在十七中门口等待。远处的谈青匆匆赶来，这几年，她再也没剪过短发，一直都是留着长发，偶尔会去田一郝那儿稍微烫个时兴的卷。虽然田一郝这个人看起来不靠谱，但是理发的技术还是没得说。

望着这个姑娘，这几年，他总能从她的身上看到青春的影子。或许，这就是他动心的最初缘由。

坚守、清醒、果断。都是他望尘莫及的，也是他早已失去的。

谈青一步一步来到他面前，温和地笑着：“程东昀，今天有什么好吃的？”

“鱼汤、糖醋里脊、清炒时蔬，都是你爱吃的。”

“是吗？”

“几年了，还能摸不清？”

谈青眯着眼，双手抱胸前，带着些审视的目光看着他：“喂，你眼角有点纹了，该找个女朋友了，要不然找不到了，谁要你？”

这几年，谈青没事总喜欢怼程东昀几句，似乎怼完才能舒服些。

“别说我了，你不也没找？咱俩半斤八两。”他微微挑眉，反问道。

“我不急，毕竟比你年轻两岁，而且前两天我们办公室的老师还给我介绍了个对象。”

程东昀倒也没多在意，他清楚谈青不会和人家成的。

他突然带着极少有的认真：“谈青，你凑合跟我过吧。”这是他这些天辗转难眠后，才下定决心开口的话。

谈青怔住，他终于还是说出口了，几年前那天下午，他没有说话，估计就是留了一个机会。

她嘴角的笑有些无奈苦涩：“程东昀，你能找到比我更好的，不一定非得是我。”

“我不觉得能。咱俩认识那么多年，足够了解彼此。”他注视着她，站在那儿，身影也足够坚毅。

“我们都会很累的。”她垂下眸子，低声说着。

沉吟片刻后，她缓声道：“给我时间想想吧。”

谈青有些累了，似乎耗不过程东昀了。

她想，他们应该在看着，自己也不该那么任性了。程东昀是一个好的选择。

之后的半个多月，两个人都聪明地避开彼此，每日的午餐也是程东昀提前在传达室放好的。

十二月初，谈青这天有晚自习。

下课铃声响起，教学楼躁动起来，轰隆隆的板凳摩擦地面的声音充斥教室。谈青拿起教案走向办公室。

宽敞明亮的办公室剩下的老师并不多，从窗外看去，外面人潮涌动，路灯下的学生成群结队离开通亮的教学楼，欢声笑语，嘻嘻闹闹。

半个小时过后，教学楼的灯几乎熄灭，谈青和还在批改试卷的张老师说了再见，拿着包下了班。

校门口几乎没有了人，谈青向东转，沿着石砖路走向公交站。

谈母的身体最近不太好，谈青还是没有在附近租房，下班后都会回家。

远处路口的路灯下，火星微闪，烟雾缭绕，朝着路灯散去。

她认出了他。

男人见她走来，掐灭手中的烟，嘴角染上笑意："美女，加个微信呗。"

"行啊，车子房子有吗？我可是奔着嫁人的。"谈青微微笑着看着他。

程东昀有些惊讶，脸上的喜悦难掩，他反应过来，接道："有车有房有存款，外带盛园老板娘，嫁不嫁？"

"勉为其难。"

一个月前，郑宇博来找她咨询初中招生的事，两个人聊了一段时间，不知不觉，话题落到程东昀身上。

“……其实，很久以前，大概当时事情发生后一段时间吧。程东昀问过我，那个时候信不信你……”

郑宇博的这句话，是打开她心门的最后一把钥匙。

心底也忽然有了答案。她纠结许多年，纠结程东昀记不记得曾经的事情，相不相信她。可是，有一点却是忽略了，那就是，无论之后发生了什么，但是，曾经那段时光中他对她的感情和态度都是真的。

所幸，那些是真的。

谈青答应后，那晚的程东昀脸上尽是难掩的笑。谈青发现，这几年，他越发像曾经了。

他拢着谈青的肩膀，传达出自己的喜悦，那串佛珠也随之微微晃动，但并不明显。

“程东昀，你怎么像个孩子一样？”

“不允许吗？”

“允许，允许。”她应和着。

“后天周六，咱去爬南风山吧？”程东昀提议道。

“谁第一次约会就去爬山？”

“不允许？”

“允许，允许。”

两个人幼稚地重复着刚刚的对话方式。

她慢慢靠在他的肩上走着，整个人的重心都放在他的身上，刚刚下完班的她有些疲惫。

“谈青青，咱到时候去趟南风寺一趟吧，就在山上。”旁边的男人温声道，他要去还愿。

听到这话，谈青有些动容：“好，我也想去拜一拜。”手腕处的红绳又有了触感。

一周后，程东昀和谈青领了结婚证。

谈母和周围的朋友知道后，都放下心来。

第五年二月，他们举行了婚礼。婚礼很简单，宴席只请了彼此较好的朋友和两家的亲戚。仪式也简简单单，只是象征性地举行。程东昀原想办得热闹些，谈青却只想简简单单。最后，他自然是遵从了她的想法。

（二）

结婚第二年，谈母因病去世。谈青终日郁郁寡欢，整个人又消瘦几分。

程东昀找张深帮忙盯着店里，带着谈青四处游玩散心。他们去了洱海，去了乌镇，去了西藏……

结婚第四年，谈青怀上了孩子。周佳月空闲时常来找谈青。

她常常趴在谈青肚子上，听着宝宝的动静。

“孩子的干妈我预定了，会是男孩还是女孩呢？”周佳月和丈夫都是丁克。

“多少年前这个位置就是你的了，大家都说像是个女孩。”

“我喜欢女孩。欸，程东昀最近对你怎么样？”

谈青抬起头，有些愣神儿，随后娓娓道来：“对我很好，忙前忙后，孩子和我以后的用品都是他准备的，伙食都是他特意做了功课亲手做的，对我真的很好。”

她的手不断摩挲着那条掉色的红绳。

“我最近总觉得有些对不起程东昀。或许我不该任性，答应嫁给他。”

周佳月没有说话。她期待谈青有一个好的归宿，却不希望那个人是程东昀。

十二月是预产期，谈青羊水破了后被送进医院。

是个女孩。

谈青产后大出血，周围医生的声音渐渐消失，她的意识模糊，陷入昏迷。

整个人的身体似乎轻了许多，前方出现一个光点，离她越来越近。

她来到一个被光晕染的地方，双手遮挡住刺眼的强光。

周围逐渐有了声音，双手露出一条缝，光亮减少许多，她缓缓放下了胳膊。

似乎是医院的病房，母亲年轻很多，父亲同样也是。

他小心翼翼地抱着襁褓之中的孩子，满脸的喜悦快要溢出。

“我就说是个女孩。”他一只手轻轻拍打着襁褓。

床上的谈母温柔地看着他们，不语。

“取一个单字，青。青，东方色也。也希望她永远青春洋溢，快快乐乐。”

周围的光又漫上来，眼睛被刺得闭起来。

光亮消失，睁眼时，周围的环境熟悉又陌生。

她抬眼看去，面前的门旁挂着一个牌子——体育器材室。

她站在了小学的走廊上，旁边是一列靠在墙上的书包。面前十岁左右的自己有些着急，并没有找到自己的书包。转身，老师就在身后，她看出了自己的困扰。

“在找书包吗？被程东昀拿走了。”

小小的自己有些气愤，再转身就看到了广场上偷笑的男孩，手里还拿着自己的粉色书包。

“程东昀！你还我书包！”追了过去。

谈青看着两个追逐的小小身影，不禁笑了。

一阵风扬起，沙子进了眼睛。

再睁眼，四周都是熟悉得不能再熟悉的地方。

母亲在厨房里做菜，父亲坐在沙发上，辅导着十多岁自己的物理。父亲手中的笔不断推算着，嘴里解释：“这样，用你去年学的这个，带入进去，化简……”

旁边的自己似懂非懂，眼睛不时瞟向厨房。

母亲端着菜走出来，两人对视。

“先吃饭吧，你闺女现在心思不在学习上。”

窗帘扬起，遮住了视线。转眼间，已经站在万河边。

面前的少年坐在草坪上，手上拿着笔一笔一画地写着，纸上出现了“方正扬”三个字。十七岁的自己认真地看着纸上的字，娟秀却不失力道。

“我叫方正扬。”

旁边的枯黄柳枝被风吹起，又是一个场景。

陈中的走廊，穿着白色短袖校服的少年，正低着头耐心地为她讲述生物题，手中的笔不断在题目上圈画着，写着考点。周围有些嘈杂，来来往往的学生自顾自地忙碌着。

穿着校服的自己恍然大悟：“原来是这样啊。”

少年见状笑了：“回班吧，快上课了。”

刺耳的铃声响起，停下时，面前不再是陈中的走廊。

“阿青，一定要好好生活下去。”方正扬的声音萦绕在耳边。

最开始刺眼的光再次袭来，像是要穿透她的身体。

嗡嗡的耳鸣声。

她醒了过来，隐隐约约看到了方正扬。

……

谈青最终被抢救回来。

出院回到家，谈青趁着程东昀在厨房做饭的时间，翻开了日记中夹的那张信纸，指腹摩挲着最后那句：

“我无法再去感受未来的日子，能否代替我好好生活下去，感受未来的每一天？”

五十岁那年，谈青因心梗离世。

葬礼后，程东昀喊来周佳月一起帮忙整理遗物。

是他们的女儿来开的门。程荷的模样和程东昀比较相似，性格倒是像谈青。

程东昀正在房间里整理着谈青这些年的日记。周佳月走上前来，一起帮忙，刚拿起的日记里掉落出一张信纸，署名“方正扬”。

“方正扬是谁啊？”一旁的程荷问出声。

还没等周佳月开口，程东昀道出声：“那是你妈妈的初恋，也是曾经最喜欢的人。”

周佳月扭头看他，诧异于他的坦荡和平静。

“荷荷，你去超市买两个收纳盒。”程东昀开口。

程荷没有多问，转身就出门了。

“倒是和她妈妈一样。”周佳月感慨。

程东昀把日记摞了起来：“我和谈青结婚的十多年，从来没有红过脸。我能感受到她对我有怨，但是她自己却没有发现。”

她总是爱怼他几句，以此来释放。

对他的感情，从十几岁开始，积压那么多年，苦涩心酸，一部分的感情终会转化成怨。

她记得的，他都不记得。

“小时候的事情，你给她道过歉。但是，你却从来没有说过相信她。”周佳月的语气平缓有力。

“你们都爱彼此，但是爱中的喜欢太少。”

“佳月，这些年，她幸福吗？”程东昀眼中有些迷茫。

“幸福。”但是又痛苦。

“程东昀，你有没有想过，谈青其实并不喜欢糖醋里脊呢？喜欢吃糖醋里脊的是你。”

程东昀眼中的阴霾渐渐消失，曾经的事情似乎都对上了，初中、盛园、十七中……

手中又拿起一本没有规整好的日记，一张氧化的照片掉落，他捡起，一张是谈青他们和老师的合照。周佳月凑上前，看了看，想起了什么，用手指了指背景里的他：“这才是她珍藏这张照片那么多年的原因。”

他苦笑着：“原来如此。”

番外一 / 宿命 ·

（一）

昨天，阿青来看我，我没有让她进来。她走后，我睡了一觉，做了一个很长很长的梦。

梦中的我已经死去，被无常引路带走，来到一个从未见过的写字楼。

里面都是穿着和这个时代一样的职员，唯一的不同，就是他们的服饰带着些古元素。

按照流程，对着这世的功德业绩。

接待我的那个窗口的职员，抬了抬眼镜，语气礼貌官方：“您此生功德圆满，按照标准，您可以选择沿着天梯到上面的世界继续生活，抑或是饮下一碗好人啵啵孟婆汤，忘却前尘往事，走过奈何桥再次轮回。”

我犹豫了。

职员看出了我的心思，微笑地开口：“看了您的过往，我便知道您心中牵挂太多。您可以停留在世间，等待他们一起沿着天梯到上面的世界继续生活。”

记得，第一次听到她的名字，是初一下学期。

教室的吊扇嗡嗡地转着，讲台上的生物老师有些恨铁不成钢。

“就是咱们学校举行的生物知识竞赛，过渡班的谈青，提前交卷，还拿了满分。咱班都没几个人赶得上她……”

我似乎有了开始的印象，脑中闪出画面。

是短发女孩拿着笔袋提前交卷匆匆离去的背影，之所以印象深刻，大概还有她是第一个交卷的人。似乎当我正在写最后一道题目的时候，安静的考场里传来一个声音：“老师，我做完了，能交卷吗？”当时，我并没有抬头，依旧沉浸在最后一道题目中。

老师似是走到了她身边，低头看了看她的卷子：“那么快啊。”语气中有赞扬的意味，“放到讲台那儿吧。”

而那个时候，我刚好做完题目，抬起了头，便看到了她离去的这一面。

当时，考场中的许多同学都面带诧异地停下了笔，朝她那边看过去。比赛结束后，大家的话题几乎都在她的身上。

“那个人是一班的吧？”

“是啊，我听说她成绩一直都很好。”

“厉害，那题目问的东西我见都没见过，她竟然能做得那么快。”

那一学期末，领成绩报告单的那天，老师让我和李钟于去会议室领之前生物竞赛的奖品。那是我第二次见到她。

我们去得晚些，那时，其他班的都已经到了，围着会议桌子已经坐了下来。

“来了啊，找个位置坐下来吧。”赵主任冲我们俩说着。

我来回扫了会议室几眼，此时只剩下最角落的两个位置，我们拉起板凳坐了下来。对面的几个人有些面生，其中有一个短发的女同学正在低头玩着手里的笔，像是在练习转笔，垂下来的头发遮住了她的脸。

赵主任拿着名单站了起来，悠声念着：“一班的谈青来了吗，来拿奖品。”

斜对面的那个短发女孩愣了一下，回过神儿来，举起了手：“来了。”说着，从位置上起来来到赵主任的身边。

那是我第一次看到她的面貌，眉眼温和，略显青涩，却值得细品。

初二下学期，学校暂时停宿。

有一天早上我到了之后，就去办公室交了作业。正要回去时，一班的老师叫住了我。

“你是四班的方正扬吧，过来，帮忙把这张试卷送到一班，给谈青。”

“好。”

我答应着，走过去，从一班老师的手中接过一张卷子。那是一张用红笔批好的作文试卷，乍看过去，那字体像是在御剑飞行，笔画连在一起，潦草得不像话。见这字体，我微微怔住，实在无法把这字和谈青联想起来。

老师也看过来，感慨着：“这字，其实不丑，但是要放在考试里，能不吃亏吗？说了多少次。你们老师给我看过你的字，谈青要是能和你一样多省心。”

我笑了笑，盯着手中的作文，回：“我的也算不上多好，她的字挺有特色的，挺好看的。”

我拿着卷子走出了办公室。

不过，那天早上，我并没有亲手把卷子交到谈青的手上。

当我来到一楼走廊的时候，谈青正和朋友一起往西边走去。看着她轻快的背影，我没有将她喊回来。那是一种说不上来的感觉，如果非要说，大概就是不忍心去打破她那会儿的快乐，于是我转身把试卷交托给一班的郑宇博。

母亲租的房子就是在他的小区，我在小区见过他几次。

渐渐地，我似乎注意起了谈青，注意起这个可爱有趣的姑娘。

早晨的停车场上，她总是走走停停，一会儿低着头，一会儿抬头四处张望，不长的发随着她的动作轻扬。

暑假里，平镇的篮球场上，她穿着到脚踝的防晒外套，在旁边给所有人加油打气。她挥着手，笑得很开心，像是个很有活力的小太阳。稍没注意，她就不在了，等到我们休息的时候，又开眉展眼地和周佳月拎着水走来。

运动会前，我在办公室帮老师批改试卷的时候，得知了她要参加三个比赛项目。

尤记得，她在办公室鼓着腮帮子说着："您看咱开幕式表演还缺不缺，我和体育委员给咱学校表演个胸口碎大石。"

我在后面一时没忍住，"噗"的一声笑了起来，心中忽然很期待运动会那天，之后的一段时间中，总觉得时间怎么过得这样慢，太阳升起落下的速度在我的世界中也被无限放缓。

好在，其实从那天到运动会那天时间算不上多长，各项比赛都很顺利。

下午后半程，广播里传来跳高比赛运动员集合的消息，我正好没有比赛，坐在看台上休息也实在无趣，鬼使神差地就来项目场地，站在裁判老师旁边看着。彼时，谈青在后面正按照顺序排着队。她今天穿着一身运动服，显得很有活力，脸上很愉悦。看着她，我又忍不住想起之前她在办公室说的话，脸上是当时自己没有察觉到的笑。

跳高场地往往是每年惨不忍睹、花样最多的。在我们学校，跳高很冷门，也没有同学在体育课上接触过。所以，赛场上各式各样的越杆方式层出不穷。我也不禁替她担心，往她那边看过去，她像是没有丝毫负担一样，正抬头歪着脑袋，做着手势对太阳拍着照片，咔嚓，一张接着一张。我也放下心。

十多分钟后，谈青也从火车尾变成了火车头。她铆足了劲儿，助跑，头发都被吹到后面，最后和大家一样，用着不熟练的动作起跳，杆子也如之前一样被撞掉。

原本以为她就会很正常地落在保护垫上，虽然没有什么成绩，但也算安全。没想到，场地的保护垫没有搁置好，跳的时候，垫子打了滑，她直接摔了出去。

我的心紧紧抓了起来，压住慌乱，立即和旁边的老师一起跑到她的身边，轻声询问是否有事，慢慢将她扶起来，目光寻找着她受伤的地方。

她却像是失了神儿，丝毫不在意自己的疼痛，眼睛往前看几眼，又收了回来，哭着念叨着："衣服破了，老师，衣服，破了，我爸爸特地给我买的，给我寄回来的，我可喜欢了。"我顺着她刚刚的目光看过去，那个方向，是程东昀。

破的不仅是她的衣服。

有时候就是直觉，捋不清的直觉。

前面的人不只是他，但是直觉却指向他。

我曾在停车场见过谈青在他的身后犹犹豫豫，最后深呼吸鼓起勇气来到他的身边，神情和她平常并不相同。

从那时候，我便知道，对于谈青来说，程东昀是一个很重要的人。

两个月后的那晚，下了一场大雪，那是那年的最后一场雪。

学校里的王主任和我母亲是朋友，知道我会拉小提琴，便让我为几天后的元旦联欢会准备一曲。

那天，正巧王主任值班，便在第一节课把我喊到了办公室，想要看一看成果。

下课铃响起，我便背着琴走了出来，外面的雪比我出来时下得更大，外面的一切都被蒙上一层白色。

走廊里的人很多，大家都热热闹闹地看着昏黄路灯下的雪。

我也停了下来，趴在栏杆上往外看着，那抹熟悉的身影却出现在楼下，她比我上次见到，头发似乎又长了一点。其实，上次见面也不过是在半月前。

她呆呆地站在外面，往操场那边看过去，就这样被雪淋着，像是没有感知一样。她的脸被路灯熏得暖黄，整个人的侧脸在光影下很好看，多了种韵味。

身后的同学不知道是谁开始带了头，起着哄让我拉琴，谈青也注意到，转过头来，往这边看着。

我在楼上看着她的那双眼眸，心中是说不出的感觉，像是盛开了一园子的花一般美妙。

“好。”我答应了下来。

那晚，那一刻，我想拉琴给她听，在这个浪漫的雪夜。

不是为了什么心意，仅仅只是想让她听到。

我和谈青，在初中的时候，确有一次正面接触。

是初二下学期的一个午后。那日午饭，食堂的饭并不好吃。回教室的时候，我和朋友去了一趟小卖部。我们是从小卖部出口的那个门进去的，刚撩开门帘，谈青拿着手中的两瓶可乐和我们擦肩而过。

天气炎热，她把一边的发绕到了耳后，从我的角度看过去，侧脸完全露了出来，她身上的感觉倒是和现在夏日的感觉几乎一致。

几分钟后，我和同伴来到了冰柜前，看着一排排琳琅满目的水，我犹豫片刻，最终打开冰柜，拿出了一瓶可乐。

走出商店，我拧开可乐，仰头喝了一口，头顶的烈阳在透明的可乐瓶上折射出光芒，冰凉透爽的口感在嗓子中滑过，里面的气体在我的口腔壁上四处碰撞。脑中再次闪现着刚刚谈青擦肩而过的情景，好心情在这个午间洋溢。

在我以为那天的缘分已尽时，我又见到了她。

那几日，朋友带了一盘棋，我们总是趁着午自习前的时间，玩一会儿。我们还是照常，摆上棋盘，几个人又围在了一起。棋刚下两步，右边的后窗突然被什么东西遮挡，隐约有了人影，我们有些紧张地看过去，担心是老师，毕竟班级里是不允许下棋之类的。

最后，入眼的竟是一个瞪着眼睛张望的姑娘，并且，她是谈青。几秒后，她似乎发现了我们炽热的目光，低头看了过来，不好意思地笑了笑，微微眯着眼睛。她指了指手中的试卷，表达了来意。

坐在凳子上的我，那一刻，心中翻涌着站起来的欲望，大脑却控制住着。那一刻，其实我的整个身体，和凳子已经完全分离，我总觉得自己仿佛站起来了，脑中已经开始预知我朝着门外走的身影。

最终走出去的人并不是我。

我坐在位置上，心中是不勇敢后的纠结和遗憾。

窗子映着我隐约的面孔，窗外的姑娘正在和同学说着话。

门口的同学忽然扭头叫了我一声，这我才知道是找我的。想起她手中的卷子，我猜测她应该是来帮忙带老师的话的。

事实果真如此。她向我说着，我低头看着她，心底觉得有些不真切。

最后，只是说，好，麻烦了。

她回，没关系。

随后，她便转身离去。看着她的背影，我更加感到一种很奇妙的感觉。

那是我们第一次说上话。

或许真的是有缘吧，高中的时候，我和阿青在同一所学校。

中考前我便知道这件事。每年，学校会统计我们报考各个高中的名单，如果有不合理的地方会进行调剂。而名单出炉的时候，我恰好在办公室，旁边老师的电脑打开着，他刚刚收到学校里发来的名单，此时正在浏览着。

谈青会报考什么学校呢？这个问题浮现在我的脑中。

我整理着手里的东西，不动声色地朝屏幕上看去。谈青的名字是两个字，在屏幕上很容易让人注意。

谈青——陈川中学。

我了然一笑，我填的也是陈川中学。

整个高一，我常常能碰到谈青，或者说，会有些刻意地注意她。

她总是一个人，独来独往，脸上是肉眼可见的疲倦和消瘦。她的早餐每次都吃得很少，午饭的时候，也心不在焉地捣着碗里的饭，十几分钟过去了，饭只是少了几勺。晚饭的时候，有时甚至见不到她的身影。

说到这里，没想到，现在的我依旧记得那么清楚这些关于她的生活。那时，其实就已经很在意她了吧。

后来，在办公室，我偶然听到过她的班主任谈起她的事情，得知了她每周都会请假的事情。想起她最近的状态，不难猜出了她的问题。是因为她的父亲吗？那个时候对她不算了解的我这样猜想着。

初三寒假的期末考，我们都在第一考场。第二列第一个座位的她缺席了考试。在这个考场，缺考是少有的事情。

考场上有人讨论起她，大家从和她同班的一个同学口中得知，谈青的父亲在两天前去世。不知道为何，我心中攀上丝丝缕缕的悲伤。几年后，我偶然听到她讲，自己曾经听到程东昀出车祸的事情，那种感情有些特殊，是因为他的悲伤而悲伤。我恍然明白，在听到谈青父亲去世的消息时，我的悲伤也是源于她的悲伤。

看着她空着的座位，我有些无措。

高中的那段日子，我总是跟在她的身后，每当想走上前，却又因为勇气而退缩不前。如果能够提前预知后来的命运，我想，早一点迈出步伐，走到她的身边，走进她的生活，成为那片美丽太阳花田里的一员。

我不想做花田上空的一片轻盈云彩，风吹来的时候，它便会飘去。

后来，我似乎真的要成为那片云彩。高二那年冬天，我身体不舒服，去医院检查出病情。这是我从没预想到的事情，自己的生命竟然开始漂泊不定了，不知道什么时候便会被吹走。有一天下午，我从医院回来，陪着极力隐藏悲伤的母亲来平镇拿些东西，我没有去房子里，而是在街上漫游。没想到会在街道上远远地看到她兀自蹲着。那天有风，旁边的枯叶随风掉下，落在了她的身上。她的头埋在臂里，浑然不知。

算起来，今天是她请假的日子。

鬼使神差，我走向她，步子越来越快，来到了她的对面，毫无顾虑地喊出了她的名字。

许是因为查出病情带来的些许绝望和无措需要一个陪伴吧。具体是什么原因，直到现在我仍搞不清。

当她抬起头的那一刻，我看着她错愕的神情，一时间，那些低落的情绪竟然舒缓了许多。

她并不认识我，我深吸一口气，提出了去河边走走。面对我这样一个陌生人的提议，她还是答应了。

我们沿着桥走了很久。记得，那是个美丽的傍晚，夕阳落下的时候绚烂中又带着感伤。我向她写下了我的名字。

分开的时候，我们拥抱了彼此。

之后的日子，我们都忍不住靠近彼此，我也越来越了解这个姑娘。

她引以为傲的生物碰上了瓶颈，在意的物理总是考不好。我常常在走廊为她讲题，放假的时候也会约着一起帮她补习。

能感觉到，她对我有一种亲切感，甚至依赖和信任。

或许是因为我的病和曾经的缘分，看着这个姑娘，我想试着拥抱她，试图把她从痛苦中拉上来。

潜意识中，把自己的希望交给了她。

我们一起去食堂，一起学习，有时候我会带她去陈中一些有趣的地方，水杉里的长廊、图书馆里最西边布满藤蔓的小阳台……

她说，自己忽然感觉，生活有了盼头。

她渐渐好了起来，慢慢地，露出最真实的笑，一如那个夏天，她在篮球场上的笑一般。看着她的笑，我有些慌了神儿。我想，或许我早就真正喜欢上了这个女孩，只是不敢承认。

是她愿意陪我在万河边走走的那刻？还是之后我们一起相处的日子里？我的脑中想着。

许久后，我摇了摇头，或许更早吧。

高二暑假的时候，正是暴风的前奏，一切都是那么平静，那么安宁快乐。

我来到外婆家过暑假。心底总是有一种预感，似乎这段时间大概是我能享受的最后一段时间了。

我和阿青常常约在步行街那家“亮岩早点”，我喜欢那家包子和胡辣汤的味道。有时我怕她腻，想要换一家，可是她却不愿意，说着：“我也喜欢这家的，这街上，也没有能比得上它这边味道的了。”

我知道她在迁就我，想了想，还是遵循她的意见。

其中有一天早晨，她骑车在路上摔倒了。想到阿青在运动会上的表现，我早就应该知道，她的运动细胞和平衡感并不好，更不应该放心让她每天自己骑车来找我。

高三那年寒假，因为病情，我住进了医院。来看我的时候，她带来了一条米白色手织的围巾。

我笑着说：“是你织的吗？”

她支支吾吾地应下了。

那样直白的心思，怎么能看不透。

她走后，母亲翻开围巾，细细看着上面有些粗糙的纹路，小小的瑕疵在上面却增添几分温暖。

“青青倒是个手巧的孩子，我和你爸很喜欢这个孩子。”

（二）

高考后，我们都考上了心仪的学校。因为身体的原因，我不得不休学。

二十岁那年的一月，我的身体有了好转，出了院。

除夕那晚，我们都在外婆家吃团圆饭。趁着吃完饭的空隙，我围上阿青织给我的围巾，拎着一袋炮来到她家楼下，林源正在楼下点着炮，一根接着一根。见我来了，他有些惊奇，上前打了招呼。我拍了拍他的肩：“能把你姐喊下来吗？”

就这样，谈青匆匆从楼上下来，外套都没有拉好拉链，步伐欢快地奔过来，扑到我的怀里，像朵太阳花。

“慢一点。”我一手揽住她，一手轻轻弹了一下她的脑袋。

她缩起头，眉眼弯起：“怎么来了也不告诉我。”

“让我想想。”我故作思考，趁她不注意，在她的额头上轻轻落下一吻，“突然想你了阿青。”

阿青脸上没什么表现，很是自然，可耳朵却红得烫人。

后头的林源从楼道走了出来，我们三个人一起拿着炮在空地上玩着。阿青很喜欢看别人放炮，她拿着仙女棒眉开眼笑的。

那夜，分开的时候，她真挚地对我说：“正扬，我们未来就这样一直一起，过好以后的生活，不分开好不好？”

“好。”

那时，我以为我还有未来。

二月，我们约着一起看电影。

谈青是个爱戴围巾的女孩，那天，许是来时匆忙，颈部少见地空荡着。我有些后悔，自己也没有戴围巾。

围巾这东西，一旦戴了，一个冬天都难摘下。就像谈青这人一样，一旦喜欢上就难以忘记。

电影院在五楼。出了电梯，右边便有家卖围巾手套的小店。

我不禁瞥过去，一抹青嫩的鹅黄脱颖而出。

整场电影，我都无法专注，那抹鹅黄似乎变成一片羽毛，轻轻骚动着我的心。离电影结束还有一小段时间，我借着接电话的借口匆匆走出电影院，原路返回再次来到了那家店。

还好，它还在那儿；还好，没有被买走。走近一看，那其实是一条纱巾，上面印着点点白色小花。

我买了下来，快步来到电影院门口等着这个姑娘，生怕电影结束后她找不到我，在原地着急。

当电影结束，她步伐轻快地走到我身边。

我从口袋里拿出那条纱巾，为她轻轻戴上，她昂头笑着问道：“为什么是鹅黄色？”

我答了两个字：“像你。”

像你一样美好。

它给我的第一眼，是和这个姑娘给我一样的感觉。

生动可爱，柔和美好。

在我眼中，谈青是生动明媚的，坚守自己的善意，不被世俗影响。她又有些娇嫩，胆小羞涩，却又矛盾地果断勇敢。

我仍记得高考后的暑假，我们一起在河边漫步。

她大声地喊着我的名字，连续三遍。

属于谈青的表白。

我学着她回复着。

“谈青，谈青，谈青！”

“谈青，我喜欢你，我们在一起吧。”我望向她，说出了这句。

她的脸上带着少女的羞涩，轻轻说道：“好。”

过往种种，仿佛昨日般。

梦中的我离开写字楼后，便径直来到家中。

梦里今后的日子，我一直陪在他们的身边。终日无笑的父母和失神无措的阿青。

阿青参加完葬礼后，回到了学校。我担心她的状态，跟着她来到了她的学校。

这是我第一次来到她的学校，却是在梦里。从前，很多时候，我都想看看她现在的校园生活，无奈身体却不允许。

她翻读着我留给她的信，在角落悄悄地哭，信纸被她捏得褶皱起来，等她发现，又小心翼翼地抚平，生怕弄坏。

我张开双臂轻轻抱住她，下颌抵住她的头，即使知道这丝毫没有安慰作用。

如今的我，只是一个孤魂。她看不到我，更感受不到。

她的专业成绩一直都是第一名，没想到，之后的学期，这个傻姑娘转去了历史专业。

我站在她的身边，轻轻抚摸着她的头：“傻姑娘，方正扬不值得你这样做。”

我悔恨着，最后，竟是我阻挡了她热爱的生物。

时光流逝着，白日里，梦中的她也渐渐恢复平常的模样。夜晚中，却依旧摩挲着那根红绳，呆呆地发愣。

我试图伸出手，可此刻的自己却只是一个孤魂，无法触碰到。连资格都没有，我不由得苦笑着。

那根红绳，是二十岁那年冬天为她编的。

春天的时候，我去了一次寺庙，请住持开了光。阿青此生苦闷，愿它能保她平安，辟邪转运。

人一旦有了牵挂，便就有了信仰。

我跪在佛祖面前，轻声祈祷。

“……我自知命不长矣，唯有两个心愿，一愿佛祖保佑我父母平平安安，晚年幸福；二愿谈青平安顺遂，未来有一处好的归宿。愿佛祖保佑……”

（三）

梦中，这世间，游荡的灵魂并不少。都是心中有所执念或牵挂罢了。

那一年平安夜那天，白日我看望完父母，晚上便来到了阿青身边。

她刚和周佳月在盛园附近分开，独自回学校拿书。

我就跟在她的后面。那日有雪，路上很滑，有些许积雪并没有被清理掉。似乎很冷，她回来的时候天已经晚了，被冻得裹了裹衣服。

一个孤魂，是感觉不到温度的变化的。我伸手试图感受，却依旧如此。那么些年，我似乎快忘记冬天的感觉。

附近的路上几乎没有什么行人。昏黄的灯光让路上显得没有那么空廖。

前面出现一位老人，阿青很容易注意到了他。她盯着他失了神儿，我知道，她从那位老人身上看到了她父亲的影子。

看着她眼中的泪，我真的很想告诉她——在经过她的这段路，那位老人的确是她的父亲。

游荡世间的第三日，我便遇到了阿青父亲。我这才知道，阿青父亲去世后，也一直留在她们的身边，从未离去。

他认识我。

谈叔是一位睿智风趣的中年人，我们常常一起交谈。我们俩更像是朋友，在这些看不到头的亡魂生活中彼此陪伴着。

阿青在桥上迎着冷风呢喃的时候，我和叔叔就在她的左右。

“青青，如果可以的话，爸爸也不想离开你。回去吧，桥上风大，现在的爸爸无法为你挡风。”

可是，她听不到父亲的声音。

风会说话，神明却不允许人听到。

十分钟后，阿青下着台阶，就在她摔倒的前几秒，似乎看到了我们。

“爸，阿扬！”

她扯着嗓子大声喊着，步伐加快，下着台阶，透着焦急。石阶上，有着一层湿滑的冰面。

“小心！”我们心中一慌。

她没有听到，下一刻，从台阶摔了下来。

我们跑上前伸出去接住她的双手，也如同透明的虚幻一样，扑了个空。

这个傻姑娘不顾自己的伤势，左右寻找着，却怎么也看不到我们的身影。

远处的程东昀闻声赶了过来，询问几句便抱着阿青匆匆从小巷离去。

我们没有跟上他们，望着他们的背影，消失于这个冬夜。

“叔，阿青和他在一起好不好？”

“我既希望是他，却又有些担忧。不过，他是青青曾经喜欢过的人。我希望她能嫁给自己真心喜欢的人。正扬，比起程东昀这个孩子，我更希望娶她的是你。”

“如果我寿命长些，一定会娶阿青的。”

我们都知道，命运这东西，由不得我们。

我们在深渊里挣扎抵抗，却仍逃不过生命的残酷。

阿青的犹豫，是我们都没有预料到的。

程东昀是个好的归宿，只不过，在这个时间，于阿青而言，已经无法重拾起曾经所有的喜欢。

“或许，从始至终，青青对程东昀的喜欢并不是那么纯粹。她对我诉说喜欢程东昀的时候，不知不觉地在那几年隐藏了其他的情感，所以，喜欢显得那样突出。

“青青小时候，从她有记忆开始，我都处于一个并不好的状态。从前我不清楚，直到这几年，我慢慢发现，因为这些，对青青的影响很大。她想帮助我，想让我幸福，但却无能为力。

“我和她妈没有给她足够的安全感。所以，当她遇到程东昀这孩子，感受到了踏实、安全，不自觉地依偎着他。

“她见证了我的痛苦无助，因此也埋下了痛苦的种子。”

这是来自一位父亲的悔恨。这是阿青重遇程东昀的第三年，谈叔在桥上说的话。

谈叔挂念着阿青，因为，阿青的灵魂和叔叔实在太像。谈叔也极为清楚这一点，所以，他对阿青的担忧从未停止。

看着眼前的形势，我们本以为，阿青最终会拒绝程东昀。

没想到，下一年，阿青同意了。

那晚，我和谈叔在湖边吹了一夜的风。

春天的时候，是梦里阿青的婚礼。

程东昀遵循阿青的意见，婚礼办得很简单。不过该有的仪式，还是有的。那一日，阿青一袭白色简约婚纱，是那样美丽。按照流程，是需要父亲牵着女儿走向新郎，把女儿交在新郎的手中。

谈叔不在了，台上的阿青只能一个人走向新郎。

这天，谈叔从写字楼找来一套中山装，穿在身上，整个人好好打扮了一番后，从外面匆匆赶来。

他简单整理了服装，伸出手臂，正想着怎样配合阿青的时候，只见阿青抬起了手，挽在谈叔手臂的位置上。

台下的我心中一惊，台上的叔叔亦是。

在台下人的眼里，觉得阿青这样的姿势很奇怪，低头耳语，毕竟大家是看不到谈叔的。

直至我身后传来朱西的有力声音："我觉得，或许，这是阿青为父亲留的位置。她想着，父亲会以另一种形式送她这一程。"

我转身去看朱西，她的眼睛湿润。

台上的阿青牵着谈叔的手缓缓走向程东昀。那一段路，并不算长，但，台下的我却觉得那样漫长煎熬。

此后，我便再也不能坦然地说——那是我的姑娘。

阿青结婚的第四年，产后大出血。手术台上的阿青陷入昏迷，旁边竟然出现了无常。这一刻，我才知道，阿青对"生"的渴求太少。

在写字楼的时候，我们查过阿青的生命，现在的三十五岁，和档案资料并不符。她不应该在三十五岁长眠，可无常却被召来。无常望着她，无奈地摇了摇头，看了我一眼便转身离开了。

很快，阿青醒来，眼睛却试图从旁边看到什么。看她的举动，我的大脑产生了一个可怕的想法。

阿青出院后，我去了写字楼，查询了阿青的事情。原来，阿青结婚前曾去过寺庙。

“……愿保佑我未婚夫程东昀和母亲平安健康，还有一事，佛祖，能否托梦告诉我，父亲和方正扬是否一直陪伴在我的身边……”

这样的事情，是不允许知道的。

但佛祖告诉了她，作为代价折了她几年的寿。

原来如此。

我坐在业务窗口前，嘴里尽是苦涩。

因为有时能莫名其妙从陌生人身上，感到来自我们的熟悉感，导致她有了怀疑和期待。

一切信仰，来自无尽的思念。

所以，她来到我二十岁那年去过的寺庙，祈求一个答案。

怪不得，婚礼上她会为谈叔留下位置。

她知道我们会到。

或许，在没问佛祖之前的十多年，她的心底便有了答案。

所以，梦中的她那样努力地生活着。

我不记得梦中的自己是怎样走出的写字楼，又是怎样来到了万河边。

沿着我们曾经走过的路，重温着她认识我的那天。

柳枝再次拂过我的脸颊，我闭上了双眼，静静感受着周围的一切。

似乎又回到了十七岁那年，我的姑娘就在我的旁边。

番外二 /过往·再一次选择·

（一）

春天来了。

距离谈青的离去已有两个月。

二月中旬，程荷迎来了自己高一的下半学期。和母亲一样，在去年，她考入了陈中。

谈青在世的时候，极少提起自己的高中生活，聊天时甚至会刻意避开这个话题。久而久之，程荷不禁有些好奇，有些担忧。

程荷的成绩只是和优秀挂个边，她清楚，自己的学习头脑算不上好。

按照往常来看，第一志愿填郑宇博的母校——鼓中，是最合适的。

毕竟，第一志愿都是要填四星级的中学，一旦第一志愿落选，便只能去三星级学校，其他的四星级都不再有机会。

可是她还是填了陈中。谈青见女儿这般，欲言又止，还是遵从了她的意愿。

母亲的原因只是一小部分，程荷知道，从小到大，自己一直没为什么拼搏挑战过，她想突破一次，大胆一次。

远方传来隐隐的呼唤，她相信自己会成功。

和母亲一样，她从来不会做没有希望的赌注。

陈中靠近东也区，往返一次也需要一个半小时，第一个学期，程荷无疑选择了住宿。

开学前的一个半夜，母亲曾敲开过她的房门，坐在床边陪了她许久。

那日的夜极为美丽，月牙儿挂在天上，美好静谧。

无风的夏夜，只剩下周围的遥远的车鸣。

“小荷，真的不需要妈妈和爸爸陪读吗？”

很久后，母亲吐露出心思。

“妈，不用，我自己可以。”

整个暑假，母亲提出过好几次陪读的事情，甚至显得有些神叨。

程荷似乎猜到了什么——母亲在陈中有过不好的体验。

那时候，程荷还不知道方正扬。

谈青慈爱地摸了摸她的头：“你比妈妈勇敢坚强。要是在学校不开心记得给爸妈说。”

而今，她向父亲提出要求陪读的事情。

程东昀眼眸尽显诧异，却也没说什么，应下了，也猜到些女儿的用意。

自从谈青离世，这些天他一直在麻木地穿梭在盛园和家，忙碌却又浑浑噩噩。

开学后，便是一个月回家一次，程荷又怎能放心下父亲。

她看得出，父亲故作镇定下隐藏的悲痛和无助。

新的学期开学后，程东昀便按照女儿的要求开始了陪读之路，努力照顾着这个性情和妻子极为相似的孩子——他们的女儿。

每天晚上，他在租的房子里，为女儿准备好晚上的加餐。他总觉得，时间又回到了为妻子做午餐的时候。

想着，却无奈地在厨房里笑了，那么多年，他都不知晓妻子真正爱吃的菜肴。

糖醋里脊只不过是妻子的习惯，他错过了太多年，糊涂了太多年。

锅里开始沸腾，锅盖一震一震的，拉回他的思绪。

客厅的分针停在“12”，“哒”的一声，时针恰好对准“10”，程东昀从厨房看去，是程荷回来的时间了。

把菜端到吧台上，程荷推门而入。

程荷对时间的把控很好，开学的这三个多月，即使是阴天下雨，这个时间，她都会打开防盗门。

“回来了，洗手来吃饭。”

程东昀对正在换鞋的程荷说道。

程荷放下书包，洗完手坐上高脚椅，拿起筷子，目光尽显喜悦。对于每一个走读生来说，回到家拿起筷子，享受加餐，往往是一天最放松的时候。

“今天在学校怎么样？”程东昀拿起筷子，坐在对面陪她吃着。

程荷嚼着口中的菜，说着：“挺好的。对了，下周一学校举行春游。”

“那不错，我们以前也有春游。”

“爸，你以前是十中的吧。”

“怎么了？”

“我听一个高三的人说，我们陈中从前都取消了春游。他们说，十中的生活一直都挺有趣，很多活动。”

程东昀抬眼：“哪个家伙胡说的。我们那时候，哪个学校都会春游，不过，十中确实比他们的活动多。”

他说：“你妈高二高三都有春游。”

程荷放下筷子，笑问：“爸，你怎么知道陈中那两年有春游？你是不是见到，我妈妈了？”带着些八卦的语气。

她并不想因为母亲的去世就逃避关于母亲的话题。

程东昀亦是。

“谈青青那么聪明的人怎么生了你这个傻姑娘。”程东昀垂目喝汤，戏谑道。

程荷满是无奈：“爸，你有没有想过智商这东西是遗传了你的。”

对面的中年人显然忽视了这句话，自顾自说着：“附近的高中春游每年去的地方都差不多，我又不是不认识陈中的校服。”

“呀，爸，你好聪明哟。”

程东昀满脸嫌弃地看了看对面夸张的女儿，皱了皱眉，选择不理会。收起了自己的碗和她的碗，转身来到水池前。

“热水器的水好了，快去洗洗。”

这日程荷确实累了，洗完就躺床上睡了，也没再复习巩固。

这是一个普通的夜。

慌张的闹铃声，展开了又一个繁忙的早晨。

程荷托着满身的困意匆匆起床，洗漱好后，拿起垫肚子的酸奶便踏上去学校的路程。

大脑依旧有些朦胧，昨晚那个消长的梦也不见身影，只留下属于母亲熟悉的感觉。

想来昨晚母亲又来看她了。

临近假期，这几日陈中安排了许多活动，演讲选拔、主持人选拔、春日画展……

程荷加入了学生会，更是免不了这些事情。

午自习，宣传部正在开会，学校的方主任敲开门：“正好开会吗？咱这几个同学跟我下楼一趟，贴一下荣誉栏。”

几个人在方主任的带领下，顶着太阳来到荣誉栏。

说起来，这是程荷第一次看荣誉栏，当然，也可以说，是她第一次来。荣誉栏和平时的宣传栏并不在一起，在学校的北门附近。而他们平时活动的范围都是在校园南边。

荣誉栏并不小，在北门的小长廊里。一路走过，见证了陈中的光辉。

长廊即使再大，也是有限制的，所以陈中采用一个模板为背景，留下一个个空白处，用来贴上优秀学生的照片和简短的介绍。

长廊墙上的一些照片在时光中渐渐褪了色，昏黄的面孔依旧传出少年们的神气。

程荷浏览着历届的优秀毕业生和获奖生，聚精会神。

“咱现在就是要把这三栏的撕掉，再一一对照，把新的按照相应的位置替换上，这种材料比较容易撕。大家别急，慢慢弄就好了。”

众人点头，开始按照老师的意思行动起来。

程荷也回过神儿来，和一位男同学搭伴，负责中间那一栏。

男同学主要负责撕，程荷则配合他，找到相应的人像，贴上去。

还未彻底入夏，暖阳斜射进走廊，在墙上和地面连着一段段规则的阴影。

几个学生都染上几分倦意。春困秋乏，本就难免。

“程荷，找一下方正扬的。”

程荷脑中的困意一消而尽，捕捉到那几个关键词，快速地抬起头，目光追随到男同学手中的人像。

她一小步走上前：“等一下。”

男同学停下了动作，有些纳闷儿。

“怎么了？”

程荷没有回复，注视着被撕掉一角的人像。

相纸早就被岁月熏黄，少年的面孔也有些消瘦，却依旧能看出少年的朝气，和眼中的光彩。

下面是一行介绍——方正扬，20×× 年本区文科状元，北京大学。

脑中细细推算，似乎正是母亲高考那年。

她向下寻找着，依稀记得母亲的成绩还不错。

熟悉却有些青涩的面孔，出现在下一行——谈青，20×× 年区生物单科状元，×× 师范大学。

心底有了答案，程荷的视线又停在方正扬的人像上。

少年扬起嘴角，笑容温暖如阳。似是一切美好的事物都无法比拟，如果春天有面孔，太阳有笑容，那方正扬一定是它们最好的展现。

旁边的方主任见状走上前来，顺着她的目光停在方正扬的小像上。

“认识他吗？”

程荷转头：“我妈的一个老朋友，听我爸说过。”

方主任微微笑了，带着些感慨：“他是我侄子，很优秀的孩子。”

周围的学生也凑了上来，看着照片。

“欸，这个男生真好看，成绩还那么好。”

“咱学校出来的，肯定优秀。”

“老师，他现在在做什么啊？”

方主任叹出一口气，笑容中夹藏着几分遗憾：“他得病去世了，因为病情，北大也没来得及去。”

程荷呆滞住，心中似是落入一个悬崖，不见深度。

原来，方正扬早已离世，所以，母亲永失所爱。

“你妈妈是谈青？”方主任突然开口。

程荷呆呆地点点头。

“你和你妈很像，我之前带过她的生物。她是个好孩子，毕业后常常打电话过来。”

更替好相纸后，程荷没有和同学一起回到教学楼，而是跟随着方主任穿过走廊来到了办公室。

方主任来到座位，在柜子里翻找着，拿出一卷毕业照。

“他们那一届，都是拔尖的学生。”

荣誉栏对面的展栏里，都是每一届毕业的大合照。程荷找了许久，发现只是近十几届的。

“老师，我妈那届没有吗？”

“有，不过地方不够了，很久之前的就撤掉了。”他解释，愣了片刻，又道，“一会儿跟我来吧，我那边还有一卷。”

于是，她随方主任来到了办公室。

一卷毕业照稍稍落了灰，即使放在了柜子里。

她把毕业照平放在方主任的办公桌上，沿着桌面缓缓翻开。方主任也找来书，压着展开照片的两侧。

程荷手指在照片上滑动，细细寻找，从左向右，指尖停在了母亲的身上。方主任也看过去。

“你妈妈高中刚开始的时候，我记得，她很安静，沉默不语的，好久之后才慢慢好起来的。最近你妈妈怎么样了？”

“几个月前心梗不在了。”程荷语速缓慢，让人听不出情绪。

办公室沉默下来。许久后，方主任才缓缓道：“是吗？”声音有些哽咽。

想起自己侄子和谈青的曾经，方主任心中难以平复。

程荷继续在照片上寻找着另一个身影，只隔一个班的距离，便找到了方正扬。

那个母亲喜爱的人。

“老师，能送给我吗？”

回到家后，程荷把照片放进了抽屉，第二天休息，回到家翻出了母亲高中时期的日记，放进了书包，带回了学校附近的房子。

几天后，学校的春游。

下午的地点是江坡山景区。

她和同组的同学看着山下的地图，大致商量了路线，便沿着斜坡的路随着不知是哪个学校的学生上了山。

这山并不高，但蜿蜒几座山，让人走不到尽头。

他们停在了半山腰的一个拍照小馆，走了进去。这店略微有了年头，墙上贴着一张又一张曾经游人留下的照片。越往店里面走，照片上的年份就越遥远，照片也露出年代感。

几个人有些累了，便顺势浏览着照片放松。

“同学们想拍照吗？”

他们点点头。

那年轻的店员看了看他们的校徽：“陈中的啊，学习肯定不错。”说着，似是想起来什么，转头在墙上寻找着，好一会儿。

“嘿，找到了。”

几个人跟着他来到照片前。

“这几张都是你们学校的，几十年了，上面还有字。”

照片早就泛黄，黑色签字笔的字迹也有些模糊，却依旧能看出有一张右下角的“20×× 陈中某某到此”，程荷看着墙上的照片，这张照片右侧的一张合照，是熟悉的面孔。

照片上的方正扬没有看向镜头，而是侧头笑看身旁的女孩——谈青。在看到照片的这一刻，她似乎明白了，为什么母亲会爱上他。

一个目光所及之处都是你，一颦一笑都是为你的人，谁能忍住不心动呢？

她看了母亲的高中日记，也知道了母亲曾经内心的痛楚。

方正扬对她来说，是那段时光中唯一的篝火，也是未来日子中活着的动力。

看着照片上的男子，她微微扬起嘴角。

“方正扬，谢谢你。”

谢谢你出现在我母亲的生命中，谢谢你愿意如此偏爱她。

她转身看向店门外的世界，阳光灿烂，万物和谐。

或许，现在母亲已经和她的少年在一起了。

那边有她的亲人，爱她的人。

她再也不会孤单痛苦了。

“妈，我和爸爸会好好生活的。”

（二）

下午五点钟，程东昀已经到了江坡山景区。

山下都是些等着孩子们回来的家长。

学校虽然安排了大巴，但结束的时候也可以直接跟着父母回去。晚上正好家里要聚餐，他便和程荷约好，在山下等她，待会儿直接开车去饭店。

通山的大道上，各校的学生陆陆续续下山，手中拿着在山上收获的战利品，隔着老远都是些欢声笑语。

五月的傍晚，风倦意，光肆倾。

程东昀的发丝被吹得微乱，他转头看着渐渐藏进山中的夕阳。

不知为何，这一年，他无比期待夏日。

身边路过的女学生，手里拿着泡泡管，边走边吹。

在环形圈的规范下，长管中的泡泡液变幻成一个个泡泡，它们自由地向上飞，在余晖的映照下，显得格外斑斓多彩。

他在她的日记看到了初三的那个夏夜，看到了楼下那个观望着一切的她。

他知道，自己错过她实在太多年。

他们之间像是一棵枯死却又长新枝的槐树。

新长的枝丫只能那般，无法有着和曾经一样的繁盛。

而枯死的树干，即使浇上再多的水，施上再多的肥，却再也无法重生。

扭头，目光直直对上天边略微刺目的光。

那光突然闪了，他伸手挡了一下。

周围的声音发生改变，周边都是稚嫩的声音。揣着疑问，他放下手，面前是熟悉却陌生的地方。

几秒后，他确定这是小学老师办公室。

小学班主任坐在位置上，旁边围着几个同学，还有十多岁的自己和谈青。

脑中似乎明白了什么，他接受了这次上天的安排。

班主任用手敲着桌子，语气严厉："谈青，当时只有你在程东昀旁边。"

小谈青没有说话，身体却微微有些颤抖。

"班里最近的这些言论，老师也想相信你，可是那么多同学都指出是你。犯错没事，咱承认错误，下次纠正。"老师的语气放缓，"家长我就不叫了，这样的行为是不正确的，你好好反省。"

"谈青不会说出那些话，她不是这样的人。"

"我相信谈青。"

随即，不过片刻，他被拉出那个世界，又回到了江坡山下。

夕阳依旧。

“爸！”远处的女儿挥手朝他喊着。

程东昀温柔地笑了，配合着女儿轻轻招手。

平行世界或许已经开始改变了，那个时空的他或许会和谈青一路走到头，或许谈青也不会有那些不被相信的痛苦经历。

他感谢上天赋予的机会。

而如今，他要努力地在这个世界生活，照顾好他们的女儿。

不过，程东昀也永远不会知道。

这次是谈青耗尽此生功德，在“写字楼”为他求来的美好。

而他的执念造就这份“美好”幻化成改变另一个世界的一次机会。

“我相信”是改变的关键。

而这个世界的他，却从来没有对她说过一句“我相信你”。

从始至终。

番外三 / 谈青的日记·

那个下午，程荷上学不在家，程东昀坐在阳台上，翻开了封皮最老旧的那本日记，封皮上是黄色的卡通人物，摩挲着纸张，随意翻到了一页。

上面字迹很工整青涩，乍眼可见的拼音代写和错别字。

日期：5 月 29 号 天气：晴

早餐：稀饭、土豆丝

今天晴空万里，早上妈妈给了我钱，让我在学校大门口买饭。程东昀给我说门口的汉 bǎo 包特别好吃。我就和他去了，他这次没骗人，真的很好吃，我很开心。然后，我们买了一个跳皮 jīn，然后我们一起回去了。中午外面好热。

我们从小树林的走 láng 回去的，那里特别凉快，我看见班里的郑宇博也在那里，和刘萌一起跳皮 jīn，我和程东昀就坐在那里，看他们玩，他们都满头大汗。过了一会儿，班里的张松闪跑了过来，说班里开风扇了，让我们回去玩。我和程东昀就回去跳了。

班里真的很凉快，我们用板凳帮忙 chēng 着，然后就一起玩，后来郑宇博也来了，和我们一起玩。我们玩了十多分钟，可是刘老师来了，说我们在三楼，不让我们跳，要上午自习了，我们就没有跳了。

下午放学，是爸爸来接的我，他带我去吃了好吃的，然后我们回家了。晚上，我写完作业看完电视就睡了。

流水账一样的文字，却是小小的她的生活记录，程东昀又继续往后翻了几页。

日期：6 月 12 号 天气：大雨

早餐：包子和辣汤

今天早上是爸爸送我去的，他带我去吃了包子和汤，我好开心。邻桌是一个长得好看的阿 yí 带着一个和我好像一样大的男孩，看他的校服，不是我们小学的。我问爸爸，爸爸说应该是这边另一个 huá（我不知道是哪个字）天小学。

中午我吃完妈妈送的饭就回学校了，妈妈今天给我带了米饭还有菜和肉。等我回到学校，就下大雨了，外面天都要黑了，可吓人。班里有小鸡的声音，我问别人，是王红玉在外面买了小鸡，然后带来了。过一会儿，宋明昊也带了小鸡过来，他带了三只。大家都去看小鸡。

班里都是小鸡在叫，叽叽喳喳。

过了一会儿，程东昀进来了，他说快把它们收起来，老师要来了。他们都 hai 怕，把小鸡带出去了。但是我也不知道小鸡最后在哪里，我觉得小鸡很可爱。

下午，妈妈接我回家。我问妈妈，能不能养一个小鸡。妈妈没有答应，还 dèng 了我一眼，不让我买。真不开心。

程东昀笑了出来，继续随意翻着，这一张只写了日期。

日期：1 月 20 号 天气：

早餐：

26 号是我的生日，真开心，马上就要到了。

程东昀中午放学前，问我想要什么生日礼物，我说我想要吃汉堡包。中午放学后，我就去外面吃饭了。今天我发现，外面又多了一家文具店，里面有好多的书，外面站着的那个人还给了我一张传单，吃饭的时候，我看完了，准备以后去那里买。

吃饱饭，我就回学校了，没想到程东昀在大门口等着我，手里拿着三个汉堡。学校门口有人检查，不让带东西吃。他在我帽子里塞了一个，还有两个袋子里各塞一个，程东昀人真好！回到教室，我把那三个给吃完了。

看到这里，程东昀忽然慌了神儿，自己竟然没有一点印象。他不记得自己曾给她买过汉堡，心中有些惊愕，他们之前远比他想象得更加亲密。他只知道自己忘记许多，知道谈青记得的他都不记得。可当他看到她最初的日记里每篇似乎都能找到他的身影时，心底的落空感难以言喻。就像是跌进一个树洞里，你以为即将迎来的是爱丽丝漫游奇境的戏码，没想到这个世界却完全不是你所想的这般。它也有着自己的世界构造，有着自己的故事情节，有着色彩，但是你的瞳孔折射出来的却是黑白，落在视网膜上的是黑白。

他有些着急地继续往后翻着，可是这一本后面却没有了，只得从旁边拿起另一本，迅速翻开，一页一页地浏览着。

程东昀真是的，今天拿我书包，害我找大半天都找不到，明天，不，以后不让他再搭顺风车了！练完体育让他自己回去，一小段路都不愿意走……哎，算了，明天暂时允许他搭吧，他也好累。

看天气预报说今天下雨，还真的是。程东昀妈妈来接完他，我妈妈就来了，路上还给我买了只烤鸡。

为什么大家都那样说，程东昀这两天没有理我，他一句话都没有给我说。我找他解释，他却一点都不听。我真的没有说那些话。

老师今天找我了，旁边还有别的同学和程东昀，程东昀不信我，他为什么不相信我，宋明昊都相信我的……

大家对我都很冷漠，和我关系好的女孩儿都不理我了，程东昀也是。冯恬璐今天给我说，那天她在传达室……

……

新的学校，新的启程。

宋明昊好像一直都是在外面吃饭，不吃食堂。我从食堂回到教室的时候，他正从我们这楼的通道经过，手里拎着饭。他说，程东昀喜欢吃糖醋里脊，今天让他帮忙捎一份……

早上出门前，我有点犹豫，先装了一瓶青草膏，最后还是折了回去，又装了一瓶。还好，最后送出去了，多亏了宋……

今天在台上领奖状，他也得了三好学生。他的三好，无非不就是吃好喝好睡好嘛……

晚自习下雪了，我出来看雪，瞧见他从楼道里出来，跑向操场，中途还落了一身的雪。今天楼上有个男生拉了小提琴，是《梁祝》，许多……

……

程东昀有些喘不过来气，坐在阳台上，任由风吹过。

很久后，他起身回到了房间里，再出现在阳台的时候，手里多了一张纸和一支笔。他趴在阳台上，在有些粗糙不平的围墙台子上书写着。

时而犹豫不决，时而飞速落笔。

今天的风很大，信纸的一角总是被吹起。于是，他用手指压住每一个角，耐心地劝它再等等。

终于，当他在信的右下角署完名的时候，他松开了自己按住纸角的手。

信纸先是在台子上有所停留，信纸被一下又一下地翻开一角，随着每一次翻开面积的增大，信纸开始挪移。

下一秒，随着新来的那阵风，被卷入到外面的世界，天上的世界。

程东昀看着信纸不断飘远，不断飞舞，也得到了安慰。

她会看到的。

番外四 / 程东昀的回信·

谈青青：

展信佳。

很高兴能收到你的来信，我的暑假过得还不错，和往年一样，在我小姨的饭店帮忙。有机会，希望你能来这边吃顿饭，味道还是很不错的。

对于那件事，对不起，当时没有坚定地选择相信你，我悔恨莫及。

你说，或许我已经不在意之前的事情。怎么讲呢，当我第一次读到你的来信时，我的认知传达出来的确实是不太在意，当时已经距离那件事过去三四年了，我的生活中也多了许多新的人，轨迹也慢慢改变。但是，随着时光的变迁，我慢慢发现，十六七岁的自己，对自己的认知是错误的，带着一种欺骗性。而，我对你的真实感情也被这层欺骗蒙住。

就像，我会去按照你说的方法，使用那瓶熏眼的青草膏；会单独跑到你所在的楼层去借书。现在回想起来，这些行为为“在意”做了一个证。

当我很多年后再次读到你的来信时，也想过去主动联系你，我们都有新的生活了，这般贸然联系，似乎会很打扰。

我们总是称对方为“小气鬼”“胆小鬼”，其实，一直以来，我应该才是那个“胆小鬼”。我没有你的勇敢果断，或许曾经有，但早就在生活中慢慢被消磨殆尽。

周佳月说，我们都爱着彼此，可是爱中的喜欢太少。

我想了很久，你应该一直都像她所说的那般。我则是从前像是她说的这般，但是后来的日子里，再次遇到你的日子里，那一点喜欢的成分扩大了许多，也许依旧不及其他人，不及你彻底喜欢过的方正扬。

年少时，我和他有过寥寥几次的接触，他是一个不错的人。不过，命运多舛，我们也难以逃过。

谈青青，这个称谓，大概是我唯一记得的，关于我们很小时候那段记忆的碎片。对你很不公，你一直都记得那会儿的事情，而我却只记得曾经有个这样的称呼，模糊地记得我们关系还不错，经常待在一起。

如果不是你的信、父母的话和我窥探到的日记，我似乎永远不会再记起那些。

对不起。

结婚的这些年，我想付出最大的努力去对你好，可是回头看，我好像又把你困在了曾经的记忆中。

所以，幸福又痛苦吗?

如果有来生，谈青，再给我一次机会吧。

前天，我偶然路过了我们的小学，那条路已经变得很陌生。我记得，之前学校门口，有许多房子，许多家的门口总是有个围栏围的小园子，也就是几平方米，里面种着菜，春天时，边缘的地方会长出蒲公英。

和很多年前的那首《蒲公英的约定》的场景有些相似。

谈青，信就要结束了。在那边，和你一直思念的爸妈还有方正扬好好生活。

我们的女儿最近也很好，像是另外一个你。我们会彼此照顾的，不用担心。

对不起，迟了那么些年。

还有，谈青，我相信你。

程东昀

番外五 / 迟了的告白 ·

小时候，林源去爬南风山时，林父花了二十块钱，在半山腰一个打着旗帜的算命先生那儿，给他算了一卦，那人说，他这一生，姻缘不好，三十岁之前，命途不顺。当时林父听到，很快就拉他离开，嘴里说着：“这人没什么本事，算得不准。”

而他当时只是呆呆地抬起头，看了眼父亲，嘴里继续咬了口手中的老冰棍。小小的他也没有在意，只当是一场玩笑话，却不知道在他今后的人生，有那么一个人的出现帮他印证了这一卦。而今，二十五岁的林源拿着手中的窜天猴，心中却苦涩无奈地笑了起来。还真是应了那位不靠谱的算命先生的话。想来这人生真是奇妙。

两个小时前，他去了周佳月家楼下，兜里装着那条包装好的铂金项链。他原本是想同她表白的，却在楼下，见到了周佳月送一个青年男人从她家走出，两个人在楼下相拥告别，动作亲昵。那一刻，林源才知道，自己已经晚了一步，兜里包装好的项链也格外烫人。周围烟花四起，掩饰了他的窘迫无措。

烟花还未完，他便转过身，一步步离去。周围的孩子们放着绚烂的烟花，热闹的除夕与他此时的心境格格不入。在那一段路中，他的脑中像是放映机一眼，画面不断。

他认识周佳月是在十三岁那年，她是谈青姐的朋友。从认识她的那年开始，林源就知道，周佳月是一个性格开朗，像火一样的女子。她很大胆地去透露自己的情绪，不加掩饰，十分善良，很呵护朋友。面对这个和他接触不多的女生，他起初并不在意。但她身上好像有种魔力，一种让人在不自觉间就想靠近的魔力。

初中的时候，课余的时间，他总爱去篮球场上打篮球。余光中，周佳月的身影常常出现。她总是站在篮球场旁，吃着冰棒或者喝着水看着篮球场的人打球。一周，大概能见上她的次数，最少也有两次。

她总是会几个球场来回转着，偶尔，也会来到他所在的球场，给他送一瓶水。

“林源，加油！”

她会这样喊着，有时候带些打趣的意味。

平常假期时，谈青出门时也常常叫上林源一路，他看了看房间里的乐高，答应的次数很少。他清楚，和这两个女生出门，简直比数绵羊还无聊几分。为数不多去的那几次，他也只是坐在她俩的旁边或者跟在两人的后面一言不发，自己像是和她们俩隔了面墙一样。

直到初三毕业的暑假，结识了方正扬，林源才常常和谈青一同出去。四个少年，在平镇留下了许多回忆和踪迹。

林源和方正扬很投缘，一方面是眼缘，另一方面便是两人有许多爱好相同。方正扬是他生命中为数不多的让自己感到崇拜的人。对林源来说，方正扬太过完美，像是无所不能一样。

林源在日后的时光中回忆起这个朋友，总是惋惜他生命的短暂。也怀念着那个夏天和四个人一起的时光。

他也不禁羡慕方正扬，羡慕他可以勇敢地说出喜欢，勇敢地对谈青好，没有遮掩。也羡慕，他的暗恋最终得以成真。

是的，他……喜欢上了周佳月。

是从什么时候开始的呢？

或许是周佳月每次在篮球场上的打趣，或许是她每次真诚地喊他名字时，又或许是和她同乘一辆电动车时，太多太多，连他自己也不清楚，他只知道这个女孩在一步步地走进他的心里。他只记得，周佳月去谈青家过夜那晚，他早早在车棚等候，看到那个熟悉的身影出现在他的视野，他觉得那晚的路灯出奇地昏暗，竟模糊了他的心，一种晦明不清的感觉在悄然生长。

十六岁的时候，好巧不巧，林源以体育特长生的身份考入了周佳月所在的高中。他是高一，而周佳月已经是高三，她整天忙于学习和考试，碰面的机会很少很少。为数不多的，便是开学那天，周佳月趁着空闲时间，带着他到处转了转，介绍了学校的各个地方。

她说："学校的篮球场有好几个，你不是喜欢打篮球吗，可以趁着活动课或者课间去打，咱学校好多人打得不错，你可以和他们一起。"彼时的女孩已带有一丝成熟，但依旧是高马尾以及温暖人心的笑容，和他记忆中的一样。他站在一侧静静倾听着，看着女孩的面容微笑。

后来，林源开始了自己的高中生活，周佳月也开始为自己的高中生活进行收尾，他也没像初中一样，在篮球场上见过周佳月。他们总是一个在前头，一个在后头。

时间过得很快，一眨眼到了高考前夕，高一高二为高三学长学姐壮行。林源站在一侧，看着路过的班级，一直在寻找周佳月的身影。前方举旗"高三（10）班"，他喊出周佳月的名字，送给她一束茉莉花，女孩很惊讶，笑着对他说谢谢。

"高考加油。"林源回以微笑。

"嗯！会的。"

他们之间大概真的是很有缘，大学时，林源又考到了她学校附近的体院。

那几年，周佳月总是很照顾他。他想着，大概是因为谈青姐的缘故。

大学时，他生了一场病，连续高烧，但他自己却不愿意去医院。后来，不知道她是如何听说的，直接一通电话打来：“源源，我在你们宿舍楼下，换好衣服下来。”她用着绝对不容反对的语气。他躺在床上，愣了两秒，还是套了件衣服下了楼。其实，他原本可以不下去的，但究竟是什么让他下了楼，林源也说不清。

周佳月见到他后就开始滔滔不绝地说教：“你就是仗着自己年轻才这么糟蹋自己的身体，等你以后老了，你就……”

林源一声不吭地听她说教，藏进衣领的脸带着微笑。

后来，她拉着他去了学校的医务室。之后的几天，她都会抽空来看他，手里拎着些清淡的吃食。

他本就不善言辞，生病的事情也一直在逞着强，没有同家里的人提过，怕大家挂念。可看到她天天来看他，一遍遍嘱托他吃药、关心他的时候，那一瞬间，他再也无法支撑住。他也清楚，他在喜欢她这条路上越陷越深。

周佳月就是这样的一个人，她是一个很细腻体贴的人。

周末没课的时候，她也经常叫上他一起吃饭，害怕他这个性格没有什么朋友，没有人陪着说话。她总会努力滔滔不绝地和林源说着话，而林源则是耐心地听她讲，努力附和着她，即使只有寥寥几句。其实，周佳月本身，不是一个话特别多的人。她要是安静起来，甚至比林源还要寡言。

每一次放假回家，她总会和他约好，一起订票回家。火车上，她坐在他的身边，从书包里掏出零食递到他的面前。

“快吃吧，不然待会儿又饿了。”

“不用的，佳月姐。”

“给你吃，你就吃。”她把东西剥开，直接塞进林源的嘴里，随后，也给自己剥开一个。

两个人边吃着东西，边看向车窗外的景色。几个小时的车程，景色总让人觉得看不腻。

那两年，他就想同她表白了，可想想，那时的自己什么都没有，也没有底气开口。

毕业后半年，他终于有了一份收入不错的工作，终于有勇气同她表白时，却晚了一步。或许，他晚的不只是一步。

想起两个月前，周佳月来给他送乐高时，他在心底告诉自己，很快就可以了。如果那时，他向她说出心意，会有结果吗?

他看着天上的烟花，红了眼眶。

所以，周佳月……你就不能等等我吗？我明明就差一点就可以开口说出那句憋在我心里的话；我差一点就可以把项链送给你，亲手为你戴上；我明明就差一点，真的就只差一点，差一点就可以有个名正言顺的身份陪在你身边了。

所以，无论如何，终究还是晚了，对吗?

番外六 / 烟花 ·

夏日的夜晚，月亮高悬夜空，安静得像是挂上去的一般。

陈中的校园里，高一高二的教学楼内亮着灯光，高三的楼内只剩下走廊里的灯在亮，屋里漆黑空荡一片。

透过高一高二的窗户看去，学生们大多低头写着作业，却透露着一股隐藏下的躁动。

自然有几个胆大的学生，抬起头朝窗户外面张望着，脑袋来回晃着。

忽然，一阵尖锐圆滑的声响冲向夜空，宁静的屏罩被刺破。

随即，圈圈烟花绽放。

接连不断的烟火穿过半空，绽放绚烂。

高三高考成绩已经出来了，这次烟花便是学校为庆祝而准备的。

教室里刚刚伪装的安静再也不见，学生们从凳子上起来，尖叫着往走廊蜂拥而去。

喧闹的声音充斥着陈中的校园，为本次的烟花作配。

谈青独自坐在位置上，窗户玻璃变成了一个投影幕布，星星点点的烟花在上面放映着，上面也有着她的面孔。

周围已经没了什么人，只剩下几个趴在窗户那边看。

谈青合上书本，放下笔，穿过杂乱的板凳，走出了教室。

长长的走廊栏杆上，几乎全被学生围着，谈青站在班级门口，从这个视角看过去，烟花被遮挡了大半，只有去栏杆那边，才能看到全貌。

她寻视了一圈，最终来到最靠边的地方，趴在栏杆上仰头看去。烟花还在继续，校园里也热闹起来，许多学生跑到了楼下，朋友们一团一团的，站在彼此身边说着此时的感想。

谈青独自一人看着烟花，烟火爆破的声音仿佛能隐藏她内心的孤单。

耳边突然传来一个声音："介意两个人一起看吗？"

少年的声音在这嘈杂的周围中显得很小。

谈青眼皮微抬，整个人一愣，随后慢慢转过头去，方正扬已经在她的身边。

"你怎么在这儿？"

"放了烟花，找你一起看。你的位置倒是不好找。"

"我出来得晚，只剩下这里了。"她解释着，为了让彼此听到，他们的声音都比平常大许多。

方正扬笑了笑，双臂搭在她身边的栏杆上，看着被点亮的天空。

谈青见他如此，也转过身，和他一起静静观赏着烟花。

半空中盛开着朵朵繁花，转眼间便又变换成点点流星朝四周洒落，他们黑色的瞳孔中折射出五彩烟花的形状。

"真好看啊。"谈青兀自说着。

"嗯？"方正扬侧头靠过来，"什么？"

"我说，这烟花真好看！"她大声说。

"据说这次学校买的烟花要比之前贵些。"

"怪不得。"

"大概能放半个小时，你可以慢慢看。"他在她耳边缓声说着。

谈青点点头，转过头继续昂头看。方正扬还是保持着刚刚的动作，他凝望着女孩的侧颜，烟花散发的光在她脸上照拂，轻轻闪烁着。

他想说，她也很好看，在这夜里。

谈青忽然歪过脑袋，说：“我在想，夏天放烟花，和冬天放烟花，哪个会更有气氛更好看？”

方正扬轻声笑了，说：“冬天的时候，我们可以试一试。”

“好！”

后记

正式写下这个故事，是在 2021 年的最后一个月。

因为一些原因，一直往前走的脚步停了下来，开始一段很长很长的假期，休息调养绰绰有余。家人担心我独自一人待着总会胡思乱想，后来，在一次买衣服的时候，碰巧那家店缺店员。老板恰好想招一个我这样的，于是我就留了下来。

店里的衣服很多，加之我刚来，所以主要负责收拾整理。每天熨熨衣服，叠叠衣服，挂挂衣服，找找衣服，简单搭配起来。

店里的气氛很和谐，都是些老顾客。我总是干着自己的事情，听着她们聊着天。

隔壁是一家面包房，刚烤熟的奶香小面包味道传来，让人很馋。

中午的时候，老板的丈夫会在这边做饭，他做得一手好菜，我总是边吃边夸赞。

店里空闲的时候，我会将脸贴在门上，往外面呆呆地看着，看着来往的行人，看着一两个熟悉的面孔经过。

对面是一家零食店，门口也卖着糖炒板栗，去买的，大多数是附近一个高中的学生，穿着同样的校服。

虽然有了事情做，但是脑袋还是空闲的，看着外面的街道，我在脑中开始构思着这个故事。这个故事，最开始是有个雏形的，当时是在夏天写完的，手写的字迹潦草得连我自己分辨都很费劲。当然，它和现在的故事还是有许多差别，而且字数很少，只有一部分的戏码。

从想正式写下这个故事，到拿起键盘开始，也只是一两天的时间。

每天晚上，便是写它的时间。泡上一杯茶，打开小夜灯照亮键盘，就慢慢地写了起来。写着写着就发现，这是很治愈很放松的一件事，中间几乎也没有断过。

大概在写到后半部分的时候，我在夜晚里纠结过，为故事里的人物感到一种无奈和遗憾，也想过许久故事的走向。

这个故事，总体来说，写得算顺利。

在那家店做活的时间其实并不长，去的时候已经是冬天了，阳历新一年到了也就结束了。大致还是因为快到春节，我想待在家里，和家里面的人一起为新年做准备，和朋友能有时间见一面。既然有时间，那就彼此陪伴着。

我记得我和表哥背靠着背坐在堂姐家的阳台上，堂姐家的猫咪元宝也依偎在我们身边，它也喜欢温暖。

新年将至的日子，平静温暖，简单幸福，是我最喜欢的。

我闭上眼睛，晒着太阳，脑中又忽然闪出这个故事，当时距离故事写完已经有一周多了。

故事里，少年少女的暗恋是主调。

许多读者会不明白，为什么最后谈青会选择程东昀。

最近，我忽然想到一句话来形容她对程东昀的感情。

那大概就是，当她身边的亲友都相继离去，自己一人漂泊了许久，那个时候，她想去见一见程东昀。

感情往往是复杂的，喜欢里也可能会掺杂着许多其他东西，谈青的暗恋便是如此吧。

我想，大家生命中，或许也会遇到一个程东昀这样的小少年，因为隔阂而渐行渐远，让自己耿耿于怀。或许也会遇到一个方正扬这样的，默默在意你许久，会在你失意迷茫的时候向你伸手，让自己难以忘怀。

很多人，都有过暗恋的经历，因为种种原因，感情无法宣之于口，它总是一种遗憾。

暗恋，我觉得，也是一种内心的状态，也算是一种寄托。

即使可能无疾而终，但从某个方面来说，也曾缓解生活的苦闷和不愉快，增加了平淡中的一丝起伏。

希望大家也不要拘泥于情爱中，在任何喜欢中，也不要丢失了自己。

身边更是有朋友或者亲人在爱你，更有一些不善言辞的人在背后一直支持关注着你，只是大部分时候我们没有把注意力放在那里，我们不妨多一些留意。

在写这个故事的整个过程中，我的朋友 Qing 一直在支持着我，朋友 Tong 一直聆听我的一些问题，还有其他朋友也在支持。

最后，感谢我的朋友，感谢我的家人，感谢我的编辑。

成泊